LINAJE DE BRUJOS

JOSÉ N. ITURRIAGA

Linaje
de
brujos

Grijalbo

Linaje de brujos

Primera edición: septiembre, 2012

D. R. © 2012, José N. Iturriaga

D. R. © 2012, derechos de edición mundiales en lengua castellana:
Random House Mondadori, S. A. de C. V.
Av. Homero núm. 544, colonia Chapultepec Morales,
Delegación Miguel Hidalgo, C.P. 11570, México, D.F.

www.megustaleer.com.mx

Comentarios sobre la edición y el contenido de este libro a:
megustaleer@rhmx.com.mx

ISBN 978-607-311-151-5

Impreso en México / *Printed in Mexico*

Índice

Capítulo IV
Fuegos del cielo y del infierno

Capítulo V
Martirios y exorcismos

Capítulo VI
Espantos y *limpias*

Capítulo VII
Curaciones del cuerpo y del alma

Capítulo VIII
...Líbranos del mal

En el siglo XVII, la Iglesia de la Nueva España reflexionó: ¿hemos llevado la luz del Evangelio a las tinieblas que reinaban en el corazón de los indios? ¿Adoran ellos al Dios verdadero, o los mantiene presos el demonio? ¿Hemos desterrado a los falsos dioses, la idolatría, las supersticiones y las hechicerías? Debemos saberlo.

FERNANDO BENÍTEZ, 1987

El exorcista impone las manos sobre el atormentado, para lo que se invoca la fuerza del Espíritu Santo a fin de que el diablo salga de él [...]. Hágase el exorcismo de manera que se manifieste la fe de la Iglesia y que nadie lo pueda considerar una acción mágica o supersticiosa.

Ritual de exorcismos del Vaticano,
1998 (hoy vigente)

Advertencia inicial

Como todas las novelas históricas, ésta tiene un eje argumental que respeta los hechos fundamentales que realmente sucedieron y, a la vez, se toma licencias para adaptar ciertos aspectos secundarios pertinentes a la trama ideada.

Los rituales de magia, conjuros y encantamientos indígenas —y algunos españoles— que aquí aparecen están plenamente documentados (por supuesto que su práctica, no su eficacia) y se basan en varias fuentes, sobre todo *El alma encantada* (FCE, México, 1987), que recoge testimonios de sacerdotes del siglo XVII, de manera destacada el de Hernando Ruiz de Alarcón y el de Pedro Ponce, y *Medicina y magia* (INI / FCE, México, 1992), del clásico de la antropología mexicana Gonzalo Aguirre Beltrán. Para rituales de la tradición judeocristiana y otros elementos de la religión católica, nuestro fundamento son el Antiguo y el Nuevo Testamento de la Biblia. Para profundizar en los misterios de los llamados maleficios, de los presuntos endemoniados y de las supuestas maneras de liberarlos, estamos soportados por el padre Gabriele Amorth, exorcista oficial de la diócesis de Roma —la diócesis del papa—, quien hacia 2005 seguía ejerciendo el ministerio de "expulsar a los demonios" (*Habla un exorcista*, Planeta, Barcelona, 1998), y asimismo por el *Ritual de exorcismos* aprobado por Juan Pablo II el 1° de octubre de 1998, que hoy sigue vigente. Algunas plegarias provienen de aquel libro y de *Exorcismos en el siglo XXI* (Ediciones Paulinas, México, 2007). Otra fuente religiosa es del fraile carmelita Agustín de la Madre de Dios: *Tesoro escondido en el Monte Carmelo mexicano* (UNAM, México, 1986), donde nos ilustramos acerca de la vida interior de los conventos de esa orden en la Nueva España, con sus horrores y tormentos, perversiones y escatologías. Airadas denuncias contra desviaciones morales de los curas provienen de cartas de los arzobispos Juan de Zumárraga y Pedro Moya de Contreras —quien también fue virrey—. Diversas noticias extraordinarias, como insólitos sacrificios humanos y otras, proceden de algunos historiadores del siglo XVI, entre ellos fray Bernardino de Sahagún, fray Diego Durán, fray Toribio de Benavente —Motolinía—, fray Diego de Landa, fray Tomás de la Torre, el jesuita José de Acosta y fray Juan de Torquemada (ya pisando el siglo XVII). Algunas atrocidades sucedidas durante la Conquista las describe el propio Hernán Cortés en las *Cartas de relación* que le envió al emperador Carlos V (no hace falta leer a sus detractores: basta consultar los escritos del propio jefe conquistador). Los detalles acerca de los tormentos que aplicaba la Santa Inquisición provienen de los *Procesos de Luis de Carvajal* (Archivo General de la Nación, México, 1935). Se ha respetado la vasta información histórica proveniente de estas fuentes y de otras más, que no mencionamos para no llegar a lo inusitado: incluir una bibliografía en una novela. No obstante, sí conviene agregar que para profundizar en algunos aspectos del chamanismo hemos tenido presente a Mircea Eliade (*El chamanismo y las técnicas arcaicas del éxtasis*, FCE, México, 2009), a Octavio Paz ("La mirada anterior", prólogo a *Las enseñanzas de don Juan*, FCE, México, 1974) y a Carlos Castaneda en varios de sus libros.

Por su parte, las libertades que nos hemos tomado no alteran la esencia histórica de este relato. Con algunas fechas no relevantes hemos sido flexibles para acomodar nuestra narración, pero de manera invariable se han respetado las datas de otros hechos que sí son fundamentales. Varios libros que fueron escritos en los siglos XVI y XVII, contemporáneos de la trama de esta novela, los hacemos aparecer publicados en esos mismos años, aunque realmente lo fueron décadas —y a veces siglos— después; ello no altera la sustancia de este libro ni provoca incoherencias de temporalidad. Una licencia que nos hemos permitido es que damos a la ciudad de Cuernavaca el rango de cabecera de diócesis desde el siglo XVII, cuando en realidad sólo llegó a ser designada como sede obispal hasta fines del XIX; esto no afecta la médula histórica de la narración.

Todos los lugares que se mencionan y describen son reales, tanto poblaciones como fenómenos geográficos y bellezas naturales.

Con respecto al estilo y vocabulario utilizados, se verá que no pretendimos recrear los que se empleaban hace cuatro siglos —con algunas excepciones que nos parecieron pertinentes—. El lenguaje de estas páginas es básicamente contemporáneo.

Por último, debemos aclarar que —como lo verá el lector— ésta es una novela histórica realista, pues no avala sucesos imposibles o inverosímiles, aunque relate las prácticas que se llevaban a cabo alrededor de los mismos. Aquí aparece la ejecución de numerosos rituales, hechizos y actos de magia y de fe como verdaderamente se efectuaban en la historia real, al margen de si fueron útiles o inservibles (algunos siguen ejecutándose todavía hoy, en pleno siglo XXI). La trama de esta novela no se vincula a la eficacia de semejantes usos, sino al mero hecho de que se hayan practicado.

EL AUTOR

Capítulo I

Pecados y delitos

Ciudad de México, 1620

Miguel Bernardino fue llevado a la cámara del tormento, una sucia y amplia mazmorra situada en los sótanos del Tribunal del Santo Oficio de la Inquisición. El edificio está en la plaza capitalina de Santo Domingo, a un par de calles de la Plaza Mayor, que al paso del tiempo empezó a conocerse con el nombre de Zócalo por un basamento que allí se encontraba. No obstante los agudos dolores que sentía en varias partes de su cuerpo golpeado —sobre todo cuatro dedos de la mano derecha fracturados lentamente, uno a uno, el día anterior—, entró calmado al lúgubre aposento, sin miedo aunque con cara de azoro, incrédulo, revisando a un lado y a otro los extraños aparatos que en él estaban instalados. Jamás había visto nada parecido.

Dos enormes y toscos sillones de madera individuales parecían malos simulacros de tronos, con poleas atornilladas en los brazos y en las patas delanteras. Otro más tenía fijo en la parte superior del respaldo un collar de metal que se abría y cerraba por medio de una bisagra. Una especie de burda cama de madera ostentaba unos ganchos en sus cuatro esquinas, a manera de garabatos, con cadenas que los sujetaban. Dos polines horizontales colocados uno sobre el otro encima de unos soportes, formando algo parecido a una mesa muy baja, mostraban hendeduras semicirculares que, al coincidir, encontradas, constituían un agujero, evidentemente para inmovilizar la ca-

19

beza de una persona. Había varias colleras de fierro colgando de bases empotradas en la pared, y arillos similares colocados muy cerca del suelo, para sujetar tobillos. Otros muebles de sombría presencia apenas los vio de reojo, sin poder dilucidar nada acerca de ellos. En fin, había contra uno de los muros una suerte de aparador que lucía diversos tipos de flagelos de cuero y de metal, y otras herramientas de muy rara manufactura cuya utilidad le era imposible adivinar.

Este lugar, hasta ahora desconocido para él, estaba en el mismo edificio en donde había padecido los interrogatorios anteriores, alternados con las despiadadas palizas y torturas de que había sido objeto. Ahora fue vuelto a amonestar, sentado en un banco al centro de aquella colección de horrores. A pesar de lo maltratado que estaba, aparecía erguido y digno, pero sin arrogancia, con una extraña paz interior que desconcertaba y molestaba a sus interlocutores, pues en el fondo los hacía sentirse como si estuvieran en desventaja ante él, aunque jamás lo habrían reconocido:

—Indio Miguel Bernardino, por reverencia a Dios, diga toda la verdad y no se quiera ver en tantos trabajos, en los cuales tiene mucho que padecer, como podrá entender. ¡Revele las fuerzas diabólicas que lo mueven!

Pero Miguel Bernardino no podía declarar ninguna participación del demonio en sus actividades de *ticitl* —médico tradicional del cuerpo y del alma—, a menos que mintiera. Sería aceptar que un principio maligno movía su profesión de médico del cuerpo y del alma, y eso era justamente lo contrario de lo que él hacía. Sería desconocer a su padre, quien también fue *ticitl*, y al padre de su padre, y a toda su estirpe ancestral de sanadores. Sería desconocerse a sí mismo. Por tanto, los inquisidores siguieron adelante. Las actas del proceso darían cuenta de los detalles sucedidos en el potro, instrumento de tortura medieval donde originalmente se montaba al acusado para estirarle las piernas colgadas con grandes pesos atados a ellas; ahora ya estaba modernizado: se colocaba al reo acostado y, por medio de tornos de madera, poco a poco se le estiraban longitudinalmente las cuatro extremidades amarradas, a veces hasta dislocarlas e incluso desmembrarlas. Así dejarían constancia de los hechos:

"Fue mandado entrar el reo y ordenado desnudarse. Y estando desnudo, en carnes, con unos zaragüelles de lienzo, fue tornado a amonestar: que no dé lugar a que se pase adelante con el tormento. Dijo: que él ha dicho la verdad y que no quiere hacer falso testimonio. Fuéronle mandados ligar los brazos y las piernas. El ministro ordenó dar una primera vuelta de cordel, y el reo permaneció callado, aunque sudando de la cara. Se mandó dar una segunda vuelta; ahora dio voz: que ha dicho la verdad y que es injusto el tormento. Se le mandó dar una tercera vuelta de cordel; dio más voces: que ya ha dicho todo, y parecía que quejábase sólo para sus adentros, impresionando a los señores inquisidores su falta de aullidos y llanto que ya debería estar derramando a mares. Amonestado que diga toda la verdad, se le mandó dar una cuarta vuelta, y entonces, medio desmayado, como sin verdadera conciencia, sí se quejó con balbuceos, babeando. Habiéndose mandado apretar una quinta vuelta de cordel, pidió, con sosiego que asombraba, que se le manden quitar las vueltas, que él dirá la verdad llanamente, como se verá, y se le mandaron quitar y quitaron las dichas vueltas."

Miguel Bernardino tenía un brazo dislocado: el hueso se encontraba media cuarta fuera del hombro y así la extremidad estaba unida al cuerpo sólo por músculos y tendones estirados. Un pie ya no alineaba con la pierna: apuntaba completamente de lado. Sin embargo, podía haber resistido aún mucho más; estaba acostumbrado a ver su cuerpo como si él, con su mente, su espíritu y sus emociones, estuviera fuera, pero entendió que nada frenaría a aquellos frailes más que escuchar lo que querían escuchar. No les importaba la verdad, sino su verdad. No decirles lo que esperaban oír era prolongar de manera indefinida el interrogatorio y finalmente inmolarse él solo. ¿Tenía sentido? Miguel Bernardino veía el mundo con ojos diferentes, o más bien veía una realidad diferente, como si mirara no sólo las cosas y las personas, sino la energía que contenían. Nunca se preocupaba por sí mismo, y de hecho casi por nada se preocupaba, pero no era por indiferencia o desapego, sino porque comprendía que muy pocas cosas eran en verdad trascendentes. Ni siquiera estaba molesto con los inquisidores: sabía que ellos hacían lo que creían que tenían que hacer. Decidió no prolongar más el asunto.

Entonces, sin mengua de su dignidad aunque con el cuerpo humillado, se propuso conscientemente dar algo de lo que deseaban aquellos monjes; hiló una declaración donde mencionaba que sus prácticas curatorias le venían de una inspiración que llegaba de fuera a su mente, que no sabía si eran provocadas por el diablo, pero que eran como un mandato irresistible que tenía que obedecer. Y abundó en ese tenor, dejando entreabierta una rendija para dar cabida a intervenciones demoniacas, a la posibilidad de que se tratara de algo maligno. Estaba claro para él que eso era lo que los inquisidores esperaban. Pero no fue suficiente. No estaban satisfechos. Bien sabían que los presos inventaban cualquier cosa para interrumpir el tormento, y la experiencia les mostraba el camino a seguir. Sin contemplaciones.

Por su parte, Miguel Bernardino, apenas terminó de hablar, ya se había arrepentido de lo que él consideró una flaqueza, y cuando se disponía a desdecirse y encarar las consecuencias, escuchó otra arenga.

"Fuele advertido que diga toda la verdad de lo que sabe, además de lo dicho, porque no satisface hasta ahora, con apercibimiento de que se proseguirá con el tormento. Por lo pronto, dada la hora de la noche, le fue mandado volver a su cárcel para recorrer bien su memoria y regresar a declarar al día siguiente, saliendo los ministros de la cámara del tormento."

Llegada la mañana a la ciudad de México, Miguel Bernardino la recibió en medio de una especie de catarsis: los dolores habían quedado relegados a una parte de su cerebro con la que había perdido contacto; su pensamiento y sus sentidos estaban inmersos en un bosque de encinos por el que deambulaban animales silvestres: examinaba a un tejón husmeando un tronco caído, y cuando el pequeño mamífero levantó la vista se quedaron viendo ambos con una sonrisa en los labios, compartiendo un gran sosiego, compartiendo lo que sabían que era inminente, la resignación; de lejos vio pasar a una zorra, que sin prisas ni sorpresa le dirigió una larga mirada fría y casi ausente; luego vislumbró sobre lo alto de un árbol añoso a un puma echado en una enorme horqueta que lo observaba fijamente, como reconociéndolo...

El cerrojo exterior de la puerta de su celda emitió un agudo rechinido metálico, luego otros las bisagras oxidadas, y un guardia a quien no había visto antes se plantó ante él. El reo había sido requerido ante la presencia de los verdugos de la Inquisición —pues esta designación es más acorde que la de fiscales con el ánimo que los movía—. Apenas volviendo de su trance, todavía con parte de su espíritu volando por el bosque, Miguel Bernardino vio a los ojos al carcelero. No parecía una mala persona, era joven y de rasgos amables, de seguro ya mestizo con sangres española e indígena, como su color de piel lo apuntaba. Continuó mirándolo con fijeza, pero sin ninguna intención, sólo atraído por lo que sintió como bonhomía, insólita en un sitio como ése. Su mirada penetrante no molestó al custodio, pues a la vez era dulce y sutil, pero algo le sucedió a éste, pues quedó como paralizado varios minutos, viéndolo también a los ojos con expresión extasiada, entre arrobado y enajenado, y cuando finalmente se recobró, se fue de regreso lentamente, sin el detenido y entre los olores penetrantes y el ambiente sórdido del lugar, dejando la puerta de la celda abierta de par en par. Miguel Bernardino nunca supo qué pasó, aunque se lo imaginó.

Unos minutos después llegaron apurados otros dos guardias que parecían agitados y hasta escandalizados, y se llevaron al reo. Caminó cojeando penosamente por aquellos largos pasillos, dando traspiés, renqueando en silencio. Al frío tempranero de la capital novohispana se agregaba el del encerrado edificio del Santo Oficio, y Miguel Bernardino iba tiritando gélido, aunque no asustado. Veía su propia tragedia física como si fuera una tercera persona que la observara desde fuera, con cierta manera de estoicismo. El solo hecho de caminar con un pie completamente torcido ya era un nuevo tormento, que asumía sin aspavientos. Llevaba el brazo doblado dentro de un cabestrillo, descoyuntado del hombro y con los dedos rotos de la mano inflamados como si fueran a reventar. Iba temblando de frío, contra su voluntad, y muy adolorido de las ingles, con punzadas hirientes, amén de los tobillos y las muñecas lacerados por los cordeles de la sesión de la víspera. Se le destacaban un ojo cerrado por la hinchazón y un oído tapado con sangre seca, y numerosas costras y moretones de los días anteriores también se dejaban ver, entreverados con muchas pequeñas y antiguas cicatrices. Un custodio iba adelante, señalando el camino, y otro lo seguía de cerca, empujándolo de vez en vez para que apurara el paso. Así llegó al mismo lugar de antes, y sin mayores preámbulos se procedió de igual manera. Constaría en el acta la continuación del proceso:

"Fue mandado desnudar, y desnudado, y dos inquisidores fueron de este parecer: que se le den, una a una, cinco vueltas de cordel al brazo sano y a las piernas, porque tienen por sospechosa la confesión del indio. Otro inquisidor y el gobernador fueron de parecer que se le dieran de golpe seis vueltas a los cuatro miembros, sin interrupción para ya no perder más tiempo, y esta opinión prevaleció."

En efecto, todas las extremidades fueron atadas, incluido el brazo desarticulado, del cual se estiraron sólo las carnes al ya estar el hueso separado del hombro; los músculos desgarrados, ya entumecidos, se reavivaron, redoblando el dolor. Poco después, el otro brazo de repente cedió por el codo, quedando también éste fuera de su lugar en medio de sordos gemidos que, lejos de conmover, alentaban y excitaban a los circundantes. Lo mismo pasó con una rodilla a la cuarta vuelta del cordel; la evidente tranquilidad de espíritu de Miguel Bernardino —que tanto pasmaba y agredía a los inquisidores— no le impidió a su cuerpo semidestruido proferir un apagado quejido.

Cuando a la quinta vuelta tronó ruidosamente el tobillo del pie que desde la víspera ya había quedado de lado, el reo perdió la conciencia. Un balde de agua helada lo volvió en sí. Antes de continuar la degradación de su cuerpo, Miguel Bernardino decidió ampliar su confesión, engañando abiertamente a los frailes. No tenía miedo a la muerte ni al dolor, nunca lo había tenido, pero el interrogatorio podía prolongarse tanto como el empeño de sus interlocutores. Éstos accedieron, disculpando la sexta vuelta de cordel.

Y así, mencionó explícitamente a Satanás como el inspirador de sus pensamientos y como el guía de sus actos, abundando en los detalles de sus mandatos. Obraba en obediencia al demonio, y sólo a él rendía cuentas. Describió escenas donde convocaba al diablo para rendirle pleitesía, con devoción y acatamiento, y otras donde aquél se le aparecía para darle instrucciones.

(—¡Reniega de Dios, Miguel Bernardino! ¡Reniega del Dios de los opresores de tu pueblo! ¿Qué les ha traído? Usado como bandera por los conquistadores, dio muerte para los hombres, vejaciones para las mujeres, esclavitud para los rebeldes, orfandad para los niños, humillación para todos. ¿Y a cambio de qué? De una religión que no es mejor que la de ustedes. Tú curas con los saberes que heredaste de tus mayores, y ellos ya lo hacían mucho antes de que conocieran al Dios cristiano. Devuelves la salud a tus pacientes con las plantas mágicas que te enseñaron, y no necesitas de Dios para continuar haciéndolo. Tú sana gente y reniega de Dios. Si requieres de dioses, usa los muchos que tiene tu raza desde hace siglos. ¿Y qué me dices de los frailes? Los enfermos se les mueren en las manos, eso sí, rociados con agua bendita. Si Dios existiera, no dejaría que las personas inocentes sufrieran y murieran, y otorgaría a sus sacerdotes el don de curar. En cambio, ¡tú sí lo tienes! ¡Úsalo!…)

En medio de los dolores de su cuerpo atormentado, Miguel Bernardino aún tuvo la lucidez de pensar que podía caer en contradicciones; que quizá ya lo había hecho, pero no le preocupaba. Si aseguraba que el diablo negaba a Dios y le instaba a no creer en Él, entonces el diablo se estaría negando a sí mismo, al estar la existencia de ambos estrechamente vinculada. El demonio sólo existía en función de Dios. O al menos eso creía.

Y así continuó el relato de largos exhortos del diablo e invocaciones de Miguel Bernardino. De nueva cuenta, como el día anterior, apenas concluyó de hablar se sintió contrito. No obstante, su espíritu permanecía sereno; estaba en paz consigo mismo. La idea de la muerte siempre le había templado el carácter y nunca lo había agobiado, pero le disgustaba que el sometimiento de su cuerpo, más que el dolor físico, lo hubiera llevado a conceder.

Ahora sí habían quedado satisfechos casi todos los inquisidores. Sólo uno de ellos fue de voto y parecer para continuar el tormento, pero la opinión de los demás fue la que predominó. La sentencia del Santo Oficio no se haría esperar.

Cuando Miguel Bernardino fue desamarrado y obligado a levantarse, se le nubló la vista. Por su mente pasó una figura femenina que le endulzó ese instante, alejándolo del dolor. Antes de quedar inconsciente de nuevo, no supo si se trataba de Juana, remota en el tiempo, o de Brígida. Entonces se desplomó.

CUERNAVACA, 1619

El obispo de Cuernavaca, Heberto de Foncerrada, no pudo ocultarse a sí mismo el placer morboso que le había causado la lectura de la carta, si así se podía llamar a esas páginas de papel muy corriente, mal escritas y sin firma alguna o indicio de la identidad de su remitente. Si alguien lo hubiera visto en ese trance, se habría sorprendido del contraste de su porte elegante y distinguidas facciones con los vulgares gestos que mostraba su rostro al devorar con fruición aquellas palabras incriminatorias plasmadas en el burdo anónimo. Burdo en la forma, pero calaba muy hondo en el asunto que delataba. Foncerrada releyó la parte inicial del texto:

"Obispo, señor de respeto, no vivo en tranquilidad de saber cosas malas sin compartición con su autoridad de usted. No quiero condenarme si escondo más lo que sé desde siempre y no he dicho pero que creo que nunca es tarde para decirlo de una vez y ya. Se trata del hechicero indio Miguel Bernardino de Ixcateopan, que dice curar con plantas de veneno del demonio que hacen locos a los que las comen y que las come el mismo Miguel Bernardino y las da a sus dizque pacientes enfermos de espanto, mal de ojo o de pasmo, y también con rezos de ídolos quesque cura de todo lo que la ignorancia de los indios le lleva para que los remedie según ellos lo creen y él se los dice así engañándolos. La cantidad grande de gente inocente pero inclinada al diablo por su mala influencia y hábitos antiguos y sucios, es muy larga de contar en años de prácticas de brujería, pues desde niño en Mezcala ya lo inició su padre en sacrilegios de magia y otras maldades, pero déjeme obispo decirle de muchos de esos que yo sé que este Miguel Bernardino ha emponzoñado y que no me dejan dormir tranquila."
Y así seguía la denuncia, aportando numerosas precisiones de males tratados y remedios utilizados por el acusado.

Está claro, pensó Foncerrada, que el desconocido denunciante es una mujer, pero eso es lo de menos; sea quien fuere, la cantidad de información revelada en contra de Miguel Bernardino es coherente y finalmente verosímil. Tantos datos no podían ser producto de la imaginación de nadie. Ya lo comprobaría. Él lo conocía de tiempo atrás…

Taxco, 1620

—¡Por supuesto que merece un castigo muy enérgico, Su Ilustrísima!, pero me atrevo a sugerir que bastan los sufrimientos que ya tuvo hasta ahora. Lo han declarado culpable con base en confesiones arrebatadas por medio de la tortura. ¿No podría usted interceder para tratar de que la sentencia no sea la…?

—¡Calla, Jesús! —interrumpió el obispo—. Te traiciona tu sangre india y tú traicionas la condición de sacerdote a la que has llegado. No me hagas pensar que ordenarte fue un error de mi antecesor, ni que tu nada corta edad fuera poco recomendable para ofrendar tu vida al servicio del Señor. ¡Honra tu hábito y sobrepón el interés de nuestra Santa Madre la Iglesia a los sentimentalismos! No se trata sólo de quitar la vida en justicia al renegado indio Miguel Bernardino, como de seguro decidirán hacerlo los inquisidores; debemos ir mucho más lejos para que el pueblo vea lo que le sucede a quien mantiene pactos con Satanás. Pactos que suponíamos enterrados hace un siglo. ¡Esto no puede tolerarse! En realidad, el escarmiento debe ser ejemplar para todos los proclives a perderse. Y cuando digo renegado lo digo bien, pues ese indio es un hereje relapso, ya que en su momento recibió las santas aguas del bautismo. Además, dejémonos de cosas, el asunto ya no está en mis manos. Bien sabes que son ahora los respetables frailes dominicos del Santo Oficio quienes tomarán la determinación… aunque ya conocemos lo que es de esperarse…

(Alaridos y aullidos apenas más humanos que animales. Escozor en la nariz por el penetrante olor a piel y a carne y a largos cabellos femeninos y a tela chamuscados. Olor nauseabundo enmarcado por el aromático perfume del infalible ocote, resinas de pináceas invocadoras de bosques. Flujos incontrolables de lágrimas, mocos, vómitos y todos los efluvios escatológicos de esfínteres. Mujeres y niños llorando aterrorizados, otras persignándose y hombres anonadados, fascinados por la escena escalofriante, con ganas de huir pero aguantando allí parados. Ojos desmesuradamente abiertos con miradas de morbo y doloroso placer —¿sadismo o masoquismo?—. Chusma con una sonrisa macabra apenas perceptible en rostros descompuestos por la brutalidad perenne, por la miseria degradante. Serias autoridades procurando que su semblante luzca impasible; no frío: inexpresivo. Curas orando con devoción más inspirada por el terror a lo humano que por la reverencia a lo divino. Agudo aúllo de bruja, al parecer interminable, evocando tormentos similares en estas y en otras tierras, 'en estos y en otros tiempos…)

El obispo Foncerrada estaba más malencarado que de costumbre. Sus ojos parecían más sumidos, las cejas más juntas, tenía el ceño fruncido. Lo incomodaba esta situación. Sabía que todavía podía salvar a Miguel Bernardino, no en balde el presidente de la Santa Inquisición era su primo cercano y muy amigo. Nunca le negaría un favor, pero… ¿por qué habría de pedírselo? Ciertamente que no por un indio, y menos por este mentecato que carga tantas culpas sobre su conciencia, entre ellas destacadamente la de la lujuria… y con esa despreciable mujer. Despreciable en su alma, pues en lo demás…

Vio en su mente aquel cuerpo voluptuoso rematado por una cara de bellas facciones infantiles —no obstante la edad—, los espléndidos senos turgentes apenas contenidos por la escotada y delgada tela de algodón que dejaba adivinar los grandes y oscuros pezones, la sonrisa al parecer inocente pero incitadora, enmarcada por aquellos labios carnosos y bien delineados, la cintura esbelta sobre esas abundantes formas que se ofrecían sobresalientes, suaves y firmes a la vez…

El obispo se tapó los ojos con la mano derecha y se los restregó con el pulgar y el índice, como ahuyentando una idea de su mente. Luego tecleó nervioso los dedos sobre la mesa, como si estuviera esperando algún desenlace imprevisto. Que no se diga más. Miguel Bernardino debía pagar sus pecados, tal y como se describe en la *Divina Comedia*: estaría entre llamas a fin de erradicar para siempre los pensamientos y actos lujuriosos, pero no en el purgatorio de Dante, sino en el mismísimo infierno, pues sus faltas eran muchas, y todas enormes. Por añadidura…

Jesús no pudo evitar interrumpir los pensamientos de Foncerrada:

—Pero, Su Señoría, si cuando lo apresaron ¡nada más les rezaba a sus huaraches! Quería viajar seguro y veloz, ¡su conjuro y plegarias no tenían intenciones de maldad!

El obispo se puso rojo y respondió agitado, casi tartamudeando por la irritación:

—¡Padre Jesús! ¡Así que no hay maldad en la brujería! ¡Así que esas viejas costumbres paganas no merecen tu reprobación! ¿Y todos sus demás antecedentes de embustes ceremoniáticos? —el obispo ya estaba gritando—. No se te olviden los testimonios en su contra: usaba de magias para todo, para ir a pescar, para convocar la lluvia, para ahuyentar el granizo; comía la raíz maldita del peyote y otras semillas para perder el juicio y así curar enfermos de pasmo y otros males aberrantes… ¡Curarlos!… El diablo le ayudaba a sanar un cuerpo para robarse a cambio un alma. ¿Y qué me dices de los ídolos de masa que representaban a sus falsos dioses? ¡Comulgaba con ellos! ¡Se los comía a pedazos, ofendiendo a la verdadera eucaristía!… Y de la manera como se mortificaba el cuerpo, sucio costal de cicatrices, no quiero ni hablar…

El obispo de Cuernavaca, tembloroso, entrecerró los ojos y en sólo un instante pasó ante ellos la imagen de un recuerdo muy remoto: su estrecha celda conventual con oscuras manchas de sangre en el piso y hasta salpicaduras en las paredes; algunas secas, otras no tanto. Sacudió la cabeza como para alejar esa visión, y levantó la vista contemplando el abrupto y reseco paisaje serrano a través de la ventana de la sacristía. Ese panorama era un sedante para él. Por un momento pensó que quizá Hernán Cortés también veía a Taxco en su mente cuando respondió a la pregunta de Carlos V sobre la índole de las cadenas montañosas mexicanas, arrugando apretadamente una hoja de papel en el puño y luego desplegándola. Los escarpados montes de vertiginosas pendientes habían hecho que Taxco fuera como es: callejones retorcidos con pronunciados declives, muchos más de ellos para peatones que para carruajes por sus estrechas dimensiones, incluso algunos escalonados para dar seguridad a los viandantes; minúsculas plazoletas, casas de varios pisos con una entrada frontal por la planta baja desde una calle y una entrada trasera por el tercer piso desde otro callejón, montañas áridas que escondían en sus entrañas fabulosas vetas de plata que darían fama mundial a ese pequeño pueblo minero. El obispo reubicó la mirada en el interior de la sacristía y volvió sus cavilaciones hacia Miguel Bernardino, pensando que, en efecto, aún podría salvarle la vida; algún beneficio podría tener dejarlo comprometido con él para siempre… No obstante, concluyó, culterano y nervioso, su reprimenda:

—Ya desde el tercer Concilio Toledano, en el año de 589, quedó establecida la obligación, que bien se ve que tú desconoces, de que todo sacerdote busque cuidadosamente el sacrilegio de la idolatría, y encontrado, no debe dilatar su exterminación —tomó aire profundamente y siguió, espetando a su interlocutor—: Además, por si fuera poco, el tal Miguel Bernardino vivía en amasiato con esa mujerzuela de extraña mezcla. Ella debe de haber heredado de su madre la inclinación al pecado, pues quién sabe los turbios instintos que arrastraron a su progenitora para que, siendo española, se casara con un indio. Y la hija es igual. No, Jesús, no puedo creer que trates de interceder por esa alma que ya pertenece al Maligno. Te voy a estar observando…, no me siembres una semilla de desconfianza. Tú te debes a la Iglesia, no a un delincuente aunque tenga tu mismo origen…

El obispo no vio a la cara a Jesús, y por tanto no percibió su marcado gesto de irritación. Fijó la mirada en un punto sin ubicación precisa, dejando que sus ojos parecieran perdidos como los de un ciego. Volvió a abstraerse y su mente se alejó de la parroquia taxqueña para ensoñar con aquella que llamó mujerzuela, la hermosa Brígida…

(El recuerdo de su desbordada sensualidad, pletórica de incitantes redondeces no obstante sus años, le había ahuyentado el sueño muchas veladas febriles en la casa episcopal, haciéndolo pecar en la intimidad de sus sábanas. Así fue desde que la vio por primera vez en su recorrido pastoral por los pueblos aledaños a Taxco,

31

hacía ya más de dos décadas, y aún ahora ¡a su edad! ¡Cuántas veces había vuelto sólo por la ilusión —mal disimulada ante sí mismo— de encontrarla! Y cada vez que la veía, ella le besaba el anillo y lo dejaba temblando de pasión, que era ocultada ante los demás pero que a Brígida le resultaba evidente. ¡Estaba seguro de ello! Hasta le parecía que disfrutaba excitándolo, como aquella vez que él le sugirió —con cierta intención— visitarlo en Cuernavaca para participar en las obras pías del orfanatorio y recibió por respuesta una invitadora sonrisa cargada de erotismo y un escueto "Encantada, señor obispo". ¡Demonio de mujer! ¡Maldita sea!

Pero lo que realmente había marcado para siempre al prelado fue una ocasión en que la buscó en su casa de las afueras de Teloloapan —sabiendo que, en aquellos años, Miguel Bernardino aún vivía en Ixcateopan—, con el pretexto de concretar su participación en la beneficencia de los huérfanos. Dejó en la parroquia del pueblo al cura que lo acompañaba y él solo caminó hasta la vivienda, no tan modesta como para estar en ese lugar. Al encontrar abierta la verja de la calle, entró y tocó a la puerta de la casa con los nudillos. Como no recibiera respuesta, rodeó la casa y en el patio trasero, desde lejos, vio a Brígida sin ser visto: estaba en un soleado rincón enmarcado por macetones con grandes piñanonas que formaban un discreto refugio. Se hallaba completamente desnuda, sentada en un amplio sillón cubierto con una frazada. El sol le daba de lleno en la cara.

Su cabello largo adornaba los senos grandes y firmes. Con la mano izquierda se los acariciaba y apretaba, y tallaba con delicadeza los pezones. La otra mano, cadenciosa, la tenía entre las piernas. Foncerrada se quedó largo rato contemplándola, jadeando tras el matorral que lo ocultaba. Cuando comprendió que ese acto pasional había acabado, salió a la calle tembloroso y esperó unos minutos, para tratar de serenarse. Luego volvió a tocar la puerta y fue abierta por una rozagante Brígida, bella y atractiva. Destacaba el encendido color de sus mejillas.

—¡Qué honor, señor obispo!, le ruego que pase —y le besó el anillo pastoral, rozándole la mano con sus dedos.

¿Sería su imaginación estimulada, pensó el obispo mientras entraba, o había en el ambiente un excitante aroma a mujer? Fugaz pero intensamente recordó a la única novia que tuvo en su vida. Hacía mucho de eso. Tomó asiento donde su anfitriona le ofreció, y ella lo hizo frente a él.

Con cierta turbación, inició:

—Brígida, te estamos esperando en Cuernavaca. Si compartes un poco de tu tiempo con aquellos niños desamparados, no sólo Dios te lo habrá de pagar, sino que disfrutarás de una gran satisfacción —Foncerrada sintió cierta incomodidad, pues oyó falsas sus propias palabras. A través de los ojos de Brígida estaba volviendo a mirarla sin ropa, ardiente, gozándose a pleno sol. ¿Lo habría visto?

—Personalmente, a mí me agradaría mucho que fueras —se atrevió a decir.

—Usted dígame qué día y allí estaré, señor obispo —le contestó con una discreta coquetería. Él estaba arrobado.

Quedó concertada la fecha. Pasaría un mes en Cuernavaca. Brígida se alojaría en la casa obispal, en el apartamento que ocupaba la vieja cocinera que atendía a Foncerrada. Nunca imaginó el prelado la huella profunda que esos días le dejarían.)

Jesús entendió que la áspera conversación había terminado… por lo que concernía al obispo. Resonaban en su mente el amago ("Te voy a estar observando…") y la recurrente alusión despectiva a su condición de indígena. Estaba consternado por la hipocresía del prelado, y la ira le brotaba; ¡estaba seguro de que pretendía quitar de en medio a Miguel Bernardino, eliminar un obstáculo para acercarse a Brígida! ¡Bien lo conocía de muchos años atrás! Foncerrada no podía dar clases de moral a nadie. Contra su habitual forma de ser, mesurado y respetuoso, y acicateado por la muy probable e inminente muerte de su amigo, de alguna parte del espíritu de Jesús brotó una airada protesta, como despedida que sonó a amenaza; quizá sí lo era. Estuvo a punto de hablarle de tú, como siempre lo hizo en el convento, pero sus palabras tuvieron más fuerza al conservar las fórmulas reverenciales:

—¡El único que vigila nuestras almas es Dios, Su Señoría! ¡La mía y también la de usted! ¡De Él no se escapa nadie, porque nadie lo puede engañar!

El obispo se desconcertó sólo por un instante, y enseguida se enfureció. Se le desencajó el semblante y le empezó a vibrar una vena que le atravesaba la frente. Dio un puñetazo sobre la mesa que bamboleó la taza con el asiento del chocolate que se acababa de tomar y se levantó con energía, encarando muy de cerca al padre Jesús, quien ya estaba también de pie; levantó las manos, y cuando las acercaba hacia los hombros del párroco, éste, sin inmutarse a pesar de ser mucho más bajo que el prelado, a su vez levantó las suyas para defenderse. El obispo se sorprendió, quizá de la reacción de ambos, bajó los brazos tragándose la cólera y, dejando solo a Jesús, se retiró velozmente y en silencio, a grandes zancadas, con los puños apretados con fuerza y la frente arrugada.

Al cruzar bajo el dintel de la puerta de la sacristía, Foncerrada tuvo que esquivar, casi brincar, al niño contrahecho y al perro que estaban allí echados, acurrucados uno junto al otro y con los ojos bien abiertos, observándolo con fijeza. Tal para cual, ambos como animales, pensó. Se dio cuenta, furioso, de que habían presenciado toda la escena, aunque ninguno de los dos tenía la capacidad de hablar. De no estar completamente sumido en su propio furor, habría regresado a recriminar a Jesús por su desobediencia. ¡Qué espectáculo! ¡Qué manera de ofender la casa de Dios!, ya se lo había dicho en varias ocasiones. ¡Con esa basura tirada en el suelo! Siempre le habían disgustado esos compañeros inseparables del cura, ¡dignos de él!

Jesús quedó temblando y también desconcertado; su turbación era de azoro ante su propio comportamiento, y asimismo ante el retorno a su mente de épocas muy remotas. La cabeza le daba vueltas y era presa de un gran desasosiego. Volvió a ver el convento y sus largos corredores, a los novicios y a los monjes, al fraile Foncerrada y al novel recién enclaustrado que tuvo éste a su cargo; oyó de nueva cuenta los rumores, vio las miradas de complicidad, sintió las emociones ajenas que enardecían el frío religioso de aquellas celdas… Recordó la inexplicable desaparición del novicio y las interminables pesquisas para dar con su paradero, que jamás se conoció. Nadie podía creerlo, pero el paso del tiempo, irremisible, borró su memoria como borradas habían quedado sus huellas.

Jesús trató de serenarse, desechando sus recuerdos. Es enfermizo traerlos al presente, reflexionó, y más aún sería pensar en utilizarlos como arma. ¡Jamás lo haría! ¿Habría querido amenazar al obispo? Si así fue, nunca lo premeditó, ni se propondría seriamente hacerlo. Sería incapaz de revelar a nadie lo que supo aquellos días, consideró sin mucha convicción.

Escuchó, bastante cerca de su iglesia, un fuerte y largo rebuzno, que acabó como en estertores. El perro enderezó la cabeza, poniendo atención. Pasó un buen rato antes de sentirse un poco más tranquilo; entonces volvió a escuchar las últimas palabras del obispo. Pensó que realmente Brígida, la pareja de Miguel Bernardino —que no su esposa, cierto—, era una rara mujer, pero no precisamente una mujerzuela. De fuerte carácter, sí; a veces de malos modos y al parecer posesiva y conflictiva, también; ocasionalmente insinuante y provocativa, no podía negarlo. Había sido, y de alguna manera seguía siendo, una de las mujeres más atrayentes que había visto en su vida. Estaba presente en su mente aquel comentario que escuchó décadas atrás, desde luego de un maledicente y de seguro envidioso: "Bellísima, la más preciosa sacerdotisa de Venus, la más seductora de las hijas de Eva, tentación viviente que pareciera haber venido al mundo para servir de postre a Satanás". Le sorprendía a Jesús recordar más o menos textual ese exabrupto de un gachupín de Teloloapan, y no quería detenerse a pensar por qué se le grabaron esas palabras de tal modo que permanecían indelebles en su cabeza a través de tantos años transcurridos. Los mejores tiempos de Brígida ya estaban quedando atrás, pero todavía se distinguía en sus hermosas facciones aún sin arrugas y en su apetecible robustez el esplendor de la juventud pasada. Por su parte, Jesús ya no era tampoco un joven. Todo lo contrario. Pero aun décadas atrás, cuando todavía lo era, nunca la miró con deseo —o más bien supo contenerlo—, tanto por ser la mujer de su amigo como porque él siempre se inclinó con sinceridad hacia la vocación religiosa y sus implicaciones. Lo cual nunca le había impedido ver con objetividad, e incluso admirar, esa resplandeciente belleza de la mestiza al revés: hija de española é indio. No había sucedido igual con Brígida: en varias ocasiones ya muy lejanas, estando cerca de Jesús, le había rozado disimuladamente el cuerpo con una mano y a veces con un seno, pero jamás obtuvo respuesta alguna, cuando menos perceptible, pues en el fuero interno del joven sí que había reacciones.

Jesús no había tomado a mal aquellos excesos de la entonces muchacha, pues comprendía que su hermosura contrastaba con su inseguridad, quizá debida a esa identidad confundida entre las dos razas de sus padres. A eso había atribuido algunos rasgos de su conducta que buscaban reafirmar su personalidad con base en sus atractivos. Estaba convencido de que Brígida no era una mala persona y jamás pasó por su mente contar a Miguel Bernardino aquellos ocasionales incidentes. Además, la amistad cada vez más profunda entre los dos jóvenes indígenas tenía lugar en un plano más bien intelectual; sus relaciones eran de pláticas interminables y de largas caminatas juntos, explorando los alrededores de Teloloapan, Ixcateopan y Taxco. Desde aquellas remotas épocas se tenían un gran apego derivado de la identificación. Brígida nunca los había alejado, lo cual, por cierto, no había sido jamás la intención de ella. Más bien era irresponsable. Pero ya eran tiempos pasados.

Por su parte, el obispo Foncerrada salió enardecido de la parroquia de Taxco. En el pequeño atrio embaldosado caminaban varias palomas y casi las pateó al pasar entre ellas; de inmediato levantaron el vuelo asustadas. Le pidió al cochero de su carruaje que lo esperara atrás de la iglesia, mientras él se desahogaba caminando por un sinuoso callejón, a grandes pasos, para tratar de calmarse. Maldijo entre dientes a un arriero que obstruía un estrecho paso con su recua de varias mulas cargadas de costales con carbón. Subidas y bajadas lo hicieron jadear. Sintió el sudor en las sienes, y la sotana húmeda se le pegó bajo la nuca y en las axilas. Su coraje se fue convirtiendo en una preocupación aguda, una especie de intenso temor que lo sobresaltaba. ¿Sería incluso un miedo no tan soterrado? Nunca había estado tranquilo con respecto a Jesús, desde que lo conoció en el convento hacía ya más de dos décadas, pues creía percibir una actitud crítica de él hacia su persona…, o quizá más bien hacia sus relaciones personales. Era un mojigato santurrón y pueblerino, de seguro más bien hipócrita. Pero nadie, nadie excepto el propio Foncerrada, sabía realmente lo que había estado sucediendo en el convento, o más bien en su huerta añorable… hasta que se complicó todo aquello con el terrible desenlace. Pero ahora no se trataba de juzgar tiempos tan lejanos, sino de algo muy presente: la intolerable osadía de Jesús, ¡atreverse a afrentarlo! ¡Eso fue una amenaza y lo pagaría muy caro! Ya haría él que se arrepintiera y sin remedio alguno. Además, ¡quién habla! El obispo creía mucho más en la vocación de los sacerdotes que ingresaban casi niños a los conventos, formándose plenamente bajo la tutela de los siervos de Dios, que en las vocaciones tardías como la del padre Jesús.

(Llantos desconsolados acallados no tanto por la resignación en esos más niños que adolescentes, sino por el agotamiento de las glándulas después de días, semanas y meses de no parar de manar el dolor de saberse próximos al encierro. ¡Clausura!, eufemismo para disfrazar el cúmulo de culpabilidades paternas que habrían de expiar hijos inocentes. Jóvenes forzados a dejar familia y amigos para satisfacción de sus madres beatas con muchos más pecados de intencionalidad —todos carnales— que consumados en sus camas. En realidad no serían en sus ensueños esos ásperos y punzantes lechos de sábanas de seda y colchas de encaje, casi abandonados por el esposo —que no marido—, sino los cálidos y acogedores catres de lona con sarapones de borra que se imaginaban en los aposentos del atlético caballerango, al que bien conocían en su jadeante soñar despiertas con los ojos fijos en el techo y los dedos húmedos y calientes. Almas sin pecado, aquellos niños, ofrendadas para la honra del Señor a fin de purgar las faltas ajenas.)

En definitiva —pensaba el obispo—, Jesús tuvo demasiadas décadas para pecar antes de consagrarse a la religión. Los San Agustines no se dan por racimos, ¡qué se cree!, curita de pueblo. Además es indio, hijo de indios, aunque eso sería menos importante si hubiera ingresado al clero desde joven. Nada mejor que los futuros curas sean infantes entregados por sus mismos padres a la Iglesia. Del hogar paterno al hogar divino, sin mancharse pasando por los lodos mundanos... Aunque ése no había sido exactamente su propio caso, pues Foncerrada había ingresado a los veinticuatro años al noviciado, por cierto sin soñar jamás que llegaría a ser obispo. No obstante, en aquellos años pensaba —sin gran convencimiento— que de cualquier manera había llegado limpio al convento; con frecuencia había remachado en su mente esa idea, con el ánimo de persuadirse de que su pureza no había sufrido mácula, cuando menos antes de su enclaustramiento. Aquella juvenil pasión por Marcelina, aunque muy intensa, había sido superada y debidamente castigada. Por él mismo y por Dios. Empero, Dios además perdonaba, como prometía el salmo bíblico que tanto releyó en su noviciado: "Recuerda, Señor, que tu ternura y tu lealtad son eternas; no te acuerdes de los pecados y delitos de mi juventud, acuérdate de mí con tu lealtad, con tu bondad, Señor".

En cambio, no estaba para nada seguro del divino perdón cuando recordaba —por cierto con gran intensidad— que, ya ordenado sacerdote, había profesado confusos sentimientos por aquel novicio que tuvo a su cargo, apenas un quinceañero que se acogió a su protección emotiva cuando se vio encerrado tras las gruesas paredes conventuales. Sentimientos confusos y arrebatadores. La actitud paternal que asumió con el adolescente pronto devino relación pasional cuyos límites jamás conoció, prolongándose en el tiempo hasta que el joven se descontroló. Aquello acabó de mala manera, se le salió el asunto de las manos y no tuvo remedio. ¡Que Dios lo perdonara! El Señor bien sabía que estuvo acorralado. No tuvo opciones. Pero de eso ya hacía mucho, y había pedido perdón reiteradamente en su fuero interno, porque no iba a llevar al confesionario semejante problema… ¡Maldito Jesús!, le había tocado vivir en el convento durante los años que duró aquella penosa situación… penosa, sobre todo, porque había llegado a su término, pensó con nostalgia.

Trágicamente, sí, es cierto; pero ello no importaba tanto como el hecho mismo de haber terminado. Este vivo recuerdo y su inevitable asociación con Jesús aumentaron sus inquietudes. ¿Qué tanto sabía?, ¿quizá algo que Foncerrada ni imaginaba? ¿Sí había osado amenazarlo? ¿Debía interpretar así lo sucedido? ¿Sus palabras mucho más que irrespetuosas esconderían algún amago? ¿Sería capaz de conminarlo o, más aún, de provocar un escándalo? ¡Eso es imposible!, pensó sin certeza. Él era obispo, mientras que Jesús era un párroco de quinta categoría. Él era un criollo blanco, y el otro un indio más bien miserable. Él se codeaba con las altas autoridades civiles y religiosas del virreinato, el otro era un anónimo padrecito campesino.

Como quiera que fuera, el obispo ya había previsto sustituirlo con otro sacerdote mucho más letrado: el padre Hernando Ruiz de Alarcón, quien además hablaba el náhuatl e incluso había compuesto versos en ese idioma, la lengua materna de Jesús. Había planeado encontrarle a este último alguna modesta parroquia en la misma diócesis, pues en Taxco se requería una persona con mayores luces. Ahora, a partir del enfrentamiento que tuvieron, más bien le buscaría una ocupación que significara un castigo y que le doliera en el alma. Ya se le ocurriría algo, lo peor. En realidad, lo urgente era cambiarlo, aunque ya no estaba muy seguro de qué sería después lo conveniente. No quería aceptar que le preocuparan las palabras de Jesús, pero lo cierto es que así era. De hecho, estaba francamente mortificado.

Por otra parte, no conocía mucho al padre Hernando, pero el enorme prestigio del mayor de sus hermanos, Juan, el moderno dramaturgo integrado ya a la vida teatral de Madrid, era una especie de garantía. No pudo evitar que le pasara por la cabeza la contrahecha figura jorobada de Juan, grave defecto que por fortuna no padecía su hermano cura; en el altar y en el púlpito, la imagen del ministro de Dios es muy importante para inspirar el debido respeto en el pueblo. Entre bambalinas no importan las deformidades, debió de reconocerse a sí mismo. Además, sólo Dios sabe qué tamaño de culpas estaría pagando con la carga permanente de esa pesada giba, pues los hombres de teatro, aunque fueran de fama como Juan, solían llevar una vida disoluta. En todo caso, su renombre era un argumento a favor de Hernando, por más que el obispo tuviera serias dudas acerca de la moralidad del dramaturgo. Qué curioso, pensó, que de los cinco hermanos Ruiz de Alarcón, uno fuera dramaturgo y los otros cuatro sacerdotes, aunque entre estos últimos hubiera de todo.

Un dilema se había presentado en la mente del obispo cuando pensó en la designación de Hernando: por un lado, la fama de judaizantes que pesaba sobre los miembros de su familia, pues su abuelo materno, quien fuera de los primeros pobladores y mineros en la región de Taxco, había tenido problemas con la Santa Inquisición por ser judío converso, o descendiente de judíos conversos —no estaba seguro, pues se trataba más bien de un rumor, aunque muy insistente—, y hasta había quien aseguraba que murió quemado en la hoguera; además, el mismo abuelo también había sido acusado por haber tenido como manceba a una joven india, a la par que estuvo casado con la abuela de los Alarcones. Pero, por otra parte, el padre de éstos provenía de una distinguida familia de hidalgos asturianos, quienes tuvieron como ancestro, en el siglo XII, a un destacado combatiente contra los moros en el pueblo de Alarcón, de allí el origen de su apellido concedido por el rey Alfonso VIII de Castilla.

Con el segundo hermano de Hernando, de nombre Pedro, no había problema: llevaba años desempeñándose como capellán del colegio para niños de San Juan de Letrán, en la ciudad de México. Sin embargo, el dilema de Foncerrada se acrecentaba al recordar a Gaspar, el tercero de los hermanos, quien el año anterior había sido denunciado ante la Inquisición por un clérigo colega suyo, acusándolo de expresar como cura en Tetícpac proposiciones malsonantes en pleno sermón de Corpus, que parecieron heréticas. Además se le señalaba por comer carne en vigilia, por no tener imágenes religiosas en su casa, por ser en extremo tolerante con sus fieles —a los que les perdonaba no escuchar la misa completa— y sobre todo por criticar la obra de Dios: llegó a decir que ¡para qué hizo tantas montañas y barrancas pudiendo haber hecho todo parejo!

El cuarto de los Ruiz de Alarcón era el propio Hernando, cuyo marcado celo en la persecución de las idolatrías lo colocaba fuera de toda sospecha, no obstante los antecedentes judíos de sus ancestros y los descarríos de su hermano Gaspar. Había un quinto hermano, García de nombre de pila, del que sólo sabía que también era cura. En todo caso, Hernando había demostrado con creces su fidelidad a la Santa Iglesia, y se había constituido *de facto* en fiscal y alguacil del Santo Oficio como perseguidor de indios, mulatos, negros y mestizos. No importaba que su acoso obsesivo contra todas las creencias diferentes al cristianismo quizá revelara un afán por esconder o hacer olvidar los orígenes judaicos de su familia. Lo importante era que lo llevaba a cabo con gran eficiencia. Y, además, para el obispo era claro que mucho agradaba a Hernando la posibilidad de ser transferido a Taxco, por más que lo disimulara.

Desde el año anterior habían tenido una larga conversación sobre estos asuntos que tanto empezaban a preocupar al clero, sobre todo a los altos dignatarios; fue entonces cuando el prelado le encomendó pasar de una mera averiguación personal, aunque decidida y meticulosa, a una pesquisa en forma que diera elementos para realizar consignaciones ante el Santo Tribunal de la Inquisición. A Hernando le pareció percibir una velada insinuación del obispo para dejar su curato de Atenango y asumir el más importante de Taxco. Pero no fue abierta la intención ni explícita la invitación. Además, el padre Jesús ya era el párroco en ese pueblo minero. ¡Sólo Dios sabía de qué artes se había valido para arribar a ese puesto! Ciertamente se trataba de un cura muy trabajador y con un gran arraigo entre los feligreses indígenas. Éste era precisamente el problema, según Ruiz de Alarcón, quien alimentaba sus propias esperanzas de llegar a encabezar la parroquia taxqueña.

El padre Jesús era indígena y nadie podía saber si algún resabio quedaba en su alma de aquellas profanidades de los suyos. No por nada hasta los mestizos, con su sangre mezclada, despreciaban a los indígenas, pensó. La opinión del cura de Atenango coincidía exactamente con la del obispo —aunque Hernando no lo sabía a ciencia cierta, sino que lo sospechaba—, quizá porque ambos eran blancos y criollos.

Como quiera que fuera, en lo personal el obispo Foncerrada se identificaba mucho más con el padre Hernando que con el padre Jesús. Aquél era un hombre de letras con cierto mundo; éste, en cambio, un provinciano que lo más lejos que había llegado era a la ciudad de México. ¡Ni siquiera conocía el mar! El obispo, aunque nacido en estas tierras americanas, estaba orgulloso de no tener mancha indígena en su sangre española, ¡faltaba más!; se le notaba en su blanca piel, que cuidaba de no asolear. Era alto, elegante y acicalado, y no le disgustaban los lujos.

El padre Jesús era el extremo opuesto, tanto en sus características físicas como en su arreglo (o desarreglo). Moreno de subido tono y bajo de estatura, sólo se preocupaba de vestir una vieja y austera sotana, aunque siempre limpia —debía aceptarlo el obispo—, pero a veces muy arrugada y con remiendos no muy discretos. Pronto quedaría reubicado en donde pudiera pagar su atrevimiento, ¡sumido con la plebe, a la que pertenecía!, en el más absoluto anonimato y sobre todo alejado, ¡sí, lo más lejos que fuera posible! No tenía ni la menor duda respecto de esta decisión… o no la había tenido hasta la disputa de hoy. Y acerca de Miguel Bernardino tampoco había abrigado ninguna vacilación sobre la necesidad de que recibiera una muerte ejemplar, mas ahora tenía una cierta aprensión, sentía

—contra su habitual forma de ser— una molesta incertidumbre…

Ciertamente, las experiencias mundanas de Jesús eran limitadas, pero tenía un instinto natural e inteligencia que le habían permitido lograr sus metas, si bien no muy ambiciosas. Después de haber sido acólito hasta bien entrada su adolescencia y luego de largos años como sacristán, su tesón lo había llevado al convento y finalmente a recibir los hábitos. Su esfuerzo lo hizo llegar a cura, pero acceder a la parroquia de Taxco había sido más bien un hecho fortuito debido a circunstancias hasta cierto punto ajenas a él. Como quiera que haya sido, estaba orgulloso de haber llegado al sacerdocio y cuidaba esa posición con trabajo y dedicación, pero jamás renegaba de sus raíces indígenas; por el contrario, también eran motivo de orgullo y lo hacían ser comprensivo hacia el pueblo más pobre, del que él mismo provenía.

En el alma del padre Jesús, desde niño, habían cohabitado, planteándole ocasionalmente algunos problemas de conciencia, las supersticiones del México antiguo con las enseñanzas de los frailes españoles que pregonaban la luz de los Evangelios en el Nuevo Mundo. De hecho, desde sus primeros pasos dentro del catecismo hasta sus interminables lecturas de la Biblia —tanto del Antiguo como del Nuevo Testamento—, fue encontrando muchos aspectos que se le antojaban parecidos entre las tradiciones de sus mayores, indígenas, y las judeocristianas. Inquietantemente parecidos. Por supuesto que jamás lo dijo a nadie. Ni lo diría, ¡no estaba loco! Estas cosas las aclaraba él directamente con Dios.

Ciudad de México, 1585

Firma "Pedro Moya de Contreras". ¡Esto no es posible! ¿Cómo piensa el virrey arzobispo mandar esta carta al rey Felipe II? ¿Estará desatinando?, pensó su secretario —un encorvado cura ya entrado en años—, pero luego se retractó mentalmente al recordar, con cierto temor, que su jefe asimismo era inquisidor mayor del Santo Oficio, también llamado Santo Tribunal de la Fe. Recordó que el propio doctor Moya había efectuado en 1574 un auto de fe en la Nueva España, el segundo quemado vivo en la hoguera por sentencia de la Inquisición; después presidió la ejecución de muchos otros penitenciados. Quizá el haber acumulado tanto poder con esos tres cargos simultáneos le hacía perder la mesura y atreverse a plasmar sobre el papel semejantes denuncias. Cuando se destapan las cloacas, todos se salpican de porquería. Está escupiendo para arriba. Debe tener presente que antes que virrey es sacerdote. Hablaría con él, en lugar de despachar la epístola al monarca; trataría de hacerlo desistir de su envío. Entre tanto, quizá con cierto morbo, el cura la releyó.

Era un informe secreto sobre la vida privada de muchos curas que se habían alejado de las enseñanzas cristianas y sobre todo del ejemplo de Cristo. ¡Pero incluía los nombres de cada uno! ¡Pelos y señales de sus pecados! ¡Vida y milagros!... No, no, no; desechó el atrevimiento de su mente. Era justo lo contrario a un milagro: conductas guiadas por el demonio, opuestas a todo lo que honra a Dios. Merecían los mayores reproches y escarmientos..., pero de ahí a denunciarlos por escrito ante el rey había un abismo.

El recuento pecaminoso era pormenorizado y abarcaba a más de una treintena de clérigos. El secretario —que quizá se encorvaba por ser muy alto, amén de flaco— pasaba la vista con avidez sobre los primeros renglones de cada largo párrafo de esas páginas, hojeándolas con la ayuda del dedo índice de la mano derecha, cuya punta humedecía con saliva: "Juan de Oliva habla con poca reverencia y limpieza de palabras; no es de ningún provecho; es tenido por codicioso y sabe poco; ha tenido fama de distraído en cosas de mujeres... Gaspar de Mendiola no se da al estudio y es deshonesto... Diego López de Aburto es hombre sin letras y apenas sabe leer, muestra poco entendimiento y mal asiento de juicio; es inquieto y vano, y distraído en negocios de mujeres... Pedro de Peñas estudió muy poca gramática; nada curioso ni continuo en su oficio; tiene deudas y no es tenido por hombre de confianza; fue llamado por cierta noticia que se tuvo de cosas que hacía; está mal acreditado en cosas de castidad y recogimiento... Manuel de Nava ha sido distraído en juego y vestidos femeninos... Juan de Aberruza gasta el tiempo con poca ocupación y menos honestidad... Francisco de los Ríos es de complicado juicio y muy colérico; está notado de codicioso y de avaro y de poco asiento... Lázaro Díaz tiene poca habilidad y menos estudio; está infamado de jugador y deshonesto... Antonio de Herrera sabe poco de cánones; es hombre muy distraído, y ha sido castigado tres o cuatro veces por amancebado, y desterrado al presente por ello... Francisco de Torres Cazalla no ha dado muestras de honesto, antes de lo contrario... Mancio de Bustamante es muy perdido y de poco asiento... Martín Ortiz de la Cruz y Jerónimo de Villanueva han sido traviesos en cosas de mujeres... Diego Pérez de Pedraza, muy idiota y ocioso, no entiende de ningún ejercicio de virtud, y en mujeres ha sido derramado; no está bien acreditado... Pedro de Aguilar sabe poco y presume mucho... Juan de Vergara es muy deshonesto en sus cosas y por ello ha sido castigado; no da muestras de virtuoso, antes es amigo de armas y de cosas seglares... Garci López de Rivera es descuidado, no estudia ni tiene ocupación, ni ejercicio de virtud... Juan Gutiérrez ha sido desterrado y suspendido del oficio de cura por haber dado mala cuenta de sí... Diego Ortiz es muy distraído en cosas de mujeres y por esto fue castigado siendo seglar y después de clérigo... Diego Gudínez, muy colérico, al presente está suspenso y desterrado del arzobispado, además de otros castigos, porque dio una bofetada a un clérigo estando revestido para decir misa... Juan de Cabrera ha sido algo liviano... José Méndez ha sido un mozo muy desconcertado, y siendo estudiante estuvo preso porque se le imputó la muerte de un cuñado suyo, y huyó; es muy deshonesto y hasta ahora no ha mostrado enmienda... Diego de Olvera no ha tenido buen gobierno en su persona y ha sido preso por desatinos que ha hecho con cólera... Pedro

López de Buitrago ha tenido más cuidado de adquirir hacienda que del aprovechamiento de los indígenas, y así está rico… Hernán Carreño y Diego de Castañón han sido descuidados en sus estudios y juegan naipes… Cristóbal Gentil anda siempre adeudado… Diego Ydrogo de Castañeda ha sido castigado por jugador y pendenciero, y ha estado atado en la casa de locos por desatinos que hizo y porque tuvo perdido el juicio… Garci Sánchez es hombre distraído en su traje, conversaciones y modo de vivir… Juan Montaño ha sido muy perdido en juegos y fraudes, e inquieto… Francisco García Nájera juega naipes y hace otras cosas que no convienen con su hábito y con dar buen ejemplo…" ¡Qué relación de pecadores!

Por diferentes motivos, dos casos llamaron la atención del secretario, quien parpadeaba como pájaro espantado, con esos ojos pequeños en la cara angulosa y la angosta nariz como gancho. Uno se refería al pedante canónigo Francisco Cervantes de Salazar, por su relevancia como rector de la Real y Pontificia Universidad de México. Buen literato, autor de unos *Diálogos* en latín que protagonizan varios personajes en la ciudad de México, "es amigo de que lo oigan y alaben, y agrádale la lisonja; es liviano y mudable, y no está bien acreditado de honesto y casto, y es ambicioso de honra, y persuádese que ha de ser obispo, sobre lo cual le han hecho algunas burlas". Se necesita ser arzobispo y además virrey para escribir con semejante soltura de pensamiento y de lápiz, pensó el secretario.

El otro caso, muy singular, le provocó curiosidad por lo sugerente y porque conocía bien a los novicios protagonistas del sucedido. Se refería al joven Heberto de Foncerrada, hijo de conquistador y española, quien a punto de casarse con la agraciada muchacha Marcelina de Bandala, asimismo de distinguida cuna —hija del contador mayor del virreinato—, rompieron su compromiso de manera incomprensible y repentina para ingresar a sendos conventos de la orden de los carmelitas descalzos, una de las más rigurosas que había en el Nuevo Continente. El influyente contador era buen amigo del secretario del virrey desde sus mocedades, cuando compartieron dulces experiencias en aquella casa discreta del barrio de los muelles del puerto de la Vera Cruz, donde sólo se recibían visitas cuando caía la noche. Heberto se hizo novicio en el convento del pueblo de San Ángel, en el suroeste del valle de México, y ella —la hija de su amigo—, bajo el nombre de Carmen de la Purificación, pasó a ser aspirante de monja en el convento de las descalzas de la ciudad de Puebla. La carta del virrey mencionaba la importancia de estar atentos a la conducta del joven novicio, por lo extraño de la ocurrencia y por los persistentes rumores que la envolvían. Y el secretario, intrigado, tenía muy presente que, cuando pasó en limpio el borrador de esta carta escrito por Moya, había encontrado varios renglones muy bien tachados, ilegibles, justo en este raro asunto.

Por supuesto que al cura con cara de ave le tranquilizaba no aparecer en esa denigrante nómina de yerros y deslices. Sólo él sabía que habría sobrados motivos para formar parte de ella, si bien todos pertenecientes a un pasado más bien remoto... y añorable. Se quedó un momento mirando a las baldosas del piso, absorto, pero luego levantó la vista y la clavó en las gruesas vigas de madera del techo, como agarrando fuerzas. Decidió no esperar más y entró al privado virreinal. Su inquilino leía sentado frente al escritorio.

—Su Excelencia, ¿me permite interrumpirlo?

—Adelante, padre. Dígame usted.

—Se trata de su carta al rey, Señoría —con cierta incomodidad, continuó—: como secretario suyo, creo que es mi obligación decirle que me parece algo... quizá innecesario. Los correctivos que usted ha dispuesto para esas ovejas descarriadas son bastante enérgicos y, por supuesto, muy justos. ¿Hará falta que Su Majestad se entere? ¿No le provocará un dolor que pudiera evitársele?

El virrey se acomodó en su sillón, con calma puso sobre el escritorio los papeles que estaba leyendo y vio a su secretario a los ojos, pequeños y apenas perceptibles en aquel rostro enjuto y arrugado, quizá no tanto por los años, sino por una vida ausente de placeres, pensó el virrey.

—Padre, ser el rey no es algo necesariamente cómodo ni placentero. Implica muchas obligaciones desagradables, como la de estar bien enterado de lo que acontece en sus dominios. Ocultarle estos hechos reprobables y vergonzosos, preocupantes en todo caso, sería una forma de mentirle. No seré yo quien lo haga. Además, mi deber es doble, pues como virrey y como arzobispo tengo que poner al tanto de todo a nuestro monarca. Por otra parte, no se trata de nada nuevo, o ¿no conoce las cartas de mi lejano antecesor fray Juan de Zumárraga? Nuestro primer arzobispo tuvo la bendición de tener muy cerca a Dios, y sobre todo a la Madre de Dios, a través de las apariciones con que Ella regaló a Juan Diego; pero también tuvo muy cerca al demonio, metido en la médula de los huesos de algunos de sus sacerdotes. Volví a leer sus misivas dirigidas al rey, cuyos borradores nos dejó aquí, en sus archivos; me orientaron para redactar la mía, que tanto le preocupa a usted, padre. Fray Juan consigna las desviaciones morales de la gente de la Iglesia, tanto de los curas del clero secular como de los frailes del clero regular —el virrey estaba divertido, aunque para nada se le notaba. Le estaba gustando escandalizar a su secretario, que tan enigmático le resultaba. Y así continuó—: Por cierto que uno de aquellos sacerdotes, valga como ejemplo curioso, se quiso pasar de listo y trajo en el navío transatlántico a su manceba, por supuesto encubierta su personalidad. Y no fue el único, padre.

Sin levantarse, el virrey sacó una llave del bolsillo de la sotana y abrió el cajón superior del escritorio; tomó dos carpetas y, al separarlas sobre la cubierta, el secretario pudo leer fácilmente que la primera decía, titulada con grandes letras, "Zumárraga y varios", y la otra decía "Foncerrada". De la primera escogió con calma los papeles que quería mostrarle. No tenía prisa; ésa era su forma habitual de ser. Contempló desde la gran ventana enmarcada en pesadas cortinas de terciopelo rojo la Plaza Mayor de México y pensó con agrado, observándola, cómo iba creciendo día a día la construcción de la catedral. ¡Qué lejanos aquellos años veinte, cuando Hernán

Cortés echó abajo la Gran Tenochtitlan para empezar a erigir esta noble ciudad de México! ¡Qué manera de crecer la vieja isla!, pues sus límites se iban ensanchando al ganar terrenos a la laguna con rellenos artificiales. ¡Siempre la avidez de los hombres!; en todo estaba presente, movía la tierra y el agua. ¿Qué opinaría Dios de estas modificaciones a la geografía que Él había dispuesto? No tenía idea... Además de la catedral, también le gustó ver en el balcón de su despacho los nuevos barandales de hierro forjado a mano que se acababan de estrenar. ¡Excelente trabajo de los artistas mexicanos del pueblo! No le pedían nada a los de su natal Pedroche. Arte del pueblo, manos de Dios, pensó convencido. El doctor Moya de Contreras continuó con parsimonia ante su desgarbado secretario, quien discretamente lo había contemplado de reojo mientras el virrey ensoñaba:

—Mire, padre, por otro caso similar el prelado Zumárraga desterró de manera perpetua de la Nueva España a un tal Juan Rebollo; pero leamos sus propias palabras —dijo, tomando una hoja de la carpeta—: "Cura que desde antes de que yo viniese a esta tierra ha tenido una Rebolla en esta ciudad y otras en otras partes; ha cometido muchos excesos y es incorregible" —y continuó—: Otro cura llamado Cristóbal de Torres provocó con sus deshonestidades que un marido matara a su mujer a puñaladas, y la Audiencia lo dejó libre no obstante que se tuvo "por probado el adulterio con el dicho clérigo".

El virrey se ajustó las gafas y apuntó con el dedo índice a un renglón de esa carta de fray Juan de Zumárraga:

—El bachiller Barreda y su compañero eclesiástico Torres frecuentaban "casas donde había mujeres públicas". Y otro más mató con sus propias manos a un indígena porque lo acusó ante el obispo de que "había tomado a su mujer para manceba; y al día siguiente celebró misa sin absolución ni dispensación". Ese mismo, en otra ocasión mató a una mujer "a poder de azotes, y otra que estupró murió de ello". Vea, padre, hasta dónde llegó fray Juan, haciendo esta recomendación al rey: "Convendría que los sacerdotes que acá pasasen fuesen escogidos virtuosos, y no los que los trae la concupiscencia de los ojos y de la carne". Y así continúa mi antecesor: "Los clérigos que acá pasan no son los mejores, y más daño hacen los pocos malos, que los muchos, provecho. Ahora ha osado volver acá un clérigo que el provisor condenó a cárcel perpetua. Me tiene espantado y atónito, sabiendo él lo que sabemos de sus iniquidades y maldades infernales, que haya tomado el atrevimiento de volver para condenación de su alma, con sus diabólicas astucias".

El virrey tomó otra hoja en las manos y se quedó viendo con fijeza a su secretario, quien bajó la mirada:

—Escuche ahora otra voz respetable, la de fray Rodrigo de la Cruz, que poco después de Zumárraga, en 1550, escribía así al rey: "Pasan acá muchos clérigos no con buena intención, sino de ganar lo que pudieren en breve y venga por donde viniere. A Vuestra Majestad suplico, por amor de Dios, se mire mucho porque no hacen muchos de ellos lo que deben".

El virrey guardó los papeles en su expediente y lo dejó encima del escritorio; tomó en sus manos la otra carpeta —"Foncerrada"— y la empezó a revisar. Cuando encontró el documento que al parecer mostraría a su secretario o que comentaría con él, y le echó un vistazo, fue evidente que se arrepintió; se quedó mirando un instante al Divino Rostro que colgaba sangrante de la pared, enmarcado en un grueso óvalo dorado, guardó de nueva cuenta el escrito y agregó, tajante aunque amable, como solía ser él, mientras cerraba con llave el escritorio con las carpetas ya en su interior:

—Mejor ya no abundemos en ello, padre, que son temas deprimentes, y hágame el favor de despachar esa carta cuanto antes.

Al retirarse del despacho, el secretario pensó sin rubor que no erraba el doctor Moya al mantener con llave aquel cajón, pues de otra manera él sin duda se las ingeniaría para enterarse del contenido del misterioso papel. Por otra parte, debió aceptar que el arzobispo era coherente en su forma de pensar y de actuar. Años antes había dispuesto que, en el hábito y decencia del vestir, los curas no trajesen seda ni cosa profana, y que no acompañasen mujeres, ni las llevasen en ancas de mulas ni caballos aunque fuesen sus madres ni parientas, porque lo castigaba severísimamente sin excepción de persona. Su propio arreglo personal confirmaba sus convicciones: vestía una sencilla sotana, como cualquier cura sin jerarquía, bien planchada e impoluta; sólo se reconocía su alta dignidad en el anillo pastoral, pues la mitra únicamente la portaba para decir misa. Su extrema austeridad no discordaba de sus distinguidas facciones y alta figura.

No obstante, otras ideas pasaban también por la mente del secretario, pero nunca se habría atrevido a decirlas al virrey… A los curas sólo los juzga Dios. Y no eran ocurrencias suyas, pues ya lo había dicho el papa y mártir San Anacleto, quien ponía como ejemplo de lo incorrecto a Cam, al no cubrir la desnudez de su padre Noé, sino que la mostró para que se mofaran de él. Y el emperador Constantino, en el Concilio de Nicea, asimismo dijo a los sacerdotes: "A vosotros nadie os puede juzgar, pues estáis reservados únicamente al juicio de Dios". Y en el mismo sentido abundó el papa Nicolás cuando amonestó al emperador Ludovico, tan dispuesto a creer los delitos imputados a los clérigos. El secretario sentía como una especie de traición al gremio clerical la misiva del virrey arzobispo. Ya tendría la oportunidad de comentarlo con algunos colegas íntimos de elevada jerarquía…

CIUDAD DE MÉXICO, 1620

En los fríos aposentos de la Santa Inquisición, el padre Jesús —citado como testigo— ya no sabía si el acusado era él mismo o era, como decían, Miguel Bernardino. Los interrogatorios que le aplicaban estaban siendo implacables, uno tras otro sin interrupción, ya durante tres días. Apenas con el tiempo justo para mal dormir y peor comer. Sólo habían faltado los golpes y el tormento físico, pero él no estaba ocultando ningún hecho, sólo se reservaba algunas reflexiones personales. Lo que sí lo atormentaba en el alma era pensar en su ahijado y en Molcajete esperándolo ahí afuera, en la plaza de Santo Domingo, a las puertas de este tenebroso edificio capitalino. No suponía que estuvieran pasando hambre, pues las deformidades de Churumuco, el niño sordomudo, le facilitarían la caridad de la gente (y del perro ni hablar, era habilísimo para procurarse alimentos de manera subrepticia), pero a estas alturas ya habrían de estar muy preocupados por su ausencia. ¿Y el frío nocturno con esa miserable cobija? Mas allí estarían, así se lo había ordenado a su ahijado: no alejarse.

La saña de los inquisidores de seguro tenía que ver con su condición de indígena, aunque Jesús vistiera, como ellos, un hábito religioso, él carmelita, ellos dominico. Quién sabe cómo se enteraron de los antecedentes de su finado padre, de oficio *ticitl* igual que lo era su amigo Miguel Bernardino y que lo habían sido los ancestros de ambos; por supuesto, todos ellos a la vez labriegos. Presionado y hasta acosado, hubo de rememorar lejanos pasajes arrinconados en su memoria y por primera vez ponerlos en palabras. Sintió ultrajada su intimidad con semejante intrusión en sus recuerdos. Uno a uno fueron saliendo de su mente y de su boca, obligados a fluir por los amenazantes frailes. Algunas remembranzas alcanzaban a su remota infancia y se vio precisado a referirlas, aunque muchas de sus cavilaciones personales las guardó para sí mismo. Que sus interrogadores se enteraran de los hechos, mas no de sus pensamientos. O cuando menos no de los más profundos y, quizá, comprometedores.

(Jesús no podía contener las lágrimas, mitad por el dolor y mitad por el miedo. No obstante el estoicismo característico de los indígenas, incluidos los niños, sus escasos diez años de edad justificaban esa debilidad. Además era real el peligro de muerte —aunque él no lo sabía bien a bien—, pues el alacrán que lo había picado era de los más venenosos que hay en Ixcateopan: amarillento de todo el cuerpo, con una franja oscura transversal en la espalda. Tenía fiebre, le escurría una saliva espesa por las comisuras de la boca y sudaba copiosamente. Aun así, medio inconsciente y aletargado, tenía una fe, ciega e infantil, en las habilidades de su padre, heredadas de su abuelo y éste de su bisabuelo; de seguro que venían de más generaciones atrás, cuando el suelo mexicano aún no había sido hollado por los españoles. Lo oyó decir:

—Yo en persona, el espiritado consagrado a los dioses, te llamo a audiencia a ti, el sacerdote Yappan, que eres el del aguijón corvo, para que des razón: ¿por qué ofendes a las gentes? Nada, nada puedes ya hacer, ya no puede ser de provecho tu trabajo. Los hombres te llaman alacrán y te conozco por este nombre. Vete muy lejos de aquí a hacer agravios. Vete muy lejos de aquí a burlarte de las gentes. Hermano mío, no tienes vergüenza. Ven acá, tierra, tú mi madre princesa, aplaca buenamente a Yappan, para que por bien se vaya y nos deje en paz.

Mientras así hablaba, en náhuatl, el padre de Jesús le sostenía la atadura de reata que le había hecho en el brazo para que la ponzoña no pasase adelante por las vías sanguíneas, y le frotaba la herida del piquete con tierra, continuando el conjuro con un emplazamiento:

—Hágole saber que el irse y dejarte no ha de ser para mañana ni otro día, sino al punto, y si no saliera y se fuera, a mi cargo queda que yo lo castigaré como se merece.

Con la llegada de la noche llegó también el delirio, y así Jesús la pasó desvariando. Su madre veló junto a él, secándole la frente perlada de un frío sudor que no cesaba. Su padre continuó susurrando invocaciones que recordaban la vieja leyenda de los antiguos: el casto Yappan, que hacía penitencias para captar la benevolencia divina, fue seducido por dos diosas hermanas y entonces se transmutó en alacrán. Era necesario congraciarse con él e intimidarlo para que liberara al niño.

Su madre escuchaba, asintiendo respetuosa, y además agregaba lo propio. Sabía que cuando hay fe puede haber curación, según había enseñado el Redentor. Así Él había sanado a toda clase de enfermos e inválidos: leprosos, paralíticos, ciegos, sordomudos, cojos, mancos y otros lisiados, epilépticos y jorobados; hasta una mujer con más de una década de padecer flujos de sangre continuos había sido curada por el Salvador, secándose la fuente de sus hemorragias… Bueno, los Evangelios no se podían equivocar: incluso la vida había devuelto Jesucristo a varios muertos. Y uno ya apestaba, dice San Juan, pues llevaba cuatro días de ser cadáver. No importaba, lo resucitó el Hijo de Dios. Ella tenía fe en todo lo que pudiera salvar a su pequeño Jesús, a este Jesús, el suyo. Bienvenidas las oraciones que su esposo heredó de sus mayores, y ella sumó las suyas.

El amanecer trajo la esperanza de alivio y, poco a poco, Jesús fue superando la intoxicación de su sangre. Al cabo de un par de días se encontraba fuera de peligro, aunque pálido y enflaquecido. Nunca se supo cuánto influyeron en su curación las plegarias de su padre y cuánto las de su madre, pues ella, casi en silencio, oraba a la Virgen de Guadalupe rogándole salvar a su hijo.

En este caso no era cosa de apelar a Dios o a Cristo, pues el amor de madre no era asunto de ellos; no sabían de las penas del embarazo ni de los dolores del parto; no tenían ni idea del vínculo que se mantiene toda la vida con el ser que estuvo dentro del propio vientre. En cambio, la Virgen era como ella, madre de un Hijo… y los dos se llamaban Jesús.

Su Jesús estaba creciendo bajo el influjo de dos formas de ver la vida. Una era la de su padre, *ticitl* reconocido entre los indígenas de Ixcateopan y de otros pueblos cercanos, reconocimiento que nunca debía trascender a los sacerdotes católicos, quienes luchaban por evangelizar a la población autóctona y por erradicar de sus mentes las viejas creencias que calificaban de paganas. ¿Qué era eso? Habían procedido con suma dureza cuando se enteraban de que alguien continuaba con aquellas prácticas. Aunque los indígenas asimilaran la nueva religión cristiana, los curas no aceptaban que compartieran su corazón con Tonantzin y con Guadalupe, con Quetzalcóatl y con Cristo, con Huitzilopochtli y con Satanás, en este último caso, por supuesto, para temerles como representantes del mal. Eran celosos y egoístas estos españoles y su Dios, a diferencia de los dioses mexicanos que convivían todos en gran número, dentro de alguna manera de concierto y hasta armonía.

La otra forma que tenía su pequeño Jesús de ver la vida era la suya, que desde niña había recibido los beneficios del bautismo y de una concienzuda catequización. Claro que ello no le impedía reconocer los poderes de los dioses de sus mayores; ¡eran evidentes! Pero no tenía por qué privarse de los favores de la Santa Madre de Dios, que, del lado cristiano, era en quien realmente confiaba. La dureza y crueldad de Dios —que tanto la impresionaban, sobre todo con el desmesurado castigo del Diluvio Universal—, lo asemejaban a los dioses más terribles representados en los ídolos de su pueblo. No había duda: para ella, la Virgen representaba la nueva religión. Y para evitar titubeos —de haberlos habido, que no era así—, aquí estaba su hijo, dos días atrás moribundo por el piquete del alacrán y hoy prácticamente sanado... aunque en algo debían de haber influido, también, los sabios conjuros de su marido y algunas deidades de piedra que con celo guardaba. El niño, en efecto, sanó por completo.)

El padre Jesús dudaba mucho de la conveniencia de continuar con el relato de todas esas vivencias infantiles, aunque sus progenitores ya hubieran muerto, pero estaba muy presionado. Los inquisidores lo escuchaban con morbo, como frotándose las manos ante revelaciones tan sustanciosas para ellos. Mas debió seguir adelante: habiendo probado un bocado, ya no se saciarían hasta quedar satisfechos con más información de esa remota infancia suya. ¿Y qué tenía que ver con Miguel Bernardino, si a él lo había conocido y se habían hecho cercanos amigos muchos años después? Nada importaba, los dominicos querían husmear hasta el último recoveco de su vida... Pero en su alma no entrarían.

Jesús trató de explicarles que con la misma naturalidad con la que de niño asistía al catecismo acompañado de un grupo de muchachos con quienes haría después su primera comunión, asimismo veía los quehaceres de su padre vinculados con encantos y sortilegios. Le gustaba compartir con él esos momentos de su misterioso trabajo profesional, e igualmente le atraía la no menos misteriosa y mágica misa de los católicos, de los cuales empezó a formar parte desde su infancia.

(Iba feliz con su padre a sembrar en la milpa, pues la parcela se encontraba junto a las enigmáticas Peñas Largas, en las afueras de Ixcateopan. En ese lugar se metía y deambulaba absorto y azorado por los estrechos pasadizos formados entre el laberinto de piedras semejantes a enormes esculturas naturales, caprichosas figuras pétreas elevadas hacia el cielo, manojos de puñales grises apuntando verticales hacia arriba, agujas rocosas de esbeltos castillos góticos. Y por allí merodeaba entre aquellas elevadas paredes deslumbrado entre las luces y las sombras que aumentaban las fantasmagorías del extraño sitio, hasta que su padre lo llamaba para empezar la siembra.

Lo ayudaba con la coa para hacer los agujeros en el surco, donde iba echando las semillas conforme caminaba lentamente, perforando el suelo con el largo palo de madera en la mano izquierda y sembrando con la derecha; al efecto colgaba de su hombro un morral con los granos. Cada paso, además, servía para pisar y así tapar el hoyo con la simiente. Antes de iniciar la labor, su padre se dirigía a ese apero de labranza, alargado y puntiagudo, y le decía en su antigua lengua:

—¡Ea!, palo encantado, coa cuya dicha está en las lluvias, haz tu oficio que ya han venido las diosas nubes; ahora voy a dejar en las entrañas que desgarres a la tierra al príncipe maíz, que es siete culebras.

Jesús ya sabía que al maíz se le decía "siete culebras" por la formación de las hileras de granos en la mazorca, aunque nunca le quedó clara la metáfora, pues el número de hileras rara vez coincidía con el nombre asignado.

Ahora su padre se dirigía al cereal mismo:

—¡Anda!, vamos, que aquí está la bolsa de la diosa del alimento que te llevará por el camino de la milpa, que hace mucho que te tenía guardado en ella tu madre.

Los conocimientos de su padre eran tan amplios que se daba el lujo de variar los conjuros propiciatorios de la siembra y, así, otras veces decía:

—Yo en persona, el encantador, te digo, hermana semilla, atiéndenos que eres nuestro sustento. Tú también atiende, princesa tierra, que ya encomiendo en tus manos y en tu vientre a mi hermana, la que nos da el mantenimiento; no incurras en caso afrentoso cayendo en falta. Advierte que lo que te mando no es para que se ejecute con dilación; los hijos de mi hermana luego muy presto han de salir sobre la tierra. Quiero verlos con gusto y darles la enhorabuena de su nacimiento.

El cuidado del sembradío requería, además, de otros menesteres, sobre todo ahuyentar a los animales que lo dañaban, comiéndose sus frutos. Nada escapaba de la previsión de su padre cuando hacía uso de sus agüeros para alejar a los depredadores, sahumando la milpa, como ofrenda para pedir socorro:

—¡Oye!, tú mi hermana, la diosa montesina, qué hacen o por qué dañan los dueños de las cuevas esta desventurada sementera, que ya la acaban. Que no aparezca aquí ninguno de ellos, porque estarán aguardando vigilantes los dioses de la tierra. Yo mismo, el brujo tigre, he venido a buscar a los espíritus invasores. Ya está aquí el rastro, por aquí vinieron, por aquí entraron, por aquí salieron…, ya vine a correrlos y ahuyentarlos, y ya no han de hacer aquí más daño. Ya traigo el copal para humear y con la virtud de sus profundos aromas los atajo y expulso.

Años después, durante sus estudios bíblicos, Jesús recordaría las plegarias indígenas de su padre, mientras leía algunos salmos: "Oh, Dios, tú mereces un himno, tú cuidas de la tierra, la riegas y la enriqueces sin medida, riegas los surcos, tu llovizna los deja esponjosos, bendices sus brotes". También encontraba similitudes con los proverbios del Antiguo Testamento: "Honra a Dios y tus graneros se colmarán de grano, no se agostarán en tiempos de sequía". Y con el Libro de Job asimismo rememoraba su niñez: "Entonces el Señor habló: Voy a interrogarte: ¿tiene padre la lluvia?, ¿quién engendra las gotas del rocío?, ¿quién cuenta las nubes y quién vuelca los cántaros del cielo?"

No era que su padre hubiera dicho lo mismo que enseña la Biblia, nada de eso, por supuesto; sin embargo, a Jesús le quedaba una sensación, un sabor de boca muy parecido. No bastaba todo el esfuerzo y toda la dedicación de los hombres a los trabajos del campo, para arrancarle sus frutos; había que invocar a fuerzas superiores más allá de lo natural, había que apelar a instancias divinas. Su padre tenía un ídolo de piedra, heredado de muchas generaciones anteriores, escondido dentro de la troje en la que guardaba las mazorcas de maíz cosechadas, para cuidarlas; otros campesinos hacían casi lo mismo poniendo una cruz cristiana de madera, pero ésta no tenían que ocultarla a las miradas indiscretas: era colgada en el exterior del coscomate. Otros más hacían esa cruz con ramas atadas de la amarilla flor de pericón que brota hacia finales de septiembre, pues simboliza a San Miguel Arcángel alejando las fuerzas del mal. ¿No era en esencia lo mismo? ¿No eran similares los hombres que suplicaban el favor divino y los dioses que eventualmente lo otorgaban?)

Los inquisidores no cejaban. Permitían hablar a Jesús sin interrumpirlo durante sus prolongados monólogos de voz apagada, e iban tomando notas. En cuanto hacía un silencio, de inmediato lo acosaban con más preguntas o aclaraciones. Ya estaba agotado. Con tristeza y a su pesar seguía hablando de su pasado. Los dominicos se enteraron así de que durante la infancia de Jesús, y todavía algunos años después, lo que más le gustaba era acompañar a su padre cuando iba de cacería. Y no es que con el tiempo menguara ese gusto, sino que sus deberes en la parroquia de Ixcateopan —como acólito— le reclamaban cada vez mayor atención.

(En ocasiones se trataba de cazar pájaros, y al efecto colocaban una larga red horizontal, tendiéndola a la orilla del arroyo donde las aves acudían a beber, para que se enredaran en ella al llegar o al tratar de irse. Para asegurar algunas presas, su padre externaba esta manifestación simbólica:

—Yo mismo, el hijo sin padre, el solo dios, el nombrado Quetzalcóatl, he venido a buscar a mis tíos: los nobles del cielo.

Aquí esperaré a los genios que se descuelgan, que se deslizan al suelo.

Otras veces se trataba de cazar venados con un lazo, y ello requería de mayores preparativos. Su padre debía escoger un momento propicio, pues quien quisiera realizar esa forma de cacería debía estar libre de todo género de pesadumbres, así de cuidados penosos como de pendencias. Caso parecido era el de las mujeres que hacían tamales, pues si tenían algún problema o estaban menstruando, no salían sabrosos esos envoltorios comestibles. La casa paterna debía prepararse para el buen suceso, aliñándola y barriéndola y colocando tres piedras a su alrededor; en cada una de ellas se prendía un fuego y se ofrendaba piciete, una especie de tabaco muy curativo y útil para muchos encantos, amén de copal en un sahumerio. Su padre hacía alocuciones mágicas a cada uno de los elementos que participarían, de una manera u otra, en la cacería. A la tierra le decía, predisponiéndola en contra de los venados, dueños de las siete rosas, o sea las astas de sus cuernos:

—Tú, mi madre, ¿no te causa ira o enojo el verte herida en tantas partes como te andan cavando los venados que habitan las tierras de los dioses? Aquí es donde, para protegerte, he de armar los lazos para sus hocicos.

A esos cordeles, que eran sus hermanas culebras —por la forma—, imploraba resistencia:

—Estáte alerta, mi hermana, hembra que haces el oficio de mujer, pues trabajas estando quieta. Que no te rompa el de las siete rosas, de carne gorda y gustosa. ¡Cómo te enoja el verte deshilachada, ignominiosa y feamente colgada! Que no se te haga mal ni te eches a perder, o malogres esta obra por impaciencia. Aquí es donde has de tener al venado y cogerlo.

Al *piciete* o tabaco ritual lo llamaba aludiendo a la forma como se le procesaba, golpeándolo, y así agregaba:

—Ven o favoréceme ya, espíritu nueve veces aporreado, que descuidado estás, pues ahora te he de llevar. Esconde y oculta los lazos; ése será tu trabajo.

Al sol, ofrecía:

—Ven tú, mi padre, piedra reluciente que humeas, el de los rayos, que pareces producido de esmeraldas, está cierto que no me he de anticipar al gusto y al placer que en esto has de ser preferido, porque ante todas las cosas te he de ofrecer la sangre caliente, la sangre olorosa, el corazón y la cabeza del de las siete rosas.

Y a los propios venados los arengaba:

—De ninguna manera suceda que vayan por otra parte, vengan por aquí, pasen por aquí, en este lugar hallarán su collar de rosas. Aquí serán vestidos por mis hermanas, las diosas dignas de estima.

Cuando se trataba de cazar venados con arco y flecha —a veces utilizando perros para acorralar a la presa—, los hombres salían en grupo y los conjuros se hacían para localizar al animal, y luego para acertar el tiro. Entonces escuchaba a su padre invocar:

—En la flecha va encajada y ajustada una punta de pedernal ancha, y con esto a buscarlo vengo, donde quiera que esté, ora sea en las quebradas, ora en las laderas, ora ande en las lomas. Al noble y principal de las siete rosas he venido a buscar, pues es carne sabrosa y encantada.

Pasarían muchos años para que Jesús leyera un salmo bíblico que le recordaría aquellas aventuras de sus mocedades. "El Dios de dioses, el Señor, habla: todas las fieras agrestes son mías, y hay miles de bestias en mis montes; conozco todos los pájaros del cielo, tengo a mano todas las alimañas."

Otra vez lo sobrenatural. De nueva cuenta sentiría que no existen abismos entre las religiones.

Nunca hubiera sospechado que algún día, muchos años después, habría de plantearse calladamente estas mismas cuestiones frente a los implacables jueces de la Santa Inquisición, estando de por medio la vida de su mejor amigo. Y menos aún pensaría que también la propia.)

Libre por fin, al atravesar los muros sombríos de la Santa Inquisición, lo primero que buscó Jesús —y encontró de inmediato— fue la torcida silueta del niño, quien, a su modo, ya corría a su lado seguido por el inseparable animal.

—¡Querido Churumuco, gracias por estar aquí! —le susurró mientras lo estrechaba y le acariciaba el cabello, saliéndosele una lágrima. Nada importaba que no lo escuchara, cuando menos con los oídos, pues con su alma ¡claro que sí!, bien lo sabía Jesús. Con su otra mano debió acariciar también al perro, quien, insistente, lo urgía a ello.

Mientras el curioso trío se alejaba de la plaza de Santo Domingo, Jesús iba pensando, mortificado, que al día siguiente tendría que volver al tenebroso edificio para continuar sus declaraciones. ¡Que sea lo que Dios quiera!

Ixcateopan, 1590

Su madre tuvo razón. Lo previó desde que era niño, y así resultó en efecto. Jesús se desarrolló y se sintió siempre entre dos culturas, pero no tan diferentes, a su parecer. Muchos ejemplos iba hallando mientras crecía. A instancias de su madre, Jesús había sido monaguillo de la iglesia de Ixcateopan casi una década. Después, ya entrado en la adolescencia, el párroco don Antolín, al ver su abnegación en servir a la casa de Dios y su precoz aplicación a los estudios de las Sagradas Escrituras, le había propuesto ser sacristán; ahora se acercaba a otra década más. De manera sorprendente, el padre de Jesús no lo había visto mal, pues consideraba que sus propios conocimientos de *ticitl* para curar los males del cuerpo y del espíritu, y su experiencia en llevarlos a la práctica, serían complementados por los que adquiriera su hijo en la iglesia. Finalmente las dos magias buscaban el bien del prójimo y la erradicación del mal, reflexionaba. Además, ambas tenían numerosos aspectos cuya comprensión escapaba de la mayoría de los mortales; bueno, hasta para los sacerdotes católicos había misterios en su religión, reconocidos así, como tales.

A Jesús asombraba que el rigor de los castigos que los aztecas y otros pueblos prehispánicos imponían a los delincuentes años atrás lo hubiera encontrado también ni más ni menos que en el Antiguo Testamento de la Biblia: "Vida por vida, ojo por ojo, diente por diente, mano por mano, pie por pie, quemadura por quemadura, herida por herida". Y qué decir de Moisés cuando ordenó la matanza de Madián, incluyendo expresamente a mujeres y niños. Y la muerte por lapidación a las prostitutas y a los adúlteros, en ambas culturas se encontraba. Aunque Cristo había dicho, ante la adúltera, algo que parecía una enmienda a la costumbre ancestral: "El que no tenga pecado que le tire la primera piedra".

El padre Antolín, párroco de Ixcateopan, era un dominico que había sido amigo, por lustros, de fray Diego Durán, español criado en Texcoco, y su amistad provenía de las épocas de clausura en el convento. Muy presente tenía que a su orden monástica —inflexible en el celoso cumplimiento de los principios religiosos— la llamaban los *perros de Dios*, por los *Domini cane*, aunque el nombre se debía, por supuesto, a Santo Domingo. Por eso le sorprendían los atrevimientos de su colega y amigo Durán; éste le había dejado en custodia, antes de morir pocos meses atrás, unos manuscritos suyos. El padre Antolín ya los había leído y compartido con su aplicado sacristán. A Jesús, por su parte, no le parecían tan osadas las incursiones de Durán buscando —y encontrando— similitudes entre las tradiciones judías y cristianas que enseña la Biblia y las que habían practicado durante siglos los antiguos mexicanos. En realidad, muchas de esas tradiciones las mantenían todavía.

Durán no paraba mientes en establecer parangones entre la circuncisión, el bautismo, la comunión y otros usos del judaísmo y del cristianismo, y algunas costumbres de los aborígenes mexicas. E incluso concluía: "O hubo noticia de nuestra sagrada religión en esta tierra o el maldito de nuestro adversario, el demonio, la hacía contrahacer en su servicio".

Jesús tenía grabadas en la mente las pasmosas palabras de fray Diego Durán. No podía quitárselas de la cabeza. Las ofrendas de codornices que acostumbraron sus ancestros indígenas, arrancándoles la cabeza para escurrir la sangre en el altar, se encuentran casi idénticas en el primer capítulo del Levítico. Y no era cosa de desdeñar al Antiguo Testamento. Más aún: los indígenas seguían efectuando todavía otros sacrificios de aves.

El sacristán continuaba rememorando a Durán. También tenían los sacerdotes indígenas otra ceremonia que hacían a los niños recién nacidos, que era sacrificarles las orejas y el miembro genital, a manera de circuncisión, especialmente a los hijos de los reyes y señores. El sacerdote tomaba al niño y con una navaja de piedra que la madre traía le sacrificaba la oreja y la punta del capullo de su miembro —decía Durán—, dándole una tan delicada cuchillada, que apenas salía sangre.

También recordaba a viejas usanzas judías, una de los antiguos indígenas de poner un petate nuevo en la alcoba de los recién casados, para que en él se manifestasen las muestras de la virginidad de la desposada.

Acerca de los ídolos de dioses que habían acostumbrado hacer los naturales de estas tierras a base de maíz y otros granos molidos, a veces amalgamados con sangre de las personas sacrificadas en los templos, dejaba noticia fray Diego de que, en ciertos días del calendario ritual, los sacerdotes rompían una de esas deidades y daban de comer un pequeño trozo a cada miembro de la comunidad. Era una especie de transustanciación equivalente a la eucaristía, pero ésta con maíz. Textualmente escribió aquel fraile que comulgaban con ellos a todo el pueblo, chicos y grandes, hombres y mujeres, viejos y niños, y recibíanlo con tanta reverencia y temor y lágrimas que era cosa de admiración, diciendo que comían la carne y los huesos del dios representado en el ídolo.

Jesús no estaba seguro de qué le provocaban las conclusiones de Durán; ¿lo inquietaban o lo tranquilizaban? Quizá le ayudaban a darle coherencia a su condición, ubicada en medio de esas dos tradiciones; ¿eran antagónicas o no lo eran? Releía con frecuencia este párrafo del dominico:

"Todo esto que he dicho aquí, demuestra haber tenido esta gente noticia de la ley de Dios y del Sagrado Evangelio, y de la bienaventuranza, pues predicaban haber premio para el bien y pena para el mal. Yo pregunté a indios de los predicadores antiguos y escribí los sermones que predicaban, y realmente eran católicos. Y me pone admiración la noticia que había de la bienaventuranza y del descanso de la otra vida y que, para conseguirla, era necesario el vivir bien. Pero iba esto tan mezclado con sus idolatrías y tan sangriento y abominable, que desdoraba todo el bien que se mezclaba."

La permanencia de las viejas costumbres indígenas y sobre todo la violenta reacción del clero durante el inicio del Virreinato habían sido desenmascaradas por unos cuantos atrevidos, como el obispo Francisco de Toral, quien hacia 1563 había denunciado: "Como estos padres no tienen caridad ni amor de Dios, cuando entreoyeron que alguno volvía a sus ritos antiguos e idolatrías, comenzaron a atormentar a los indios colgándolos en sogas, altos del suelo y poniéndoles algunas grandes piedras en los pies, y a otros echando cera ardiendo en las barrigas y azotándolos bravamente".

Esos inquietantes parecidos entre algunas usanzas prehispánicas y otras judeocristianas en ocasiones desvelaban a Jesús y finalmente lo hacían sincero partícipe de las dos vertientes de pensamiento. Sencilla dualidad que lo acompañaría toda su vida.

CUERNAVACA, 1609

A Brígida no se le dificultó explicarle a Miguel Bernardino los motivos de su viaje a Cuernavaca. Aunque él tenía una opinión definida sobre el obispo Foncerrada, pues sabía lo que Jesús le confió acerca de los abusos —y mucho más que eso— cometidos en el convento, de cualquier manera no era Miguel Bernardino una persona afecta a discutir o entrar en controversias. Siempre estaba en calma, con una tranquilidad interior inconmovible; todo le resultaba aceptable, cada quien era responsable de sus actos; pero no era indiferente, sólo que desde niño había cultivado un carácter más bien contemplativo y ecuánime. Además, aquellos sucesos años atrás en el convento hacían pensar que el obispo podía ser un riesgo para los novicios, pero no para una mujer. Le pareció bien que Brígida lo ayudara un mes en el orfelinato, aunque —por otra parte— ella no le pidió permiso, sólo le avisó. Por supuesto que la echaría de menos, pero en todo caso la visitaba más o menos con esa misma frecuencia, al tener que ir desde Ixcateopan a Teloloapan para verla.

Brígida preparó las ropas que le parecieron más recatadas, pues en Cuernavaca estaría trabajando con las monjas que atendían el hospicio. Foncerrada había dispuesto que durmiera dentro de la casa obispal, en el apartamento de su cocinera, mujer de unos ochenta años de edad que llevaba una década a su servicio. Sólo podía entenderse con ella hablándole de frente, para que leyera los labios, pues era completamente sorda.

No pasaron más que dos días hasta que una noche, hacia las diez, cuando la residencia ya estaba en completo silencio, sonaron unos golpes discretos en la puerta y se escuchó una voz queda:

—Brígida… Brígida…

Ella lo reconoció de inmediato, pero no sintió sorpresa. Cubrió su camisón con una bata y abrió la puerta. Allí mismo, sin decir nada, el obispo la abrazó con pasión y sus manos la recorrieron desesperadamente, apretando sus mayores redondeces. La empezó a besar casi con furia y ella lo dejó hacer, correspondiendo con menor vehemencia pero con dulzura. Después de un par de minutos, entraron al apartamento y, dejando al lado la recámara de la anciana, entraron a la de Brígida, cerrando por dentro la puerta. Ni una palabra pronunciaron. A lo largo de varias horas sólo se escucharon gemidos, suspiros y algunos gritos ahogados.

Dos leños ardían en una pequeña chimenea que tenía años de no usarse, pues en realidad el clima de Cuernavaca no requería casi nunca de calor artificial. Pero Brígida la había prendido, la fascinaba el fuego.

Todo un mes se repitieron esas febriles visitas, aunque jamás fueron iguales. La experiencia y la imaginación de Brígida se desataban y obtenían una respuesta acorde gracias al vigor desenfrenado de Foncerrada. Las llamas oscilantes transmitían su ardor y los excitaban. Ningún recoveco de aquellos cuerpos quedó libre de caricias y de besos, ningún recato se interpuso entre labios, lenguas e íntimas pieles expuestas a la vista y ocultas entre pliegues naturales. Sólo hubo tres noches, seguidas, en que no permitió que la tocara, pero no por ello lo dejó insatisfecho.

La víspera de su partida fue la única ocasión en que hablaron, concluida una melancólica aunque apasionada reunión amorosa; ninguna otra tuvo ese matiz de tristeza. Brígida comenzó:

—Señor obispo, mañana me voy.

—Yo pensé que tus planes habrían cambiado. ¿Para ti no significan nada estas semanas?

—Claro que sí, señor obispo. Pero nada es eterno entre los humanos. Y además usted sabe que yo tengo un compromiso con Miguel Bernardino. Aunque no lo parezca, yo no lo traicionaría.

—Pues todo indica que lo has estado traicionando… —dijo irritado el prelado.

—No, señor obispo. Ni el amor que usted le tiene a Dios ni mi amor por Miguel Bernardino sufren mella por todas estas noches que hemos estado juntos. No los queremos menos por esto, ni los respetamos menos. Pero tampoco puede continuar para siempre. Yo me tengo que ir.

Foncerrada quedó desconcertado y no tuvo nada que agregar. No supo qué predominaba en su ánimo desolado: si el coraje y los celos, o la frustración y la congoja. Loco de despecho pensó en Miguel Bernardino como el culpable del rechazo de aquel demonio que vivía en el cuerpo de Brígida. Esos días jamás se repetirían y jamás los olvidaría. Su huella sería profunda y cotidiana, para siempre.

Capítulo II

Contrapuntos

Taxco, 1619

—¡Qué desagradable espectáculo ofrece esa pareja, allí afuera, echada! —fue lo primero que dijo el obispo Heberto de Foncerrada al padre Jesús cuando lo encontró en la sacristía de la parroquia de Taxco, aun antes de saludar.

Al párroco no le gustó eso de la "pareja", pues se refería a un cristiano y a un animal, y aunque ambos fueran criaturas de Dios, era claro que el prelado estaba despreciando al niño indígena deforme y regateándole su condición humana. Con cuidadoso comedimiento, le respondió:

—Buenos días, Su Excelencia. Mi ahijado es huérfano y jamás se me separa; quizá por su condición de sordomudo se siente más seguro cerca de mí. Y la disposición que el Señor le dio a sus piernas lo hace acomodarse mejor en el suelo que de pie o sentado en una silla. Por ello disculpe usted por favor la mala impresión que da el pobre de Churumuco.

—¿Qué es eso de Churumuco, padre Jesús? ¿Te refieres al niño o al perro? No me digas que a este desafortunado engendro lo has acabado de amolar con semejante sobrenombre.

Cada palabra de Foncerrada sonaba a insulto en los oídos del párroco.

—No, señor obispo, nada de eso, no es un apodo. Sus padres, que en paz descansen, fueron dos indígenas bautizados que escogieron por nombre para su hijo el de San Juan, pues

67

era asimismo el de su ranchería, San Juan Churumuco, a la orilla del Río de las Balsas. El cura que dio el sacramento del agua bendita al recién nacido no debe de haber sido muy letrado, pues cuando le pidieron bautizarlo como su pueblo, así lo hizo, textualmente. Yo tengo la fe de bautismo, Su Señoría, y dice claramente que este niño se llama Juan Churumuco. Del Juan ya casi nadie se acuerda.

—Tenía que ser un cura de pueblo, ¡qué bruto!, de seguro era también indígena. Pues tú dile Juan y no perdures las babosadas del otro, que parece que le hablas al perro.

—No, señor, el perro es Molcajete. A él quién sabe quién lo bautizó.

—¡Cómo que bautizó, Jesús! ¡Cuida tus palabras! ¡Mira que...!

—¡Discúlpeme! —corrigió de inmediato el párroco—, no quise decir eso, o más bien fue sólo un decir, es que, que... —tartamudeaba nervioso Jesús.

—Molcajete... —refunfuñó el obispo—. Tenía que ser un perro con nombre indio. A ver si este sarnoso no acaba guisado en barbacoa, como sus ancestros, para hacer honor a su nombre...

A Jesús no le gustó el chiste, pues ya sabía que más que sentido del humor, lo que tenía Foncerrada era un profundo desprecio a todo lo autóctono de estas tierras. Además, Molcajete no tenía pelo no porque tuviera sarna, sino porque era descendiente directo (o casi directo, concedió Jesús para sus adentros) de aquellos *xoloixcuintles* prehispánicos, que eran mascotas de reyes, y, sí, a veces también manjar que adornaba los banquetes de la aristocracia. Incluso hubo en Acolman, cerca de Teotihuacan, un famoso tianguis donde se vendían por cientos los perros para comer; claro que allí se mercaban animales no tan finos como este lampiño con nombre de mortero para preparar las salsas.

Pero el obispo no había viajado a Taxco para disertar sobre jorobados y perros, ni por mera casualidad, sino para investigar un asunto delicado. Ya le habían llegado noticias a Cuernavaca

68

acerca de las supercherías idolátricas que subsistían por aquellos rumbos, desde Oapan y Mezcala, aldeas ubicadas junto al Río de las Balsas, hasta el propio Taxco y muchos otros pueblos comarcanos. Las costumbres gentílicas de los indios actuales eran mucho más graves que las hechicerías diabólicas de sus antepasados, pues ya había transcurrido un siglo después de la conquista, no sólo la militar que llevó a cabo Hernán Cortés, sino mucho más importante aún: la espiritual que los siervos de Dios habían logrado con tanta abnegación y privaciones. O eso habían creído. Seguir adorando a sus viejos dioses después de haber recibido los santos sacramentos del bautismo, de la confirmación y de la eucaristía —y muchos indios también el del matrimonio—, eso ya era una apostasía, pues sostenían con pertinacia una afrenta a la fe religiosa. Ya habían sido regalados con las dulces perlas del cristianismo, pensaba el obispo, y las abandonaban por los amargos pedruscos de sus cultos demoniacos. Esos delitos eran imperdonables, y él así lo mostraría imponiendo correctivos ejemplares. Ya lo había dicho fray Alonso de Herrera: "Que el temor del castigo ocasione enmienda a la inclinación natural de estos bárbaros". Para eso había recorrido dos jornadas enteras en su carruaje de caballos hasta este recóndito pueblo minero, enclavado en medio de la serranía. Para eso había dejado la comodidad de Cuernavaca, aunque fuera por sólo unos días.

Desde tiempo atrás, en las esporádicas ocasiones en que el obispo se encontraba con su viejo compañero, el padre Jesús, ahora párroco de Taxco, el prelado no quedaba satisfecho con lo que veía, y sobre todo con lo que sentía. (La relación entre ellos era antigua: habían coincidido muchos años en el convento capitalino del Carmen, pero cuando Jesús ingresó a esa casa de Dios ya Heberto estaba ordenado, aunque eran de la misma edad.) Siempre había tenido un cierto prejuicio en contra de la apariencia de Jesús, nada distinguida y marcadamente indígena, pero más allá de lo externo, era su interior lo que le provocaba desconfianza. Alguien tan indio como Jesús no podía ser un cristiano cabal. De alguna manera lo veía como un advenedizo en la sagrada religión. Por ello no cabía duda de que tenía razón al no confiar plenamente en él. Un obispo no se equivoca, pues Dios le ayuda a conocer a la gente de una sola mirada. Portar la mitra en la cabeza era aval de su objetividad. Dios ilumina a los hombres, pero a los obispos más. En adición, hubiera preferido que en aquellos remotos años en el convento Jesús no hubiera estado allí, de seguro pendiente de lo ajeno y entrometido, como son todos los indios…

El obispo había recibido denuncias sobre numerosas prácticas de brujería, pero la más atendible —o la que más le interesaba atender— se refería a Miguel Bernardino, por la cantidad de información que se había aportado en su contra. No le parecía importante que la denunciante fuese anónima, ocultándose tras unas hojas de papel mal escritas; no obstante su interés por no mostrar la cara, alguna palabra había traicionado el disimulo de la pluma taimada, revelando que la mano que la empuñaba era la de una mujer. Pero eso era irrelevante. Tantos datos sobre el renegado no podían haber sido inventados. Ahora venía la probanza. Por ello encomendó al padre Jesús iniciar las indagaciones. Aunque no le merecía la confianza que se requería para semejante encomienda, no había otra persona a quien apelar, cuando menos en esta primera etapa de las investigaciones. El párroco dominaba la lengua náhuatl, pues era la de sus progenitores; sería indispensable hablarla para llevar a cabo las pesquisas, ya que era entre los indios donde se obtendrían pormenores adicionales sobre negocio tan delicado. Luego ya serían los inquisidores del Santo Oficio, más capacitados que este cura provinciano, quienes puntualizarían y probarían todos los cargos. Bien sabían cómo lograrlo.

Jesús quedó consternado por el encargo, pues no sólo conocía muy bien a Miguel Bernardino, sino que eran amigos desde hacía casi cuatro décadas, cuando éste llegó a vivir a su pueblo, Ixcateopan. Era gente de bien, y ciertamente portador de antiguos conocimientos tradicionales como lo habían sido los padres de ambos y sus ancestros, quién sabe cuántas generaciones atrás. Como quiera que sea, no podía desobedecer al obispo, aunque ya vería cómo manejaba las cosas para cumplir ante él sin convertirse en un delator de los suyos, y menos aún tratándose de un amigo. Era evidente que el obispo no estaba enterado, cuando menos hasta este momento, de la amistad que existía entre ellos —por fortuna—. También le parecía manifiesto el interés personal del prelado en esta persecución que iniciaba; algunos matices de su actitud y de sus palabras así se lo dejaban entrever. Desde luego, el obispo conocía de mucho tiempo atrás a Miguel Bernardino y sobre todo a Brígida, su mujer.

Jesús quedó pensativo, contemplando con amor a Churumuco y con simpatía a Molcajete. El niño tenía diez años de vivir con él, desde que sus padres murieron en la peste bubónica que diezmó a la población, sobre todo indígena, de esa región. Nunca pensó que aquel pequeño de dos años de edad fuera a sobrevivir con ese cuerpo tan deficiente y mal dotado. Muy tardíamente comenzó a gatear, si así se podía llamar a esa forma de arrastrarse por el suelo. Parecía que jamás caminaría, pero Jesús lo ayudó a lograrlo cuando ya tenía más de cinco años. Renqueaba de manera muy marcada, subiendo y bajando el torso a cada paso que daba, pero lo consiguió. Su incapacidad de hablar la suplía con un rostro iluminado y expresivo, más que con los ruidos guturales que emitía. No sólo permanecía siempre al lado de Jesús, sino que además, con frecuencia, lo abrazaba de las piernas y apretaba su mejilla contra la sotana. Cuando empezó a caminar Jesús le regaló a Molcajete, un cachorrito comprado en el mercado. Pocas decisiones tan afortunadas como ésa. Se convirtió en un compañero y en un incentivo para el desarrollo del niño. Aunque siempre advirtió la inteligencia de Churumuco, ella se hizo más evidente a partir de la presencia de la mascota.

CIUDAD DE MÉXICO, 1620

En unos cuantos días, la vida de Miguel Bernardino dio un vuelco. En su luminoso y apacible Ixcateopan, sin saber ni cómo, fue apresado y llevado a las mazmorras de la Santa Inquisición de la ciudad de México, sótanos fríos de los que sólo salía la fama, muy bien ganada, de trozos de infierno terrenal. La captura fue implacable. Quienes lo tomaron preso sabían y conocían las técnicas de ataque. Miguel Bernardino, pacífico y noble de alma, no supo cómo, en un instante, estaba en aquel territorio del demonio. No obstante, al principio los inquisidores no aplicaron al acusado los métodos más atroces de interrogatorio, sino que con unas cuantas feroces palizas de los carceleros trataron de convencerlo de hablar con presteza acerca de su infancia, de su padre curandero, de sus tratamientos mágicos y prácticas sanadoras, de la influencia diabólica que tenían. Los inquisidores aparecían después de aquellos maltratos violentos, como si fueran ajenos e ignorantes de los golpes sucedidos, e incluso adoptaban con descarada falsedad una actitud protectora y cordial, intentando hacerlo sentir en confianza. Entonces la boca más que el corazón del acusado apenas se abría, frente a las simuladas zalamerías que no se tragaba; estaba dolorido, mas no amedrentado. Con oscuros moretones y algunas heridas no tan superficiales en la cara y en el cuerpo, era escuchado por aquellos frailes.

(Miguel Bernardino era un niño muy agradable, tranquilo y vivaz al mismo tiempo, con una mirada profunda y una actitud ecuánime que más parecían las de un adulto. Larguirucho y con delicadas facciones, resultaba singular entre los demás niños indígenas, aunque él era de la misma sangre, y por ambas ramas familiares. Su infancia transcurría feliz a la orilla del río Mezcala, que los españoles ya empezaban a llamar De las Balsas, pues allí se construían esas embarcaciones amarrando grandes calabazas huecas que servían de flotadores y sobre las que se colocaban unas tablas para sentarse y remar.

Así cruzaban los comerciantes el profundo curso fluvial justo en su pueblo —llamado asimismo Mezcala—, cuando transitaban a caballo de México hacia Acapulco para adquirir en este puerto las mercancías orientales que traía una vez al año la Nao de China, también conocida como el Galeón de Manila.

Los caballos atravesaban a nado el río, sosteniéndoles la cabeza levantada con las bridas desde la balsa, para que no tragaran agua. El mayor espectáculo para Miguel Bernardino, para su hermana mayor y para su inseparable prima Juana —que jamás se lo perdían— era cuando volvían los comerciantes hacia la capital, pues las abundantes mercaderías que cada uno de ellos traía a lomo de mula —ante la ausencia de una carretera— ocupaban varios viajes de balsas en la maniobra de cruzar el río. Inolvidable para estos niños y para prácticamente todos los habitantes del pueblo, pues allí se reunían en tales ocasiones, fue alguna desventurada mañana posterior a una noche completa de lluvias torrenciales, pues la fuerte corriente desequilibró y volteó una de las rústicas barcas.

Fueron a parar al agua un vistoso mueble con un dragón laqueado en negro y rojo y con herrajes de bronce, varias cajas con marfiles labrados y colmillos de elefante en bruto, para ser trabajados aquí, y otras con especias —canela, clavo y pimienta—; pero lo más impresionante, porque nunca más las volvieron a ver, fue la pérdida de cinco personas. Dos eran viajeros negociantes de la ciudad de México y de Puebla, y tres eran lugareños dedicados a balseros, cuya experiencia en ese oficio no los salvó de morir ahogados. Al resto de la comitiva que bogaba en otras balsas no le importó tanto la desaparición de sus socios como la de los valiosos artículos de China, la India y Ceilán, que ya fue imposible rescatar del lecho del río. En otras ocasiones fueron caballos o mulas los que perdieron la vida en aquellas turbulencias ante los ojos fascinados de chicos y grandes.

Mas la nao sólo llegaba una vez al año a Acapulco, de manera que esa distracción era muy ocasional. En el minúsculo pueblo de Mezcala la vida era monótona y transcurría sin sobresaltos, por lo que el pequeño Miguel Bernardino y su hermana mucho disfrutaban la diversión de acompañar a sus padres a pescar, pues a su madre también le gustaba y era diestra en ayudar a su marido. El niño siempre se empeñaba en invitar a su prima Juana, a quien lo unía un singular cariño. A veces pescaban con nasas, esa especie de cestos de varas o de tiras de bambú muy alargados y

73

con un reducido agujero en su extremo, por donde entraban los peces husmeando la carnada y luego ya no podían salir, pues sus bordes volteados al interior del arte de pesca estaban levantados como un cuello.

Su padre, aunque ya bautizado (mucho más por conveniencia social que por convicción familiar), no prescindía de los conjuros propiciatorios para la buena pesca, los que iniciaba desde que cortaba las cañas con las que, en rajas delgadas, tejería la nasa con ayuda de su esposa. Así les hablaba, siempre en su lengua aborigen:

—¡Escucha!, obedéceme ya, verde espíritu, que ahora doy principio y quiero fabricar el pecho del hijo del príncipe.

A Miguel Bernardino le impactaban esas poéticas metáforas y se regocijaba al oír cómo al rudimentario cesto pescador se le igualaba simbólicamente con un tórax principesco.

Ya junto al río, su padre preparaba la nasa con el cebo adentro, le ataba un cordel para que no se la llevara la corriente y la introducía al agua, continuando sus próvidas oraciones:

—¡Oye!, no seas perezoso, que ya pongo en ti la comida para todo género de peces, comida sabrosa como fruta. Atiende a todas partes, alárgate. Vengan a entrar por tu puerta los peces, vengan a comer los de siete aletas, los que tienen ojos relucientes, los que tienen las barbas como plumeros divididos.

Y cuando ya se disponía a dejar la nasa varias horas en el agua, o un día entero, como despedida hacía algazara de alegría y finalmente la amonestaba, advirtiéndole que en todo estuviera a punto para el buen efecto de la pesca.

Cuando pescaba con anzuelo, las invocaciones se dirigían en primer lugar a la lombriz, lo que mucho divertía a su hijo:

—Advierte que no llamo sólo a un género de peces; a todos llamo, a los jóvenes y a los viejos, y a los que habitan en las vueltas del río.

Luego dirigía sus alocuciones al agua, siempre por medio de una representación figurada:

—¡Mira!, ven, mi madre, saya de piedras preciosas, que aquí vengo a buscar a mis tíos de siete aletas, los de los ojos oscuros,

74

los de las barbas, los que tienen los lomos con pecas, buscados por todo el mundo.

Asimismo llevaba *piciete* o tabaco ritual, para rogarle su ayuda a cambio de hacerle una ofrenda con el pescado:

—¡Ea!, no te mueva algo a mohína o rezongues, que ante todas las cosas te ofreceré su sangre fresca.

Tanta mella dejarían en el alma de Miguel Bernardino esas y muchas otras tradiciones ancestrales de su raza que él las conservaría y practicaría de adulto, llegando a ser un maestro en ello. Nunca imaginó que podrían ser su perdición. Tampoco pensó que algún día dejaría su querida y desolada Mezcala, enclavada en el corazón de la llamada Tierra Caliente. El Río de las Balsas es la médula de esa región, de ardiente clima por su escasa elevación, no obstante estar muy adentro del territorio novohispano, alejada de la Mar del Sur. Asimismo, jamás concibió que Juana y él dejarían de verse a diario, de compartir juegos y crecer juntos, de convertirse en adolescentes prácticamente de la mano, de disfrutar secretas travesuras eróticas.)

Ávidos y taimados, los inquisidores continuaron dulzones preguntándole con doblez, tendiéndole trampas con maña, buscando contradicciones en sus declaraciones, tratando veladamente de arrastrarlo hacia un camino sin retorno. A los dominicos les irritaba sobremanera la actitud sosegada del reo, su tranquilidad sin sumisión que les parecía una afrenta, su seguridad en sí mismo aunque estuviera molido a golpes. No toleraban su mirada profunda, dulce y melancólica, sin rencores, que parecía escudriñar en sus almas. Si bien procuraban ocultarlo, los sacaba de quicio verlo tan apacible.

Después de horas de interrogatorio lo dejaron exhausto, y volvió a su celda para ser de nueva cuenta víctima de los carceleros, a puñetazos y patadas, preparándolo para que al día siguiente hablara con mayor soltura. Aunque, dijera lo que dijera, ya presentía Miguel Bernardino que su caso estaba resuelto de antemano.

Los dominicos quedaron deliberando en privado y uno de ellos, sentencioso, les recordó a los otros los asertos de fray Pedro Ponce: "En todo tiempo ha procurado Satanás usurpar la reverencia y adoración que a Nuestro Señor Dios verdadero se le deben, procurándolas para sí, atribuyéndose las cosas creadas y pidiendo que por ellas el hombre le haga reconocimiento". Todos veían con claridad que la mano diabólica estaba presente en la vida del reo desde sus mismos inicios.

Taxco, 1619

Jesús escuchaba las palabras que profería el obispo para conminarlo (sospechando que no eran de él, sino prestadas). Le advertía que ellos dos, al ser sacerdotes, debían servir a la Inquisición, porque ella, a su vez, servía al monarca: "Están obligados los reyes, con el vigor del imperio que les dio Dios, a ensalzar su gloria y echar por el suelo lo que le hace guerra, derribando el altar de los ídolos y extirpando los abusos que, en detrimento de la verdadera fe, continúan".

—Y por tanto, tú, padre Jesús —lo amenazaba Foncerrada—, o colaboras de corazón con esta indagatoria o estarás traicionando al mismísimo rey... Y aléjame de aquí a este condenado Metate lleno de pulgas; que convivas el día entero con el niño Juan quién-sabe-qué, valga, ¡pero con el perro!, ¡qué asco!

—Por supuesto, Su Señoría, disculpe usted... ¡Fuera, Molcajete! —corrigió Jesús el nombre del perro, pues no es lo mismo Chana que Juana, aunque los dos sean utensilios de piedra para cocinar, se dijo para sus adentros. Y ya quisiera el obispo estar tan limpio como Molcajete, y no sólo del cuerpo...

Más allá de estos asuntos, las solemnes palabras del superior de la diócesis alusivas al rey no dejaban de impresionar a Jesús, aunque le era imposible dar órdenes a su propio corazón.

Buscó cuanto antes a Miguel Bernardino, pues le urgía advertirlo acerca de la pesquisa que estaba realizando sobre las reminiscencias paganas de su conducta y, en realidad, bastante más que eso: sus actividades como curandero. Se trataba de ponerlo sobre aviso y de iniciar la investigación (a ojos del prelado, pues a Jesús poco le faltaba por saber). Mientras localizaba a Miguel Bernardino para revisar con él una serie de cuestiones concretas, todas relacionadas con la denuncia en su contra, se entregó a la remembranza de vivencias compartidas entre ambos. Una de éstas era muy reciente.

Varias veces habían ido juntos al Río de las Granadas, que brota caudaloso de una caverna cercana a Taxco, cayendo en impresionantes cataratas. Le sorprendía que ese oasis pletórico de humedad se encontrara en medio de una serranía tan árida. El contenido mineral de sus aguas de origen subterráneo había formado en esas cascadas, al paso de los siglos, enormes conchas de concreciones pétreas escurriendo cabelleras de estalactitas al aire libre. En las muchas pozas que había a diferentes alturas entre las caídas de agua, las nasas y los anzuelos de su amigo mostraban su efectividad… Como si su presencia fuera un imán, una luz que cegara e hipnotizara a los peces, éstos se acercaban casi mecánicamente para ser capturados. Jesús hubiera querido no recordar los ruegos supersticiosos que allí había escuchado de labios de Miguel Bernardino. Procuraba con ahínco alejar de su mente la mera idea de que tales instancias mágicas tuvieran que ver con los abundantes peces que habían capturado. Normalmente este pensamiento no le hubiera preocupado, acostumbrado como estaba desde niño a vivir en medio de esa ambivalencia cultural, pero ahora se trataba de algo diferente. Estaba de por medio la libertad y quizá hasta la vida de Miguel Bernardino.

Pero la mente suele ser terca e indómita, y Jesús sufría con sus pensamientos involuntarios que, súbitos, lo asediaban. No tenía que meditarlos o concederles tiempo para prestarles atención; se presentaban de repente ante sus ojos azorados. Así vio que el Mesías —que a diario veneraba, llevando como llevaba su santo nombre— había dado de comer a cinco mil personas con sólo dos peces (…bueno, y cinco panes), y que por ese hecho y otros parecidos había sido acusado por los letrados de Jerusalén de practicar la magia… ¡Pero esto nada tenía que ver con los pescados de Las Granadas! ¡Son dos hechos sin comparación posible!, se esforzaba en creer. ¡Qué afán reiterado de equiparar las tradiciones indígenas con las de la santa religión cristiana! ¿Por qué Miguel Bernardino le hacía pensar tanto en ello? ¿Qué descabellado parecido podía encontrar entre ambas?… Quizá su cercanía con lo sobrenatural, se atrevió a concebir un efímero instante. Pero ¡qué blasfemia!, aunque su mente la expresara en contra de su propia voluntad, y de manera reiterada.

TELOLOAPAN, 1580

Cuando Miguel Bernardino fue traído por sus padres a vivir a Teloloapan, hacía ya más de un lustro, dejó Mezcala con tristeza. Extrañaría mucho su río, su pueblo, a sus amigos y a su hermana, quien se quedó ya casada; pero sobre todo añoraría a Juana, su prima, con quien creció y entró de lleno a la adolescencia, ensoñando ambos que llegarían a ser marido y mujer. Al despedirse en privado, ella no pudo evitar un llanto desconsolado y le juró que lo esperaría toda la vida de ser necesario. También él se conmovió al separarse de la hermosa joven, aunque su carácter siempre lo mantenía como por encima de lo cotidiano, como si nada fuera realmente trascendente o ameritara desconsuelo; sí, le dolió alejarse, pero su espíritu siempre lo empujaba adelante y con muy buen ánimo. De cualquier manera, Miguel Bernardino se adaptó pronto, como suele suceder con los niños y los jovencitos.

Uno de sus paseos favoritos en Teloloapan era subir al cerro de la Tecampana, inmediato al alegre poblado. Todo este monte está constituido de enormes piedras, en apariencia idénticas en su composición. Su rareza consiste en que sólo la piedra que corona la cúspide del cerro, al golpearla con otra piedra, suena profundamente como campana. Su metálica resonancia es escuchada hasta el centro mismo de la población. Ninguna otra piedra más que esa tiene semejante sonido; todas las demás, al pegarles, sólo emiten el sordo ruido de cualquier piedra común. Allí pasaba tardes enteras con otros muchachos, golpeando la Tecampana y platicando en su lengua nativa. A diferencia de todos ellos, Miguel Bernardino aprendería a leer, y a escribir razonablemente bien. Además, sólo él conjuntaba la simpatía y la extroversión con una serena actitud reflexiva y juiciosas opiniones; a veces, sus amigos se descontrolarían al sentir su presencia no sólo como si fuera la de un adulto, sino, más aún, como la de un anciano sabio.

Muy distinta de la abrasadora región de donde él provenía, en ésta, más benigna —aunque todavía era considerada como parte de la Tierra Caliente—, al final de las aguas se producía el *ahuauhtli*, una semilla comestible más menuda que la de mostaza. Los indígenas anteriores a la llegada de los españoles la comían molida en una especie de tortilla y también en atole. Se sabía que asimismo había tenido usos rituales. Desde que se empezó a producir caña de azúcar en los valles de Cuernavaca y de Cuautla, en épocas de Hernán Cortés, el *ahuaucle* —como igualmente le decían— se empezó a utilizar para hacer un delicioso dulce, la *alegría*: a las semillas secas y ligeramente tostadas, sin moler, se agrega miel de piloncillo y así, en un molde, se forman pequeños bloques cuadrados que ya fríos quedan rígidos.

Rescoldos de aquellos tiempos anteriores a la Conquista eran los ídolos de *ahuaucle* con figura humana que hasta la fecha se seguían confeccionando de manera similar, pero con la mayor discreción. De una cuarta de altura, eran puestos en un adoratorio y se les prendían candelas e incienso, acompañados con jícaras de pulque de agave a modo de ofrenda. El día de la fiesta señalada para alguno de los ídolos, en su honra y alabanza se tocaba el *teponaztli*, tambor de madera de vetustos orígenes. La celebración culminaba haciendo pedazos los idolillos, con mucho respeto, y como objetos venerables se los comían entre todos. Miguel Bernardino participaba en estas ceremonias. A veces las oficiaba su padre, pues desde que emigraron a Teloloapan fueron reconocidos sus saberes, sobre todo por los ancianos, cuya opinión era definitiva. Por cierto que, cuando su familia cambió de pueblo de residencia, con ellos llevaban varios ídolos de piedra pequeños que sus padres jamás hubieran abandonado; por supuesto, iban muy bien ocultos. Le sorprendía que con unas cuantas incisiones rectas en la piedra jadeíta de verdoso color, los antiguos de Mezcala lograran obtener figuras humanas tan expresivas.

Un fraile de nombre Fausto que misionaba en Teloloapan tuvo amplias noticias de estos ritos de la gentilidad y, en un prolijo escrito, sin mayores datos sobre los pecadores, hizo constar a detalle los pecados. Consideraba allí que el demonio exigía las primicias de la cosecha de *ahuaucle* y así lo satisfacían los de aquella parcialidad, que era, según el monje, como una cofradía de Belcebú. Comían los ídolos y luego bebían el pulque hasta acabarse, y sus juicios con él, siguiéndose lo acostumbrado de idolatrías y borracheras, relataba. Este hecho probaba muy bien las grandísimas ansias y diligencias del demonio, en continuación de aquel su primer pecado, origen de toda la soberbia de querer ser semejante a Dios Nuestro Señor. Mucho trabaja por copiarle, aun en los misterios de nuestra redención, como se ve tan al vivo cuando envidia e imita el santísimo sacramento del altar, en el cual Nuestro Señor dispuso que verdaderamente le comiésemos, seguía el escrito.

El fraile nunca pudo dar curso a su informe, enviándolo a la jerarquía, pues la muerte lo sorprendió. Su asistente, un joven indígena, confió esos papeles al padre de Miguel Bernardino, pues ya era hombre respetado en ese lugar, aunque llegado de fuera. Además, el joven no sabía leer y jamás tuvo idea de lo que le estaba entregando. Al fallecimiento de su padre —quien tampoco sabía leer, pero que conoció el texto con su ayuda—, Miguel Bernardino conservaría el documento. Amante de sus tradiciones ancestrales, le pareció importante preservar las acuciosas descripciones que en él se hacían, no obstante el enfoque crítico del fraile Fausto. Además, no implicaba a nadie en particular. Ese legajo le recordaba algo que había leído de otro fraile, Jerónimo de Mendieta: "Los indios aceptaron la religión cristiana con el propósito, ya que tenían cien dioses, de tener ciento uno".

Por esos mismos tiempos, ya veinteañero, Miguel Bernardino había estrechado su relación con Brígida, una atractiva muchacha que encarnaba un insólito mestizaje. La había conocido recién llegado a Teloloapan, algunos años atrás, en plena adolescencia de ambos. Su madre era una española que enviudó de un comerciante, asimismo ibero, y habiendo quedado sola, joven y sin hijos en ese alejado pueblo, casó con uno de los indígenas principales del lugar y así dio a luz a Brígida. Su caso era muy raro, pues el creciente mestizaje mexicano, ya con cuatro décadas de gestarse, provenía siempre de español con mujer indígena y con frecuencia no surgía al calor del amor, sino de la violencia física. Por ello ya empezaba a ser usual el término insultante aplicado a los mestizos de *hijo de la chingada* (o sea de la perjudicada o violada), apenas suavizado ligeramente, a veces, como *hijo de la tostada* o *de la tiznada* (manchada con tizne y, en sentido figurado, manchada en su honra u honor).

Brígida había heredado los rasgos muy agraciados y las pronunciadas y atractivas formas de su madre, pero también el fuerte carácter de su abuelo materno. De su padre, un digno indígena con muy buena posición social y económica, sólo había sacado el color bronceado de la piel. Cuando conoció a Miguel Bernardino, prácticamente de su misma edad —quien era físicamente atractivo, inteligente y sobre todo poseía una insólita actitud espiritual, extraña personalidad y magnética mirada—, la muchacha empezó a hacer sus planes; por supuesto que ella hubiera preferido a un español, pero no había mucho de donde escoger en aquel perdido rincón de la Nueva España. Los jóvenes fueron estrechando su amistad, acrecentando su confianza y compartiendo los secretos que siempre se tienen… aunque el halo misterioso e invisible que parecía rodear a Miguel Bernardino siempre intrigó a Brígida. El interés de ésta fue madurando en cariño y luego en amor, posesivo como era ella. Por su parte, los sentimientos de Miguel Bernardino eran diferentes, pues físicamente se derramaban con vehemencia apasionada y, a la vez, en un ámbito más profundo, se mantenían en un prudente equilibrio. Es probable que le influyera observar el trato no muy comedido que la hija daba a su propio padre. Era algo sutil, pero él alcanzaba a percibirlo. Quizá no le perdonaba haberla hecho mestiza. Miguel Bernardino se veía en ese espejo. En todo caso, se había desarrollado entre ambos una ardiente relación que a ella la hacía dependiente de él. La joven era voluptuosa e irrefrenable, y llevaba a Miguel Bernardino a éxtasis que antes jamás soñaría. Desataban sus deseos amándose en el campo, en las afueras de Teloloapan. Los arrebatados deleites que le ofrecía ese robusto y dorado cuerpo de prominentes formas, y la fogosa aplicación de Brígida, con abundancia de imaginación e iniciativa, lo habían cautivado. Sí, estaba subyugado, y vivía feliz con la cálida cercanía de su piel tersa, sofocado de gozo por sus vigorosas piernas y brazos.

(La gruesa capa de hojas de encino era un mullido colchón dentro del cual se perdían aquellos cuerpos. No desnudos, no. Faltaba tiempo para quitarse la ropa y ella prevenía los encuentros con atuendos apropiados. Amplias blusas que permitieran descubrir los pechos liberados y facilitaran el movimiento de aquellas manos varoniles y grandes, no obstante incapaces de abarcar el abundante seno que finalmente acabaría —erecta su cúspide— en los ávidos labios del amante. Faldas largas encubriendo la húmeda intimidad, ésta sin más cobertura que sus propias y naturales sedas oscuras invitando a la pesquisa detallada para deleite de casi todos los sentidos. Quejidos, lastimeros a no ser de placer femenino. Violentos embates, deseos incontenibles, lascivas explosiones, sexos manantiales, piernas abrazadas, bocas sedientas, asfixia amorosa, excesos sin nombre, demasías vertidas. Todo cobijado por las hojas de los encinos, cubil de faunos mitológicos, guarida de torrentes, testigos empapados, erótica intriga para el husmeo de animales salvajes.)

Pero las vidas de Brígida y Miguel Bernardino dieron un giro cuando llevaban menos de un año de noviazgo. Él perdió a su padre y a su madre con sólo unos meses de diferencia, y su única herencia, además de un profundo dolor, fueron sus enseñanzas; la pequeña parcela que poseían apenas sirvió para liquidar algunas deudas pendientes. Esa desventura y el tener un tío en Ixcateopan, propietario de un pequeño negocio, le plantearon la conveniencia de mudarse a aquella población, pues de otra manera no tendría forma de subsistir. Brígida sugirió pensar ya en la boda, con la ayuda de sus padres, pero a él le pareció inaceptable; en realidad, no le hubiera gustado depender de ellos, y menos aún de Brígida. Mas no terminaría su noviazgo. La cercanía de las dos poblaciones le permitiría visitarla cuando menos una vez al mes, hasta que hiciera algunos ahorros trabajando con el tío y así pudieran casarse. Sus tórridos encuentros continuaron y eran tan apasionados que casi llegaban a la agresión amorosa. No obstante, ella tenía cierto resentimiento contra su propio destino, pues las condiciones de Miguel Bernardino no mejoraron como para que pudieran casarse. A ella no le importaría recibir ayuda de sus padres y por tanto no quería comprender que él la rechazara. Sin embargo, así se prolongó esa relación, y aunque la soltería que mantuvieron ambos siempre alimentó las esperanzas de Brígida de hacer vida juntos, cada vez parecía algo más remoto.

Taxco, 1619

El padre Jesús continuó sus obligados interrogatorios a Miguel Bernardino, que más bien eran intensas charlas entre amigos, cordiales porque lo estimaba, aunque no podía ignorar las instrucciones del obispo Foncerrada y debía conocer toda la verdad, para informarle... lo que fuera prudente. Nunca en su vida se había encontrado en semejante extremo de su recurrente dilema, ahora reflejado en esta encrucijada en que lo había colocado el obispo de Cuernavaca. Al principio no había querido encarar el abierto sentimiento de animadversión que albergaba en su interior desde hacía muchos años, pero ya no tenía escrúpulos en ello: no le agradaba ni en lo más mínimo el obispo. Era pedante y pretencioso, y podía pensar en cualquier cosa, menos en la posibilidad de equivocarse. Además era autoritario y no conocía la caridad. Era inmoral. Más aún, era un hombre peligroso; había sido evidente cuando convivieron en el convento durante aquellos remotos y dramáticos sucesos bien conocidos de todos los frailes, aunque nunca investigados judicialmente. Ahora el peligro era, cuando menos, para él y para su amigo Miguel Bernardino. Bastante se había cuidado de dejarle entrever al obispo esa amistad, pero le angustiaba la situación en la que se encontraba. Muchos recelos cobijaba en su contra, con muy justificadas razones, desde aquellos años de vida monacal.

A raíz de la situación actual, Miguel Bernardino le volvió a mostrar a Jesús los reveladores papeles del monje Fausto —recibidos por su padre unos lustros atrás—, de los que hacía años no habían vuelto a hablar. De pie ante Jesús, le entregó con las dos manos el legajo, mirándolo a los ojos con esa intensa mirada, insondable y penetrante, a la vez de fuego y de paz, que siempre le iluminaba la cara. Lo dejó en la sacristía y se retiró. Jesús lo releyó, y cuando concluyó su lectura ya tenía ostensible en la mente otro escrito similar en su contenido, el de fray Diego Durán, manuscrito que había conocido en sus días de sacristán en Ixcateopan. Rezumbaban en sus oídos las palabras comunión, eucaristía y transustanciación, que el historiador dominico había usado al hablar de la ingestión ritual de los ídolos de masa por parte de los prehispánicos. Ahora tenía frente a él otra constancia de los mismos hechos, ¡pero éstos no pertenecían a la historia precolombina, sino al presente virreinal! ¡Un siglo después! ¡Y era su amigo uno de los protagonistas de esas creencias, mantenidas y recreadas durante toda una centuria!

E involuntariamente fiel a sus pensamientos insistentes, que rebasaban a su propia voluntad, no pudo menos que recordar las palabras de Cristo cuando ofreció el pan a sus discípulos: "Tomad, comed; esto es mi cuerpo. Se entrega por vosotros. Haced lo mismo en memoria mía". ¿Quién transmitió enseñanzas similares a los indígenas mexicanos? Las dudas de Durán las hacía propias, pero eso no era ningún consuelo para él. De buena gana dejaría por la paz todo este asunto, y a Miguel Bernardino, y al obispo… Pero no podía hacer eso.

En cambio, sentía como si fuera una terrible admonición lo que había publicado recientemente el deán Pedro Sánchez de Aguilar: "Desenfrenadamente se van al infierno estos idólatras, como larga y forzosamente lo prueban con sus maldades. Deben ser aprehendidos, encarcelados con mucha vigilancia y engrillados. No parecerá rigor que sean desterrados y los peores y más perniciosos sean entregados al juicio secular y los ahorquen y quemen".

Jesús suspiró largamente y emitió un desconsolado "¡Dios, Dios!" Churumuco se le quedó mirando, con la cabeza ladeada. Molcajete le lanzó un cordial ladrido y le movió alegremente la cola.

Ixcateopan, 1595

Para Miguel Bernardino significó un cambio drástico haber dejado Teloloapan hacía casi quince años. Desde entonces, dentro de su nueva vida en Ixcateopan, ayudaba al tío en la modesta tienda que tenía. Pero, sobre todo, pronto se relacionó con los principales de Ixcateopan —pues su propio tío era uno de ellos— y así conoció a varios curanderos, quienes supieron apreciar los conocimientos que Miguel Bernardino había adquirido de su padre y aumentado por su cuenta. Aquel niño simpático y reflexivo, de profunda mirada de adulto, que había sido en Mezcala, en Teloloapan se convirtió en un adolescente muy maduro, con una disposición espiritual inusual para su edad, y ya en Ixcateopan devino un joven que parecía habitar un mundo diferente al que todos los demás compartían; como si él viera, y más que nada percibiera, lo que casi nadie más alcanzaba a captar de la gente y de las cosas. Los *ticitl* de allí se dieron cuenta, casi sólo al verle los ojos, de que era uno de ellos, de que, como ellos, veía la energía, veía otra realidad, cual suspendido en un instante de inmovilidad dentro del tiempo y siendo él una especie de espectador. Mientras más lo trataban, descubrían que poseía una sorprendente —hasta para ellos— impasibilidad en el alma, mas no la tenía gélida, sino muy cálida; que ostentaba a la vez una fuerza de espíritu, penetrante y poderosa, de la mano con una gran alegría de vivir, aunque sin temor a la muerte y con total desapego de los bienes materiales. Después de tres lustros en esa localidad, Miguel Bernardino ya era uno de los *ticitl* más renombrados de Ixcateopan. Sus amoríos con Brígida no habían cesado aunque vivieran en pueblos diferentes, y era admirable que el ardor se mantuviera incólume después de tantos años, quizá precisamente porque nunca habían vivido juntos. Acabaron acostumbrándose así. Él la visitaba cada tres o cuatro semanas. Los padres de Brígida acababan de morir hacía unos meses en la última epidemia de cólera, con la mitad de los habitantes de Teloloapan y muchos de otros pueblos de la región, y ella quedó en posesión de todos sus bienes. Desde entonces la visitaba sin disimulo, en su propia casa, y todo el pueblo sabía que eran amantes. Siendo ambos solteros no había motivo fundamentado de críticas, además de que ella era una de las *principales* de la localidad; más bien movía a envidia en los hombres y a admiración en las mujeres. ¿Qué le veía a un indio, aunque apuesto y de buena estatura, la todavía muy hermosa Brígida? A sus treinta y cinco años de edad seguía siendo seductora y era imposible dejar de contemplarla cuando pasaba. La ausencia de maternidad conservaba firmes sus desbordantes atractivos. Sin embargo, no obstante su estable relación con Miguel Bernardino, ella siempre hubiera querido algo más.

Por su parte, él la pasaba bien en Ixcateopan. El pueblo era agradable y más aún su localización espectacular, en la cima de una inclinada ladera que terminaba de repente, en un acantilado, junto a una profunda barranca. Desde el atrio de la pequeña iglesia construida precisamente en esa cúspide disfrutaba casi a diario la panorámica vista, sentándose sin prisa a contemplar los atardeceres. Recién llegado, allí había conocido a Jesús, de su misma edad, quien acababa de ser nombrado sacristán del templo, donde el padre Antolín, enérgico dominico, se desempeñaba como párroco. Llegó a la sacristía después de una década de ser monaguillo en esa misma iglesia. Miguel Bernardino y Jesús compartían, con el placer de los ocasos, sus historias personales tan parecidas. Sus largas conversaciones en náhuatl o "mexicano", la lengua materna de los dos, los unieron para siempre. Testigos eran el deslumbrante paisaje ante ellos y la capilla detrás, resguardándolos.

El miedo y el amor a Dios e incógnitas ante el diablo en una religión bipolar; el temor y la reverencia frente a los dioses de un panteón no tan prehispánico donde cada deidad en sí misma conjuga los dos polos; el amor al prójimo —blanco o moreno, español o indígena—; la trascendencia del alma a otra manera de existencia; el arrobamiento frente a las pequeñas y las grandiosas manifestaciones de la naturaleza; el respeto y hasta veneración a la misma; la curiosidad ante las historias y los orígenes propios y ajenos, todo esto y mucho más unía a Miguel Bernardino y a Jesús.

Pero su creciente amistad no sólo giraba alrededor de esos asuntos. Jesús confiaba al amigo sus pretensiones de llegar a ser sacerdote y cómo, ante esa posibilidad, presentía una sola importante frustración: su ausencia de paternidad. Más que una esposa, que no parecía necesitarla o cuando menos no imperiosamente, lo que sí hubiera anhelado —de no ansiar ser cura— era tener un hijo. Pero sacrificaría este deseo en aras de su vocación religiosa. ¿Le parecía acertado? Miguel Bernardino asentía parcialmente, con un singular brillo en los ojos. Estaba de acuerdo hasta cierto punto y le decía a Jesús que era correcto seguir sus más profundos impulsos, aunque siempre, cualquier elección, implicaba desechar otras opciones. Y comentaba que él jamás podría abandonar su vida viril porque simplemente le parecía injusto que una profesión como cualquier otra le exigiera esa renunciación, ciertamente anormal. Debatían al respecto, con afecto aunque se apasionaran en sus puntos de vista.

Un tema llevaba a otro y Brígida salía a relucir. Miguel Bernardino no podía asegurar que fuera amor lo que sentía, pero era indiscutible que no quería prescindir de ella, ni tenía por qué hacerlo; su cuerpo y su mente se lo exigían y, al fin y al cabo, ¿cuál era la frontera entre el cuerpo y el alma? ¿Existía esa frontera? ¿Dónde empezaba el amor y dónde la pasión? ¿En qué parte del cuerpo se localizaban uno y otra? El recato propio de los indígenas hacía que ninguno de los dos amigos pretendiera entrar en los detalles de esa relación tan íntima, pero ello no impedía que hablaran francamente de las preocupaciones de Miguel Bernardino. ¿Debía casarse con Brígida? ¿Sería lo más conveniente para el futuro de la pareja? ¿No interferiría en sus cada vez más intensas actividades de *ticitl*? No cabía duda que ella sí lo deseaba; de hecho, se lo había insinuado más de una vez y recientemente se lo había propuesto ya de manera abierta. Además, llevaban muchos años de no limitar sus acercamientos corporales, cualquiera que fuera el momento de los ciclos naturales de Brígida; primero —con la esperanza de ella y la anuencia de él— a la expectativa de que resultara un embarazo; después —ella frustrada, él más bien intrigado— a sabiendas de que alguno de los dos era incapaz de procrear. Jesús, aunque sin experiencia en asuntos amorosos, pero con sentido común, opinaba que lo importante era que ambos estuvieran satisfechos, si no plenamente felices, cosa nada fácil. Que lo de menos sería casarse o no, excepto que pareciera que ese lazo fuera la solución a las inquietudes de los dos... pero Jesús lo dudaba. Miguel Bernardino también.

Como Jesús era oriundo de la propia Ixcateopan —y sentía un profundo orgullo por ese poblado minúsculo, en apariencia insignificante pero en realidad muy importante, según él—, pudo aclarar a Miguel Bernardino algunas dudas acerca de su modesta iglesia de una sola nave, la que ostenta, labrado en su fachada, el año de 1539. Algunos rumores había oído su amigo sobre este templo misterioso. Observador y reflexivo, Miguel Bernardino se preguntaba: ¿por qué hay sobre el altar esa especie de protuberancia en el techo, rareza que no había observado en ninguna otra iglesia?, y no es que hubiera visto muchas —no era hombre de mundo—, pero sí le llamaba la atención esa forma insólita, al parecer ilógica o cuando menos sin explicación evidente. ¿Por qué el templo da la espalda al pueblo y el frente a la barranca?, hecho desconcertante hasta para un profano en arquitectura, como por supuesto lo era él. Finalmente, ¿por qué la nave no está alineada con el altar, quedando éste un poco ladeado con respecto a aquélla? Tampoco hacía falta ser un especialista para observar esa ausencia de simetría.

Jesús no cometía una indiscreción al platicarle lo que todos los habitantes del pueblo sabían, y más aún los viejos. Además, ya alguna idea al respecto tenía Miguel Bernardino, pues la *vox populi* rebasaba los linderos de esta comunidad. Cuando Hernán Cortés ordenó ahorcar a Cuauhtémoc durante el viaje a las Hibueras, el martes de Carnaval en febrero de 1525, los asistentes personales del último rey azteca huyeron de los españoles y recuperaron el cadáver colgado en cuanto éstos siguieron su camino; lo llevaron a Ixcateopan, por ser la tierra materna del emperador mexica, donde fue enterrado junto a otros restos de parientes suyos en el patio de una casa principal. En 1529, fray Toribio de Benavente, llamado con cariño por los indígenas Motolinía, o sea *fraile pobre*, fue a ese poblado y exhumó los huesos de Cuauhtémoc —de seguro con otros despojos óseos de sus familiares, pues reposaban juntos—, y los enterró en esa misma colina donde ahora conversaban los dos amigos. Los cubrió con un *momoxtli* o cúmulo ritual de piedras y sobre éste hizo una primera capilla católica, disimulando el enterramiento del personaje tan relevante. De 1537 a 1539 se construyó la pequeña iglesia que ahora veían y al efecto se aprovechó la estructura de la capilla original; por ello aparecía esa forma sobre el altar, que había sido el techo de la primera edificación.

—La fachada no da hacia el pueblo —agregó Jesús— porque la iglesia se construyó con objeto de proteger la tumba de Cuauhtémoc, y el frente preferido por nuestros antepasados indígenas era al poniente, hacia la barranca, donde el sol desaparece como lo hizo el joven rey. Por su parte, es cierto que la nave no está alineada con respecto al altar, pero sí que lo está —le hizo ver—, y muy exactamente, con respecto a la tumba de Cuauhtémoc, oculta bajo el ara.

—Al saber de quién son los restos aquí sepultados —continuaba explicando Jesús— se entiende por qué el martes de carnaval se conmemora en este pueblo con la Danza del Ahorcado y por qué las mujeres colocan atrás del ábside de la iglesia velas prendidas "en honor al rey". Por otra parte, pudiera ser casualidad que el nombre original de la localidad fuera Ixcatemoteopan, es decir, "aquí está tu señor o deidad".

El orgullo indígena de Miguel Bernardino se enaltecía al escuchar esta historia, y el de Jesús al contarla.

Miguel Bernardino también se había enterado de otras cosas por boca de su amigo. Por ejemplo, que en la peana de mampostería de una cruz de piedra que se había colocado hacía unos años en el camino que va de Ixcateopan a Taxco, los albañiles habían escondido, entre la mezcla de argamasa con algún cementante, un ídolo de piedra verde que representaba a un antiguo dios indígena. Ante la cruz, los caminantes colocaban velas, incienso y flores, no sabiéndose en realidad cuál era el objeto preciso de las plegarias que allí tenían lugar. Caso igual había sucedido en Chilapa, pero fue descubierto por un cura que puso el grito en el cielo diciendo que la peana estaba preñada con esa pestilencia infernal.

En un principio, además de auxiliar a su tío cargando costales en la reducida bodega, recogiendo mercancías en su burro para abastecer la tienda y a veces despachando en el mostrador, Miguel Bernardino tenía tiempo libre suficiente en Ixcateopan para otras actividades, tanto los periódicos viajes a Teloloapan a fin de estar con Brígida, como sus crecientes relaciones con los *ticitl* locales; en éstas volvió a hacerse presente un remedio vegetal muy arraigado entre los suyos.

Desde niño había conocido en Mezcala el *ololiuqui*, una semilla parecida a la lenteja que se daba en enredadera y tenía poderes de alucinación. Aunque allá nunca la probó, sabía desde tiempo atrás que además de ser usada como medicina para promover la orina, para reblandecer los tumores, para enfermedades de los ojos y para la gota, no faltaba quien la aprovechara para propiciar el amor y tener trato con muchas mujeres. Mas todo ello era secundario ante su principal utilidad: comunicarse con Dios y con los dioses. Porque Miguel Bernardino ya era cristiano bautizado, y aunque practicara los antiguos rituales de sus mayores, ello no le parecía contradecir sus creencias adquiridas de la nueva religión. Si Dios era uno y a la vez eran tres —el Padre, el Hijo y el Espíritu Santo—, no veía por qué no cabrían también dentro de ese concepto muchos otros dioses buenos de los suyos. ¿O quizá debía colocarlos al nivel de los santos, que eran aún más numerosos que sus viejos dioses? Lo importante era que todos podían hacer milagros. Y lo mismo pensaba de las antiguas diosas, desde luego de las que eran asimismo buenas. ¿No era una la Madre de Dios, la Virgen María, y al mismo tiempo eran miles las Vírgenes que la representaban? ¿No podían también ser sus representantes las diosas que hacían el bien, igual que Ella? En fin, como quiera que fuera, por algo al *ololiuqui* le decían igualmente *semilla de la Virgen*. Servía para hablar con su Hijo.

En este punto, Miguel Bernardino se desconcertaba y mejor pensaba en otra cosa… (pues si la Virgen era Madre del Hijo y éste era parte de la Santísima Trinidad y por ésta Dios era uno y eran tres, entonces la Virgen tenía que ser asimismo la Madre del Padre y del Espíritu Santo. Prefería no reflexionar en otras generaciones… Con razón los llamaban misterios).

En Teloloapan Miguel Bernardino probó el *ololiuqui* y se inició en sus secretos, guiado por su padre. Los efectos de la planta en él fueron determinantes para descubrir la dialéctica que se daba entre el alma curativa de aquel ser vivo y su alma ansiosa de ser el vehículo de la sabiduría contenida en ella. Después, en Ixcateopan, ya solo, llegó a ser reconocido por los resultados terapéuticos favorables que obtenía con su utilización. Allí conoció y empezó a curar también con peyote, un cactus que traían los mercaderes desde lejanas tierras del norte, mucho más allá de la capital del virreinato. Se acostumbraba usarlo tanto como la semilla de la Virgen. A veces, también se echaba mano del toloache o floripondio, esa enorme flor amarilla que por su propio peso colgaba como campana de la rama que la sostenía.

Conforme aumentaba la amistad entre Miguel Bernardino y Jesús empezaron a confiarse sus respectivas vivencias, de especial manera las relacionadas con las costumbres tradicionales para curar que sus padres —prestigiados *ticitl* ambos— habían mantenido y ellos mismos heredado. Jesús las respetaba y reconocía, aunque no las aplicaba, en tanto que Miguel Bernardino no sólo las practicaba, sino que eran parte de su vida cotidiana. Hacía muchos años, el padre de Jesús había curado a su hijo de pasmo o espanto —que de las dos formas le decían—, bebiendo él mismo *ololiuqui* molido disuelto en agua, pócima a la que Jesús había dado también algunos sorbos por prescripción de aquél. Las visiones que tuvo, más que las de su padre, le hicieron expulsar el mal. Conocer estos pasajes de la infancia de su amigo facilitó a Miguel Bernardino ponerlo al tanto de sus propias experiencias con las tres plantas mágicas, en cuyo uso era cada día más experto.

Aun antes de que se generalizara la preocupación del alto clero novohispano, ya bien entrado el siglo XVII, por la tenaz permanencia de las costumbres idolátricas y paganas entre los indígenas, el padre Antolín, haciendo honor a su rígida formación dominica, batallaba por su cuenta desde la modesta trinchera espiritual que le había encomendado el Señor. Al fraile constaba la celebración de los ritos con *ololiuqui*, peyote y toloache en Ixcateopan, pues en ocasiones quienes los tomaban no volvían en sí y quedaban, estaba seguro, poseídos por el demonio: entonces, cuando ya no servían los hechiceros para imponer un remedio, los desesperados parientes del enfermo recurrían a él, gracias a Dios. Así llegaba el momento en que el agua bendita, la señal de la Santa Cruz y los rezos católicos mostraran de manera positiva una supremacía frente a los embustes diabólicos. Mucha gente del pueblo seguía creyendo en sus curanderos, aunque ya hubieran recibido el santo sacramento del bautismo, pero otros, no obstante también ser indios, habían verdaderamente percibido la luz de la palabra de Dios; con sinceridad, en la intimidad de su corazón, pensaba satisfecho el padre Antolín. Por eso estaba muy complacido con la eficiente ayuda que recibía de Jesús, su sacristán. Él sí era de fiar. Buena decisión tomaron sus padres ante la pila bautismal, pues sin duda que el nombre que le pusieron había sido definitivo en su correcta educación.

Por su parte, a Jesús no dejaba de inquietarlo recibir las confidencias de Miguel Bernardino relativas a sus increíbles curaciones invocadas con las tres plantas sagradas, sobre todo cuando se trataba de enfermos del espíritu, y, además, escuchar lo que el padre Antolín le decía con mucha reserva sobre los mismos asuntos. Eran posiciones tan opuestas que pareciera que cada uno hablaba de materias diferentes y no de exactamente lo mismo. El dominico le había advertido:

—Son plantas de Satán, privan del juicio porque son de natural muy vehementes, y por su medio los indios se comunican con él, quien los engaña con diferentes apariencias. Ellos creen que son deidades, por eso las esconden igual que sus ídolos, con toda reverencia, en cestos que sólo ellos saben dónde están. Debemos estar muy alertas, Jesús.

¡Que se lo dijeran a él!, pensó. ¡Vaya si sabía de ello! Sin embargo, Jesús no sentía que estuviera cometiendo una traición ni al padre ni a la Iglesia al no dejarle ver todos sus pensamientos. De alguna manera creía, no muy explícitamente, que su papel era el de intermediario entre dos mundos culturales, en apariencia muy distantes uno del otro, pero en realidad no tan lejanos. Esta idea que se esbozó desde su formación infantil, ya remota, se iría convirtiendo en una obsesión cada vez más acendrada.

—Sí, Jesús, son plantas de Lucifer. Dios permite su existencia porque ponen a prueba al hombre, como muchas otras cosas propias del maligno que finalmente sirven al Creador para escoger a sus mejores corderos, quienes habrán de salvarse. Nuestra misión es combatirlas.

A Jesús no le quedaba muy claro el razonamiento. ¿Combatir a las plantas que precisamente le iban a servir a Dios para identificar a los escogidos? Mas su desconcierto llegaba aún más lejos. ¿La Iglesia debía ayudar a la salvación de las almas? ¿No debía cada quien lograr su propia salvación, para que valiera ante Dios? ¿No perdía méritos tratar de obtener la salvación con ayuda ajena? ¿Dónde quedaba el libre albedrío pregonado por San Agustín?

—Se embriagan y pierden el juicio con ellas —continuaba el padre Antolín— para consultarlas como oráculo, igual que Saúl acudió a la pitonisa apretado por los filisteos, y acabó suicidándose. Cómalas el embustero médico o un tercero que alquilan para ese efecto o lo haga el propio enfermo, ante las visiones los desventurados todo lo creen, ora sean revelaciones del demonio, ora sean fantasías representadas por sus desvaríos. Tanta reverencia, temor y miedo que los indios les tienen a las tres plantas malditas es por las deidades que creen residentes en ellas. En su infernal superstición les ofrecen incienso y *piciete*, para usarlas de abogados y mediadores.

Jesús bien sabía que la información era cierta, aunque no compartía todas las opiniones del párroco. Se usaban tales plantas para conocer el paradero de personas desaparecidas, muy especialmente esposas que se hubieran ido con otro. Para hijas huidas. Para encontrar cosas perdidas o robadas. Para conocer la identidad de quien hubiera hecho mal de ojo a alguien. Y, desde luego, como remedio para varias dolencias del cuerpo y del alma. Sobre todo para estas últimas, y no en todos los casos fallaban.

—Mira, Jesús, el demonio, padre y principio de todo engaño, les hace creer y entender a su capricho. Y es tanta su diligencia que se desvela en nuestro daño, hallando cada día por su astucia nuevos tropiezos para hacernos caer. Así conviene mucho que los ministros seamos diligentísimos en inquirir, extirpar y castigar estas resultas de la antigua idolatría y culto del demonio. Por si fuera poco, ya lo ordenó de manera expresa el rey de España; recuerda su instrucción: "Con muy particular cuidado procuraréis remediar lo que toca a la idolatría, como más convenga al servicio de Dios Nuestro Señor, pues veis de la importancia y consideración que es".

Jesús no podía menos que prevenir a Miguel Bernardino de las permanentes pesquisas que el padre Antolín llevaba a cabo, con frecuencia con buenos resultados —sobre todo para la Santa Inquisición, adonde ya había remitido a varios indígenas acusados por delitos de brujería—. Su amigo lo agradecía aunque poco se preocupaba, pues casi siempre estaba como abstraído, en una actitud contemplativa, sin prestar mayor atención a lo que consideraba minucias mundanas. Además, el trabajo en la tienda de su tío era la actividad conocida por todos que ocupaba la mayor parte de su tiempo. Aunque muchos sabían de sus quehaceres como curandero, no era asunto del que la gente hablara con extraños, como el padre Antolín. De cualquier manera, extremaba su discreción, pues no era cosa de jugar con la propia vida, aunque, por otra parte, tampoco lo angustiaba la idea de perderla.

Las verdaderas preocupaciones de Miguel Bernardino eran sobre asuntos más inminentes y, la verdad, le quitaban más el sueño. Brígida le había propuesto, en su última visita, que se casaran y vivieran donde él quisiera: allá en Teloloapan, en casa de ella, o en otra que adquiriría al propósito en Ixcateopan. Era una locura. Nadie esperaría casarse a semejante edad, ya avanzados treintañeros. Pero ella sí, pues odiaba ser una solterona (lo cual era en efecto desde tiempo atrás). Miguel Bernardino, que no resentía la soledad en la que vivía —atenuada con los fugaces y fogosos encuentros con Brígida—, también abrigó alguna posibilidad de convivencia, pero eran mayores sus temores que sus perspectivas optimistas. Por otra parte, si bien existían lazos muy estrechos que lo unían con Brígida, su vida en realidad ya giraba en torno a su ocupaciónn de *ticitl*: profesión, vocación, herencia, encargo, concesión, responsabilidad, compromiso, llamamiento, todo junto de alguna manera era lo que él sentía y asumía. Ése sería su quehacer de por vida.

Ixcateopan, 1600

Fue una situación verdaderamente excepcional la que llevó a Jesús a salir por unos días de su convento de San Ángel, rompiendo la estricta clausura a la que estaban sometidos todos los novicios como él. Se le requirió como intérprete para acompañar a su prior a Taxco, en la curiosa misión que le había encomendado el comisario provincial de la orden y que implicaba entrevistarse con varios caciques indígenas. Nadie excepto Jesús hablaba el náhuatl en el monasterio carmelita, con la ventaja adicional de que era oriundo y por tanto conocedor de esa región taxqueña. Satisfecho el cometido, el prior decidió descansar unos pocos días en Taxco, pues su edad así se lo exigía. El novicio aprovechó y rogó a su superior, que era un buen hombre, la autorización para visitar Ixcateopan, su pueblo natal, que distaba apenas cinco horas a caballo. Le fue permitido.

En los casi cuatro años que ya llevaba Jesús enclaustrado en el convento, el saldo de su estancia allí era con mucho positivo. Sentía plena su existencia, después de tantos años de acólito y luego de sacristán, culminados con su ingreso a la orden del Carmen. No le faltaba mucho tiempo para llegar al clímax de sus aspiraciones: el sacerdocio. Ansiaba como un sueño, que antes le hubiera parecido inalcanzable, ser pastor de almas, ministro del culto católico (como su propio padre lo había sido de otro culto, no menos respetable), quería ser predicador y celebrar la misa, que no acababa de comprender por qué se le llamaba sacrificio. Para él sería un placer celebrarla; lo anhelaba.

Desde luego que no todo habían sido satisfacciones durante su noviciado. Incluso habían sucedido algunos intrigantes acontecimientos que podían poner en entredicho el buen nombre de esa casa de Dios, y quizá tras las rejas a alguno. Por lo que respecta a extrañar la vida exterior, en realidad Jesús solamente añoraba las cordiales y largas conversaciones con su único amigo: Miguel Bernardino. Ahora lo volvería a ver en Ixcateopan, después de años sin comunicación entre ellos.

—¿Y has pensado denunciarlo con el prior, Jesús? —Miguel Bernardino había escuchado en cuclillas el largo monólogo acusatorio de su amigo, sin inmutarse, clavados en él sus negros ojos atentos, irradiando un poder místico que no asombró a éste porque ya se lo conocía desde siempre, pero sí percatándose de que ahora era mucho mayor.

—Es mucho más fácil decirlo que hacerlo, Miguel Bernardino. Y no creas que le tengo temor, sino que es muy difícil traducir a palabras la intención de una mirada, asegurar la veracidad de un hecho absolutamente real pero que no presenciaste, aunque sea un secreto a voces. Muchos podrían dar su vida —podríamos, debo decir— asegurando que algo es cierto, a pesar de no tener pruebas. Un indicio aislado no comprueba nada, pero muchos indicios aislados, coincidentes y repetidos de manera cotidiana, a lo largo ya de años, a mí sí me dan la certeza de la relación perversa con ese malogrado novicio; inocente, iba a decir, pero de seguro que ya no lo es… si es que vive. ¡Eso es lo desesperante, Miguel Bernardino! ¡No sabemos si estamos ante un crimen! Mejor dicho, ante un asesinato, porque ante un crimen sin duda que sí estamos.

—Entonces, ¿nada puedes hacer?

—Parece que no, amigo… Por lo pronto.

Miguel Bernardino se irguió muy despacio, dejando las cuclillas y con la vista fija muy lejos de allí. Contempló el sinuoso horizonte montañoso cubierto de nubarrones y pareciera que cual respuesta recibió, desde aquella lejana serranía, un prolongado trueno emitido como roncos estertores eslabonados; remató un primer relámpago y luego se desataron muchos más. De espaldas a Jesús, le aseguró, con esa voz mesurada pero de profundo y sonoro timbre metálico que lo caracterizaba:

—Las cosas llegan cuando deben llegar. No debemos apurarlas ni tampoco retrasarlas. Te entiendo muy bien. Tú sólo haz lo que te parezca tu obligación. A nada más te apremies. Si cumples contigo, estás cumpliendo con todos y con todo.

Taxco, 1619

Muy a su pesar, Jesús debía proseguir con las preguntas a Miguel Bernardino e indagaciones relacionadas con él, pues el obispo estaba pendiente de los avances y para ello viajaba periódicamente de Cuernavaca a Taxco. Claro que Jesús le iba informando datos que le parecieran de importancia e interés, pero sin comprometer a su amigo. Constantemente tramaba cómo tener satisfecho a Foncerrada dejando libre de culpa a Miguel Bernardino. Parte de la solución podría ser tratar de desviar la atención que el prelado mantenía sobre él, por los pecados que le imputaban, hacia otras personas inexistentes o desaparecidas. No se trataba de perjudicar a inocentes, pero no parecía mayormente grave implicar la memoria de algunos difuntos. A nadie se dañaba así realmente.

Acerca de las ceremonias indígenas con *ololiuqui*, peyote y toloache, sobradas noticias tenía Jesús por boca del propio Miguel Bernardino y por las lejanas conversaciones con el padre Antolín, que más bien recordaba como monólogos del dominico. Además, claro está, de sus propias experiencias infantiles. Tales ritos podían constituir las más peligrosas acusaciones contra su amigo, pues en ellas se fundían la idolatría y el encantamiento, la superstición y la magia. Por ello echó mano Jesús de cierta información que le dio Miguel Bernardino relativa a una indígena de Iguala, ya finada, que le había confiado su hija. Esta muchacha, testigo de los hechos que contaba, con posterioridad a los mismos había sido entregada por su propia madre a un humilde convento de monjas en Taxco, en calidad de novicia. Para hacer ese sacrificio materno, más impelida había estado la mujer por aliviar su miseria que por honrar a Dios.

En muchos conventos de mujeres de la Nueva España el ingreso estaba reservado a las hijas de los poderosos del dinero, pues las "dotes" que exigían las madres superioras para aceptar a una nueva novicia eran extraordinariamente elevadas. Ser esposa de Cristo no era cosa menor. Quien aspiraba a tanto para su propia hija debía estar dispuesto a pagar cuantiosamente por ello. Bien decía el refrán: "¡Quien quiera azul celeste, que le cueste!" Además, las familias de las novicias ricas no empobrecían con su generosa aportación a esas casas del Señor, mientras la riqueza de muchas monjas continuaba siendo enorme, como quedaba de manifiesto en la opulencia con la que vivían dentro de las paredes conventuales: verdaderos apartamentos de varias habitaciones en lugar de una austera celda; cocina y comedor privados para tomar sus alimentos dentro de un religioso recogimiento; servidumbre numerosa —por supuesto, sólo femenina—, incluso esclavas, para ser atendidas como correspondía a su linaje; capilla particular a fin de estar en permanente ofrecimiento a su Esposo... La única excepción financiera que se toleraba en tales conventos de damas privilegiadas era con las hijas de antiguos conquistadores venidos a menos; en efecto, el descendiente de algún miembro de aquellas huestes de Hernán Cortés a quien no le hubiera hecho justicia la causa redentora de España, y por tanto padeciera una situación económica apretada, estaba exento de pagar las crecidas dotes que se acostumbraban. Sólo Dios sabe con qué ojos eran vistas esas hijas de pobres en medio de las ricas, indigentes novicias arrimadas a la santa caridad de corazones magnánimos.

Claro que éste no era el caso del modesto y anónimo convento de Taxco ni de aquella hija recluida por su menesterosa madre indígena. Como quiera que fuera, ya había tomado los hábitos y estaría lejos de cualquier sospecha de herejía ante los ojos escrutadores del obispo. Jesús podía aprovechar el caso para distraer su atención. Así, procedió a informarlo al respecto.

—Su Ilustrísima, Miguel Bernardino está colaborando en la indagación, y aunque no hemos podido comprobarle los cargos que el denunciante anónimo le imputa, ya nos dio ciertos datos de la mayor relevancia. Usted mismo lo apreciará así.

—Eso ya lo veremos, padre Jesús, no adelantes vísperas ni anticipes inocencias. Tú no eres un indio común, ya que portas la sotana, pero todos los de tu raza merecen nuestra desconfianza hasta que no demuestren lo contrario. Traen sus pérfidas adoraciones diabólicas metidas hasta la médula de los huesos, y un siglo de benignas lecciones evangélicas no ha logrado desterrar de su alma perversa aquella raigambre del mal.

Foncerrada suspiró, tomando aire como para cobrar fuerzas ante un asunto tan penoso. Se quedó un momento contemplando la pintura de San Sebastián que colgaba de la pared de la sacristía, ostentando el mártir las flechas que le atravesaban el pecho, y con lágrimas en los ojos.

—Pero dime, Jesús, de qué se trata. Te escucho.

Aunque resentido por las palabras que acababa de oír y por ese tono despectivo e injusto al que nunca se acostumbraría por más que fuera recurrente en la boca de Foncerrada, Jesús respondió. Le explicó el antecedente relativo a la joven indígena enclaustrada en aquel convento taxqueño, y entró de lleno al negocio, haciendo énfasis en las adjetivaciones que, consideraba, agradarían al obispo. No le gustaba esa simulación, pero menos aún el peligro que corría su amigo.

—Resulta que hace un par de años, en 1617, la mujer llamada (para vergüenza nuestra) Mariana, que usaba de sortilegios para realizar curaciones, acudió a un lugar cercano a Iguala al que los suyos llaman el Sótano del Diablo. Es un siniestro pozo natural tan profundo que, cuando se le arroja una piedra adentro, tarda medio Padre Nuestro en llegar al fondo, lo cual se conoce por el retumbo sordo que provoca. Allí, al lado del maldito agujero, ofició la hechicera una abominable misa de *ololiuqui* para curarle a cierta mujer una llaga vieja que no alcanzaba a cicatrizar. Habiéndose embriagado con la fuerza del endemoniado atole de la semilla, junto a unas brasas lamió la llaga a la enferma, con que luego sanó. Su hija presenció la cura y dice que, posteriormente, su madre le reveló

100

un antiguo suceso, venerable según la vieja. Hacía tiempo, se le había aparecido un mancebo que su madre juzgó ser ángel y le dijo que Dios le daba una gracia y dádiva por vivir pobre y en mucha miseria, para que con esa gracia tuviera sustento: "Curarás las llagas con sólo lamerlas, y el salpullido y las viruelas", agregó, y le fue enseñando las invocaciones que requería para curar. Todo esto me lo confió Miguel Bernardino y lo confirmé con la hija, pues la madre superiora de su convento me permitió hablar con ella a través de una celosía. Por supuesto, la priora permaneció de pie a su lado y varias veces se persignó alarmada. Al concluir la entrevista, alcancé a escuchar a la superiora: "¡Jesucristo, apaga tu ira!"

Jesús no podía decirle al obispo que cuando conoció esta historia recordó de inmediato el pasaje evangélico donde el Redentor sanó a un sordomudo vecino del lago de Galilea tocándole la lengua con saliva suya y a un ciego de nacimiento en Betsaida escupiéndole en los ojos. Bueno, eso era según San Marcos, porque San Juan decía que al ciego lo curó haciendo barro con tierra y esputo, y untándoselo en los ojos. Pero de que sanó, sanó. Y con saliva.

El obispo había escuchado atento y no pudo ocultar cierta impresión causada por el relato. Sin embargo, no quiso alentar al humilde párroco y trató de disimular. ¡No le daría alas a éste! Mejor que siguiera investigando. ¡Cura, cura, pero finalmente indio campesino!

—Mira, padre Jesús, no deja de haber algo interesante en lo que me cuentas, pero esto no nos lleva a ningún lado. Ni la muerta nos sirve, ni la monja tampoco; para el caso es como si también estuviera enterrada. Además, los ángeles no se les andan apareciendo a los indios así como así; ya cualquiera se siente Juan Diego. Adivinar cuál es la verdad… Al que necesitamos es a Miguel Bernardino, ése sí anda vivito y coleando, y me urge que lo cojamos, con alguna prueba. Con mayores o con menores culpas que tenga, el Señor será servido con un escarmiento ejemplar. Interrógalo más y trata de involucrarlo en los encantamientos de la india Mariana, con esas apariciones del demonio en las que éste suele mezclar algo de nuestra sagrada religión, con que renueva su malicia y da color de bien a tan gran maldad.

El obispo hizo una pausa. Se revisó las uñas de la mano derecha, primero, y luego las de la izquierda. Merecieron su aprobación. Estaban bien recortadas y muy limpias. Entonces continuó:

—Satanás pretende deslumbrar, o por mejor decir, hacer sombras a las resplandecientes luces del Evangelio. Igual Mariana que Miguel Bernardino, con estas quimeras, ficciones y representaciones diabólicas que el demonio les pone en la imaginación con sus malditas plantas, se hacen estimar como personas casi divinas, dando a entender que tienen la gracia de los ángeles. Los míseros indios son tan pusilánimes y tan flacos de fe que por un tramposo acierto en alguna curación, caen en dos mil yerros en las aras del protervo.

El obispo respiró profundamente. Estaba afectado por sus propias palabras, que le parecieron magistrales. Nunca se le ocurría pensar que podían ofender a Jesús (o si de repente lo pensaba, no le importaba), y sentenció, con autoridad y pedantería:

—¡No aflojes en tu empeño, padre Jesús! ¡Combate con ahínco la magia! Recuerda que apenas hace unos pocos años, en el Concilio de Lima, se estableció que "los jueces eclesiásticos pueden y deben castigar a los indios aquellos atroces crímenes de idolatría o apostasía o supersticiones gentílicas".

Foncerrada dejó pasar muchos segundos, saboreando el efecto de su discurso, y cuando se disponía a continuar, se percató de que el niño jorobado y su perro lo miraban muy callados desde un rincón, como siempre echados en el suelo. Le pareció una irreverencia a su investidura, un desacato a sus doctas palabras, una verdadera falta de respeto de Jesús, y explotó:

—¡Por lo que veo no podemos hablar a solas! No recuerdo haberte visto en los últimos tiempos sin la presencia infalible de este Churrasco y su bestia piojosa. No entiendes que un sacerdote debe reflejar una imagen adecuada a su rango y responsabilidades, y tú, con semejantes amigos, conviertes a tu parroquia en un zoológico… ¡Respeta tu sagrada investidura, que te la dio el Señor!

—Le ruego su comprensión, señor obispo, pero Churumuco —corrigió Jesús al prelado— es mi ahijado y, por lo tanto, es parte de mis responsabilidades religiosas. Además, cuando su madre, ya viuda, estaba en su último lecho, le juré que yo recogería al niño, más aún por ser giboso y porque Dios, con sus sabias determinaciones, lo privó del oído y del habla. Él no escucha nuestras conversaciones —prácticamente mintió Jesús, pues en realidad el niño leía los labios a la perfección tanto en su idioma materno como en castellano—. Y el perro, Su Excelencia, es de las pocas alegrías que tiene Churumuco. Además es muy entendido, más que muchos cristianos…

—¡Qué barbarasadas dices, Jesús! Ahora resulta que me vas a encomiar la inteligencia de este… mmm… ¡Molcajete!

El perro se levantó de inmediato al escuchar su nombre, pero no avanzó ni un paso, ladeó la cabeza y se quedó mirando extrañado al obispo. Éste concluyó, molesto y con cierto embarazo:

—Bueno, Jesús, lo importante y muy grave es la permanencia de la idolatría y lo que tú ayudes para perseguirla. Tienes una enorme obligación y debes afrontarla. Recuerda, ¡no cejes!

Por supuesto que Jesús no cejaría, aunque su empeño era muy distinto del que el obispo pensaba. Y no era una felonía ni nada cercano a ello; a nadie estaba traicionando. Además, con frecuencia Miguel Bernardino acertaba en sus curaciones con esas plantas que consideraba sagradas, de manera particular cuando se trataba de problemas de la mente; no sucedía tanto cuando él mismo tomaba los brebajes, sino cuando se los daba a los enajenados… aunque unas pocas veces, no podía negarlo, el remedio había sido contraproducente y se habían agravado. Pero en ningún caso había maldad o mala fe. Siempre tenía buenas intenciones cuando trataba de curar o cuando efectivamente curaba enfermos.

¿Y qué otra cosa hizo Cristo?, se preguntaba Jesús sin ninguna malicia, más bien con cierta ingenuidad. Le llevaron a muchos endemoniados y poseídos y les expulsó a los espíritus malignos, inmundos e impuros, para que se cumpliera lo que dijo el profeta Isaías: "Él tomará nuestras dolencias y cargará con nuestras enfermedades". Y ante las curaciones que hizo el Salvador, muchos lo tacharon de usar magia en ellas. Claro que Cristo jamás falló.

Capítulo III

Pasiones humanas y divinas

Marcelina de Bandala, tanto de padre como de madre, venía de gente muy limpia de sangre y de singular virtud. A ella y a sus tres hermanas las habían educado con un particular esmero, puliendo sus almas con las enseñanzas cristianas más piadosas. Marcelina era la menor de las cuatro, y Salustia, la mayor, le llevaba ocho años. Para alejar a sus hijas de las mundanidades de la ciudad de Puebla —tan majestuosa en sus construcciones como peligrosa en sus costumbres, por su grande y variada población—, sus padres decidieron que la familia viviera en la cercana hacienda de Calpan, de su propiedad, asegurando así el retiro de las niñas en una apacible soledad, donde en brazos de la sencillez se criaran sin riesgos.

Aunque todas eran muy devotas, Marcelina destacaba por sus marcadas inclinaciones religiosas; desde su más tierna infancia, en cuanto tuvo uso de razón, sus juegos eran componer pequeños altares en su casa y levantar ermitas minúsculas en el campo, imaginándose ella misma una anacoreta en el recogimiento de aquella campiña. Verdadero ángel vestido con un cuerpo de niña, desde los ocho años de edad se inició en los ayunos de pan y agua, y ahora, que acababa de cumplir los diez, por ese mismo motivo apenas se estaba recuperando de un gravísimo empacho, pues comió pan caliente, recién salido del horno, y bebió luego agua fría. Quedó sin conciencia tres

105

días, sin habla ni movimiento, y su familia pensó que había sido premiada su loable aunque corta vida, llamándola Dios a su seno. Pero la dichosa muerte no llegó y Marcelina volvió en sí, regocijada. Dijo a los que la lloraban que había estado en el cielo y visto en él a muchos niños conocidos, que eran ya muertos, y gran multitud de santos y ángeles muy hermosos. Y que también fue llevada a los infiernos a donde vio a los demonios e infinitos condenados, lo cual fue providencia del Señor para armarla en los fuertes combates que sobrevendrían en su vida. La frustrada ilusión cristiana de sus padres de ofrendar la vida de una hija al Señor fue superada por la alegría de volver a verla repuesta.

Marcelina aumentó las penitencias, y eran tan fuertes las que hacía que sobrepujaban mucho a la flaqueza de su tierna edad. Cuando sus padres descubrieron que bajo el colchón ocultaba rígidas disciplinas para azotar su inocente cuerpo virginal y cabestros de la caballeriza que usaba como ásperos cilicios amarrados estrechamente a la piel de su cintura, para lastimarla, decidieron trasladar su residencia a Puebla. Sus hijas mayores ya eran casaderas, con dieciocho, diecisiete y dieciséis años de edad, y a Marcelina le haría bien un cambio de aires. No les disgustaba la devoción cristiana de la niña, pero su madre no podía evitar escalofríos cuando hallaba manchas de sangre en la ropa de la impúber.

Por su parte, con la mudanza a Puebla, Marcelina sólo habría de extrañar verdaderamente uno de sus lugares favoritos de juegos y de ensueños: el impresionante convento de Calpan, donde varias veces había participado en las procesiones religiosas y posado la custodia en cada una de las cuatro capillas construidas en las esquinas del atrio. No le importaba que el convento fuera de varones, frailes franciscanos; ella se imaginaba como esposa de Cristo, deambulando por el claustro con las demás monjas que compartían su clausura y ejecutando penitencias en la nocturna soledad de su celda. Bien a bien no comprendía el altorrelieve del Juicio Final que ornaba la fachada de una de las capillas posas, pero sentía un misterioso sobrecogimiento cuando lo contemplaba. Más cercanos a su limitada y campirana experiencia eran los insólitos cardos que ostentaba la fachada principal de la iglesia, detalle quizá fuera de lugar plasmado por los canteros indígenas, quién sabe si aprobado de antemano por los arquitectos españoles.

Mas en Puebla no la pasaría mal. Allí adquirió su padre —rico e influyente— una gran casona de piedra labrada, recién construida en dos plantas, con un señorial patio interior cuyos corredores mostraban verdaderas obras maestras de la herrería local; hierro forjado a mano se retorcía en figuras geométricas y vegetales, dando forma a llamativos barandales y balcones. La casa tenía su propia capilla —lo que entusiasmaba a la fervorosa niña—, cuyo altar lo presidía un Cristo tallado en un enorme colmillo de elefante, flanqueado por una escultura de madera policroma estofada de la Virgen María y otra de San Francisco, muy rara, elaborada en pasta de caña de maíz. Una gran fuente de piedra marcaba el centro del patio y manaba agua cristalina desde la boca de tres cisnes cargados en brazos por otros tantos angelitos con las alas desplegadas, conjunto escultórico elaborado en bronce de verde pátina. Las caballerizas estaban en el patio de servicio, que daba a otra calle, pues la casa ocupaba un amplio predio ubicado en esquina. Las fachadas hacia ambas avenidas estaban rematadas por doce gárgolas fantásticas que hacían rememorar a las iglesias góticas de Europa, en tanto que las dos portadas que enmarcaban a los recios zaguanes de madera correspondían a un austero renacimiento español; la principal de ellas lucía en lo alto un escudo de armas labrado en la propia cantera. Se decía que el mismísimo Juan de Herrera había enviado desde España los planos con el diseño de las portadas, aunque quizá el afamado arquitecto no hubiera aprobado su combinación con las gárgolas de estilo tan diferente. Además, las paredes exteriores alardeaban un gran colorido en sus azulejos de Talavera —realmente hechos en Puebla, pero aún conservaban el nombre del pueblo ibero de donde llegó esa técnica cerámica—.

En esta su nueva casa Marcelina entró a la adolescencia. Allí se mortificaría su ánimo sensible porque la sangre que ofrendaba en servicio a Dios —con mucha mayor frecuencia de lo que hubiera sido imaginable en una jovencita de su edad— sería acompañada de manera periódica por otra sangre de sus entrañas, ciertamente mucho más misteriosa por su origen. Pasarían largos y angustiosos meses para que alguien (una vieja cocinera que la había criado desde recién nacida) por fin le hiciera comprender que sus flujos eran naturales, y no castigos del Señor por sus pecados.

Pero, en todo caso, a Marcelina la atormentaba que de la mano con su evidente evolución corporal se hacían presentes asimismo nuevas sensaciones y pensamientos. Cosquilleos en sus rincones más íntimos se asociaban a imágenes de muchachos que la atraían sin entender ella por qué. Intentaba aplacar tales hormigueos frotando su piel, como si de una picadura de mosquito se tratara, mas sólo excitaba de manera creciente esa sensación y no podía evitar que justo en esos momentos volvieran ante sus ojos azorados aquellas imágenes de jóvenes apenas mayores que ella. Jamás se atrevió a pensar en palabras la visión que muy a su pesar tuvo de un muchacho en particular, desposeído por completo de vestimenta. Se espantó de sus atrevidas imaginaciones, pero ella no las procuraba: llegaban solas, en contra de su voluntad. Mucho mayor fue el susto aquella noche que, por primera vez, tratando de frenar los cosquilleos no sólo no lo logró, sino que se intensificaron más y más, y mucho más hasta convertirse en un temblor irrefrenable que la hizo morder la almohada para no lanzar un chillido, y otro, y uno más con un último estertor… Entonces su cuerpo lánguido se tranquilizó y Marcelina descansó. Pero los remordimientos y las ideas contrapuestas la acosaron a partir de entonces, pues la experiencia se repetía periódicamente. ¿Tanto placer era cosa de Dios o del demonio? No lo sabía, pero habría de averiguarlo a toda costa. Aunque le espantaba el reto, lo encararía. Si de Dios se trataban semejantes sensaciones —lo cual en principio le parecía probable, siendo como era una criatura de Dios—, entonces lo honraría y con más anhelo algún día se convertiría en su esposa, antiguo sueño infantil que ahora vislumbraba altamente posible. ¡Qué dicha desposarse con quien la hacía tan feliz! Mas si del diablo se tratara, ¡no quería ni pensarlo! En todo caso lucharía denodadamente contra él y contra sus intromisiones en su intimidad. En su mente de jovencita que apenas acababa de dejar la infancia quería creer lo mejor para ella, pero no lograba convencerse de la naturalidad de lo que le sucedía. No la atormentaba tanto la posibilidad de estar pecando, sino la duda acerca de ello: el bien y el mal, el placer y el pecado, la virtud y la impureza, la felicidad y la abnegación, el amor y la soledad, la satisfacción y la angustia. Ninguna de estas palabras pasaba como tal por su cabeza, pero todas las sentía, todas las vivía con esa intensidad propia de la adolescencia. Y todos esos conceptos contrapuestos o contrastantes los resumía en dos palabras que sí tenía bien claras en su pensamiento: Dios y el demonio.

CIUDAD DE MÉXICO, 1584

Después de vivir más de seis años en la ciudad de Puebla, donde sus segunda y tercera hijas habían contraído matrimonio, muy bien casadas por cierto, don Epigmenio de Bandala no se arrepentía de haber hecho este nuevo traslado, ahora a la ciudad de México. En la capital poblana había estado dedicado a quehaceres políticos, pues sus prósperos negocios en esa llamada Angelópolis y la muy redituable hacienda de Calpan eran llevados a plena satisfacción por su hermano, liberándolo a él de esos menesteres sin menoscabo de sus pingües rentas. En realidad, la mudanza a la capital no sólo había sido un cambio de ciudad, sino de vida. Había aceptado la invitación del arzobispo Moya de Contreras, sexto virrey de la Nueva España, para fungir como contador mayor de la Real Hacienda de México. Su importante trabajo recién iniciado —teniendo la confianza del estricto y probo virrey— y vivir en la renombrada metrópoli lo hacían sentirse en la plenitud de su vida.

Por su parte, doña Teresa de Bandala no había visto con malos ojos el cambio a la ciudad de México. Su hija Salustia ya tenía veinticuatro años y en Puebla no había podido casarse, como dos de sus hermanas lo habían hecho ya. Cierto que no era tan agraciada como ellas, pues había heredado, por desgracia, esa nariz aguileña de su esposo. A él le quedaba bien, era muy varonil, pero a ella... En México tendría muchas oportunidades, ya lo vería, aunque en su contra estaba la edad; una muchacha de veinticuatro años y de buena familia, como ella, ya debería tener a esas alturas varios hijos. A pesar de que no le gustaba aceptarlo, debía reconocer que, por otra parte, también había ciertos aspectos positivos a favor de Salustia... la fortuna de su padre y la posición principal que ocupaba ahora, muy cercana al doctor Moya. Aunque Salustia no había empezado sus relaciones en la ciudad con el pie derecho. ¡Qué diferencia con su hermana Marcelina! Desde la misma tarde en que su esposo y ella ofrecieron una fiesta en su casa para presentarse ante la sociedad capitalina, su hija menor conoció al apuesto joven Heberto de Foncerrada, a quien llevaron sus padres, y no la dejó ni un momento, a pesar de los escasos dieciséis años de edad de la niña... ¿o habría sido justamente por eso? El viejo Foncerrada, antiguo conquistador con Hernán Cortés, había solicitado permiso para llevar a su hijo a la recepción —por medio de una amable nota—, y doña Teresa aceptó encantada y de inmediato. Cometió el error de decirle a Salustia que Heberto podría ser un buen partido para ella, aunque los dos eran de la misma edad, y así alentó una esperanza en su hija. Cuando llegaron los Foncerrada a la fiesta, los esposos Bandala les presentaron a sus dos hijas solteras y al poco rato Heberto estaba sentado platicando con ellas. A pesar de ser un joven educado, fue inevitable que Salustia se percatara de que el interés de Heberto se centraba en Marcelina. En plena adolescencia, bien desarrollado su cuerpo, ya era muy atractiva... y no tenía la nariz del padre, pensó con despecho Salustia.

Pocos días después, Heberto solicitó permiso a los padres de Marcelina para poderla visitar. Ellos accedieron y él se empezó a aficionar a la casa de la familia Bandala. Al principio, la madre pedía a Salustia que estuviera presente en las entrevistas, mas dándose cuenta de lo cruel de su exigencia a la desairada hija mayor, ese requisito se fue relajando, por supuesto sin que el padre se enterara. Así fueron intimando cada vez más Heberto y Marcelina.

La devoción cristiana que la joven había manifestado desde niña no había menguado, y seguía castigando su cuerpo sin mayores motivos... hasta ahora. La creciente cercanía con Heberto la fascinaba y al mismo tiempo la atemorizaba. Cuando él la visitaba, ella querría estar sentada más cerca de él, no podía negarlo, y esa sola idea la pagaría muy caro llegando la noche, víctima de sus propios castigos. Pero se había despertado la semilla del amor y de los más naturales instintos de una joven.

Por su parte, Heberto se hallaba muy confundido. A sus veinticuatro años ya no era para nada un niño, aunque sus experiencias amorosas eran inexistentes y alguna por allí nunca pasó de ser platónica. Su padre, el viejo soldado compañero de Cortés, había llegado a la paternidad ya bastante mayor y dejado en las manos de su muy joven esposa la educación de Heberto, hijo único. Éste había estudiado desde sus primeras letras en el seminario y estaba por alcanzar el grado de bachiller en cánones. Continuar la carrera sacerdotal era una idea que muchas veces había pasado por su mente —y por la de su madre, quien preferiría verlo en brazos de Dios que en los de otra mujer—. Pero, no obstante su edad, Heberto aún no se había decidido a ofrendar su vida a la Iglesia cuando conoció a Marcelina.

De manera paulatina su amistad devino amor, aunque ninguno de los dos se lo propuso. Cuando se dieron cuenta, ya era frecuente encontrarse con las manos entrelazadas. En general, las mujeres suelen madurar antes que los hombres, y en el caso de esta pareja era aún más notable, quizá porque Marcelina estaba acicateada por los golpes de la disciplina, que al paso de los años se habían hecho más violentos; contrastaba con una especie de ingenuidad en Heberto, aunque ya era un hombre.

Por su parte, la confusión que Heberto sufría tenía varias vertientes. Por un lado, su inclinación religiosa (y quizá hasta vocación) le parecía en cierto modo contrapuesta a ese noviazgo que se iba desarrollando de manera incontrolable. Mas una aparente índole mística que iba rodeando su relación con Marcelina lo llevaba a oscilar de lo humano y hasta carnal a lo espiritual y divino, al amparo de cierta poesía a la que se habían aficionado estos novios, que lo mismo cobijaba pasiones en el cuerpo que en el alma. A todo ello se agregaba otro elemento que lo desconcertaba y hasta intrigaba: Marcelina lo atraía y le gustaba mucho, no tenía ni la menor duda de ello; sus incipientes formas de mujer ya eran muy inquietantes, lo vivía a diario y cada día más, pero a sus escasos dieciséis años de edad no dejaba de ser todavía una niña… y eso lo atraía mucho más. ¿Qué pasaba, qué le pasaba? ¿Lo excitaba la niña por mujer o la niña por niña? ¿Le gustaba lo que ya tenía de hembra o lo que aún le quedaba de infantil? ¿Lo hacía vibrar la pasión apenas despierta de esa pequeña o su indefensión?

Como quiera que fuera, lo cierto es que las visitas que Heberto le hacía eran cada vez más repetidas y gozaban de una gran reserva, dada la disposición del salón donde era recibido respecto al resto de la gran mansión familiar.

Dios quiso que esa intimidad progresara (pues sólo Su mano pudo dar a ese romance un desenlace tan provechoso para las sagradas causas de la religión) y así los jóvenes empezaron a disfrutar los discretos goces de sus acercamientos, palpando crecientemente la vibración consternada de sus cuerpos. ¡Tanto placer sólo era llevadero haciendo penitencias!, pensaba Marcelina, aunque la confundía percatarse de que sus cruentas mortificaciones solitarias que realizaba de noche también le producían cierto tipo de gozo, continuación directa del que disfrutaba con su novio a la luz del día… ¿Así había sido desde pequeña? Ya no sabía qué pensar. Por su parte, Heberto no había acostumbrado el rigor de los latigazos con las ásperas disciplinas, pero Marcelina le había confiado sus hábitos en ese sentido, encomiando la dulzura de sacrificarse en aras del Señor. Bien fuera por convencimiento o al sentirse retado involuntariamente por esa niña ocho años menor que él, lo cierto es que también empezó a mortificar sus carnes, sorprendido de que ese tormento nocturno, ciertamente indescriptible, prolongaba los placeres vividos con ella durante el día. Esa hermandad erótica de placeres y sufrimientos paralelos los unía cada vez más.

Los dos jóvenes compartían así sus emociones, enmarcadas dentro de una forma de complicidad que, de no ser cruenta, habría parecido más bien traviesa. Como ambos tenían una acendrada educación religiosa, sus deleites se alargaban a la literatura bíblica y a la recientemente escrita por frailes y monjas. Pasaban horas leyendo en voz alta a los nuevos poetas místicos españoles cuyas obras apenas estaban disponibles. Esa afición complacía mucho a la madre de Marcelina, pues la tranquilizaba saber que los vínculos que unían a su hija y a Heberto eran espirituales y, más aún, bendecidos por la pluma de servidores del Señor. Por supuesto que ella jamás había leído nada de eso. Nunca habría sospechado que muchos escritos de esos poetas, recluidos por su propia voluntad y para siempre en conventos, serían criticados de manera enérgica por la alta jerarquía de la Iglesia debido a su forma tan humana, tan apasionadamente humana de hablar de las cosas de Dios. Por ello, el ánimo de los muchachos se excitaba con la lectura de versos donde se diluía la frontera entre el amor divino y el amor carnal. Tal era el caso de uno de sus textos favoritos, el Cantar de los Cantares de la Biblia. Heberto escuchaba arrobado a Marcelina, quien imprimía a sus palabras una cierta coquetería, apenas perceptible entre ellos mismos:

¡Ah, llévame contigo, sí, corriendo,
a tu alcoba condúceme, rey mío:
a celebrar contigo nuestra fiesta
y alabar tus amores más que el vino [...]

113

De la monja carmelita Teresa de Jesús les gustaba leer su *Dilectus meus mihi*, y asimismo era Heberto quien se dejaba arrebatar por la insinuante voz de Marcelina:

> Ya toda me entregué y dí,
> y de tal suerte he trocado,
> que mi Amado es para mí
> y yo soy para mi Amado.
> Cuando el dulce Cazador
> me tiró y dejó rendida,
> en los brazos del amor
> mi alma quedó caída,
> y cobrando nueva vida
> de tal manera he trocado,
> que mi Amado es para mí
> y yo soy para mi Amado.

La *Noche serena* de fray Luis de León los conmovía, y ahora correspondía a Marcelina oírla en boca de su novio:

> El amor y la pena
> despiertan en mi pecho un ansia ardiente;
> despiden larga vena
> los ojos hechos fuente [...]

Del mismo fraile agustino era el poema *En la Ascensión*. Heberto procedía a leerlo, alternando significativas miradas a los labios entreabiertos de Marcelina:

> ¿Qué mirarán los ojos
> que vieron de tu rostro la hermosura,
> que no les sea enojos?
> Quien oyó tu dulzura,
> ¿qué no tendrá por sordo y desventura?

Apenas podían creer que otro monje carmelita, Juan de la Cruz, hubiera escrito este bellísimo *Cántico espiritual*. No obstante ser un varón el poeta, Marcelina tomaba la palabra —con una cadencia que embelesaba a Heberto— y leía los versos donde la esposa declara:

> ¿A dónde te escondiste,
> Amado, y me dejaste con gemido?
> Como el ciervo huiste,
> habiéndome herido;
> salí tras de ti clamando, y ya eras ido […]
> ¿Por qué, pues has llegado
> a este corazón, no le sanaste?
> Y pues me lo has robado,
> ¿por qué así lo dejaste,
> y no tomas el robo que robaste? […]
> Allí me dio su pecho,
> allí me enseñó ciencia muy sabrosa,
> y yo le di de hecho
> a mí, sin dejar cosa,
> allí le prometí de ser su esposa […]
> Gocémonos, Amado,
> y vámonos a ver en tu hermosura
> al monte y al collado,
> do mana el agua pura;
> entremos más adentro en la espesura […]
> Allí me mostrarías
> aquello que mi alma pretendía,
> y luego me darías
> allí tú, vida mía,
> aquello que me diste el otro día.

Marcelina y Heberto jamás hubieran podido saber que muchos de los sugerentes versos que leían y los hacían vibrar con pasión deliciosa provenían de dos manos santas, pues, en efecto, tanto Teresa de Jesús como Juan de la Cruz serían recibidos en el cielo por Nuestro Señor y reconocidos en la Tierra dentro de la nómina sagrada del santoral. Igual que los poetas místicos

—pensaban—, su amor ardiente se expresaba a un nivel humano, pero en realidad era divino.

Heberto le había leído también a Marcelina, con alguna intención que él mismo no tenía bien clara, el pasaje bíblico del Génesis que aseguraba: "El hombre exclamó: '¡Ésta sí que es hueso de mis huesos y carne de mi carne! Su nombre será Hembra, porque la han sacado del Hombre. Por eso un hombre abandona padre y madre, se junta a su mujer y se hacen una sola carne'". Tales afirmaciones del Antiguo Testamento tenían un profundo efecto en la pareja.

Como quiera que fuera, con semejante cercanía entre ellos, por supuesto que los jóvenes empezaron a hablar de matrimonio, antes de que el amor los fuera a rebasar... o a rebasar aún más.

En eso andaban, cuando una tarde llegó Salustia al salón por la parte de atrás, pues había estado cortando unas frutas en la huerta. En realidad, lo había hecho a propósito, pues ya se había dado cuenta de que su hermana se encontraba agitada y con las mejillas encarnadas cada vez que Heberto se retiraba, al final de sus frecuentes visitas. Salustia veía con claridad que su amargo futuro sería velar la vejez de sus padres, en tanto que Marcelina, tan devota y persignada, de seguro que andaba dando pasos para precipitar su boda. De un solo jalón abrió la puerta y entró de repente. Los encontró sentados y abrazados, de tal manera que las manos de ambos se perdían en el interior de las ropas del otro. Las sacaron de un brusco tirón. Heberto se levantó al instante del diván, desconcertado, parándose medio encorvado con aire sospechoso. Bajó la vista, no tanto por pena o pudor, sino para revisar su pantalón; quizá sólo él percibió una húmeda mancha al frente. Súbitamente, Marcelina se bajó el faldón del vestido, estirándolo hacia las rodillas, y no alcanzó a cerrar un botón de la escotadura. Salustia no requería más. Había soñado despierta una arenga para esta ocasión, pero nunca llegó a pensar que realmente se le presentara. Mas ahí estaban, culpables y abochornados. Disfrutó decirla en pocas palabras, muy lentamente, remarcándolas:

—Esta vergüenza no la puedo soportar. O juran que de inmediato se recluyen en el santo amparo de un convento, no volviéndose a ver jamás, o nuestros padres, y sobre todo los tuyos, Heberto, se enterarán de que han faltado al honor de esta familia y de esta casa. Bien saben que hablo en serio.

Y salió tan veloz como había entrado. No necesitaba esperar una respuesta.

San Ángel, 1589

A cinco años de haber ingresado al convento de los padres carmelitas en San Ángel, en el suroeste del valle de México, Heberto apenas se acababa de sentir plenamente integrado a esa comunidad religiosa. De seguro que su edad no le había ayudado, pues a diferencia de la mayoría de los novicios, que ingresan a la clausura en su adolescencia, él lo había hecho a los veinticuatro años de edad. Tampoco habían ayudado las circunstancias. Aunque siempre estuvo tentado de convertir su vida en monacal, la decisión final fue tomada a la fuerza, por la amenaza de Salustia. Al principio le guardó un enorme rencor, incluso quizá sentía odio —aunque su condición religiosa le impedía aceptarlo—, sobre todo en aquellas frías y largas noches en que recordaba la tibia e infantil presencia de Marcelina, acogedora y mullida, que tan próxima había tenido. Pero por la gracia divina había sublimado ambos sentimientos, el odio y el amor. Más de un lustro transcurrido había decantado esas pasiones mundanas y ahora en su corazón sólo había lugar para el amor a Dios. Por supuesto que también para su Madre, María, pero Foncerrada no se engañaba: ese exceso de reverencia a la Virgen y a los santos era una irreverencia a Dios, muy propia de los indios. Cualquier extremo es reprobable, y el culto desmedido a esa extendida nómina cristiana era en desdoro del Señor.

En parte menguaba la dureza del encierro el hecho de que El Carmen fuera un convento rodeado de una bella huerta, abundante en regalos deliciosos e irrigada con acequias alimentadas por el vecino río de la Magdalena, de transparentes aguas. A todas las frutas nativas del altiplano mexicano se habían sumado las europeas traídas por los españoles; entre las oriundas de la propia tierra local destacaban dos de claro nombre náhuatl: el *ahuacatl* (o árbol de testículos, por la manera como cuelgan sus frutos) y el *tejocotl* (o fruta con piedras, en alusión a sus semillas). Duraznos, peras y manzanas, ciruelas y membrillos, capulines, tejocotes y aguacates se producían en tan grande cantidad en ciertas temporadas del año, que uno de los principales ingresos de esos padres era la venta de sus cosechas. A diario salían carretas de mulas cargadas de fruta para venderse en la ciudad de México, que sólo distaba unas cinco horas de lento recorrido alrededor de la laguna.

Aun en medio de ese paisaje bucólico, llegar a cumplir el anhelo de ordenarse sacerdote no estaba siendo fácil para Heberto. La orden de los carmelitas era particularmente rigurosa, a partir de los consabidos votos de castidad y de pobreza, con renuncia a la propiedad de bienes terrenales. Se exigía a los frailes —empezando desde los novicios— la práctica permanente de la humildad, la caridad y la obediencia, pero a ello se agregaba el recogimiento en perfecta clausura, un retiro del mundo con el ejercicio continuo de la oración y el silencio; por ello construían sus conventos en lugares apartados y desiertos y tenían en ellos celdas individuales. Pero lo más duro, en honor a Dios, era el constante castigo a los cinco sentidos, muy especialmente al tacto, pues era la puerta de entrada para el abominable príncipe de la carne y para los fáciles placeres del mundo.

Además, instruían aquellos padres a sus novicios para que se despojasen totalmente de eso que llaman albedrío. Desde el principio, así se lo advirtió el prior a Heberto, sin rodeos ni miramientos: "Al dar tu primer paso dentro de esta casa de vida espiritual estás aceptando sin remedio la negación de la voluntad propia". El joven se fue adaptando, aunque más cuidaba la apariencia de abnegación que una sincera convicción

118

al respecto. La pérdida de Marcelina, tan repentina como inesperada, no le permitía una real e inmediata abnegación.

Las primeras enseñanzas que recibió Heberto fueron la plegaria y la contemplación, el trato interior con Dios, la conversación con el cielo. Bebía ese espíritu de la regla que manda a los que la observan estar de día y de noche recogidos en sus celdas hablando con los ángeles y meditando en las leyes divinas. Cantaba los maitines hasta las dos y media de la madrugada, y muchos frailes se quedaban en el coro arrodillados hasta el amanecer, cuando empezaba la oración del día, y así la continuaban para que fuera perpetua. Sucedíales a algunos en el quieto silencio de la noche salir a mirar el cielo, y arrebatados en su contemplación trasnochaban en éxtasis divino, observando entre gemidos las estrellas. Se encerraban en sus celdas y en soledad oraban a su dulce Padre y se deshacían en lágrimas de amor, en afectos de ternura. Heberto se impuso este nuevo tipo de vida, dejando atrás las comodidades del hogar paterno y reduciendo notoriamente sus horas de sueño. Aunque, a decir verdad, era más frecuente en él practicar la lectura que la oración.

No obstante que el encierro era duro, algunos frailes vivían felices en el sepulcro de su celda. Se hallaban muy bien con esa penitencia continua de vivir emparedados, pues encontraban las delicias de la gloria en la cárcel de por vida. Religiosos hubo en esa provincia del Monte Carmelo que estuvieron hasta treinta años sin salir de su convento. Heberto conoció a fray Juan de Jesús María, quien, queriendo descarnarse de todo afecto humano, ni a sus padres ni a sus hermanos trataba ni escribía. El viejo Foncerrada, en cambio, con frecuencia se dejaba ver en el convento para saludar a Heberto y realizar alguna donación a los santos frailes, más para congraciarlos con su hijo que por caridad.

La clausura iba de la mano con el silencio. En los primeros años de profesar, no le era lícito a ninguno de los religiosos hablar de más con otro, exceptuando a su maestro. Había un piadoso fraile, Arsenio de San Ildefonso, que era singular observador de esa regla silenciosa, aunque ya distaba mucho de ser un novicio. Porque apacentaba su alma en coloquios divinos y oraciones fervorosas, le era tormento hablar una palabra, y aunque fuera muy precisa la procuraba excusar. Era de los que llamaban ermitaños mudos. Cierta ocasión, con otro fraile y con Heberto, fray Arsenio ayudaba a cargar una losa para una construcción, y en una pronunciada cuesta, habiéndole caído la pesada piedra en el pie, desollándoselo profundamente sin que los otros se percataran, no profirió palabra alguna para avisarles. El mismo fray Arsenio acostumbraba por cama unas tablas, por colchón unas ramas de romero, por almohada un tronco de encino y por frazada una manta de pelos de cabra que en lugar de ser abrigo era cilicio bronco. A Heberto le constaba, pues fue encargado de cuidar la convalecencia de su pie herido.

No obstante, en su conducta personal Heberto era más astuto que piadoso, y aunque muchos frailes y novicios de buena fe creían en sus religiosas intenciones, otros más sagaces se daban cuenta de cierta doblez que creían adivinar en su forma de ser.

En el convento ninguno de los sentidos estaba a salvo de la tortura, pues nada se regateaba para agradar al Creador. Mortificaban al olfato con muy pesados olores, para tener presente el hedor eterno que en el infierno aflige. Algunos frailes dejaban en su celda, por muchos días, las bacinicas donde depositaban los flujos de su vientre, para apestar la habitación, y cuando estaban más podridos y asquerosos los olfateaban profundamente, diciendo que así conocían bien lo que eran y castigaban lo que habían sido. Por supuesto que Heberto jamás llegó a estos excesos por propia voluntad.

El prior estaba bien enterado de quién era el influyente padre del joven Foncerrada y ello lo motivaba a darle un tratamiento educativo especial, para igualarlo con sus compañeros más humildes, no obstante los periódicos presentes que el anciano conquistador hacía llegar al convento. A veces los novicios recibían la orden de meter la cabeza en los agujeros de las letrinas colectivas, aspirando las fragancias de aquellos nausea-bundos albañales hasta que se los mandaban; Foncerrada hubo de hacerlo algún día que el superior estimó conveniente, al percibir cierto gesto de soberbia en el joven. Por ese motivo estuvo muy cerca de abandonar el convento para siempre, pero finalmente aguantó. Otras ocasiones debían limpiar con la len-gua las inmundicias de aquellos asientos. Tal vez se trocaban en aromas las insufribles materias, premiando Dios con celes-tial perfume la victoria de sus siervos en contra de sus sentidos.

El del gusto no se quedaba atrás en sus tormentos, pues ade-más de ser tan pobre y mal sazonada la comida de los conventos carmelitas, la desazonaban aún más los religiosos añadiéndole otras cosas desagradables y amargas. El anciano fray Eliseo de Jesús —con quien Heberto había desarrollado lo que podría llamarse una amistad— llegaba más lejos: a veces le ordenaba el prior que lamiese y cogiese con la lengua las flemas ajenas más asquerosas y limpiase con los labios los escupitajos que había por el suelo, y él obedecía con la satisfacción de estar luchando por su salvación. Por lo general comía con los por-dioseros en la portería conventual, y buscaba al más sucio y llagado para comer de su mismo plato, besándole después los pies y llagas con mucho agrado y caricia. Andaba arrastrando cadenas y con los ojos manando, pues siempre lloraba sus cul-pas, siendo motivo de congoja ver aquellas canas regadas con lágrimas fervientes. Gustaba también de usar una mordaza en la lengua y una venda de cerdas sobre los ojos, para lastimar-los y entorpecerlos. A Heberto llenaba de zozobra ver al viejo monje, quizá porque le recordaba a su padre en la forma de la cara y cierto timbre en la voz. Pocas veces realmente se con-movía —fuerte o dura como era su alma—, y ante fray Eliseo era una de ellas.

Otros frailes tenían pacto con Dios para mantener sus ojos casi ciegos, encarcelándolos tras de unas cintas de rugoso cor-del a fin de no levantar la vista y llevarla siempre hacia el suelo, pues no creían merecer mirar la luz del sol. Otros más tapaban con rústicas cortinillas la ventana de su celda, con objeto de no deleitarse con el hermoso panorama del campo que los rodeaba. Nuestro novicio no tenía esas tentaciones, pues su celda carecía de ventanas.

Fray Alonso de Santamaría, gran maestro en hacer santos, tuvo por novicio a fray Buenaventura de Dios y hacía en él tan rigurosas pruebas que no le dejaron duda de su excelente virtud. Iban un día andando por la huerta con otros religiosos —entre ellos Heberto— y encontraron entre la hierba un sapo podrido, hinchado y maloliente, lleno todo de gusanos. Fray Buenaventura torció el semblante por el asco y reparando en ello el maestro, atento a domar pasiones, le mandó que lo tomase con las manos y se lo metiera en la boca un buen rato. Venció de este modo aquel resabio de la naturaleza. El joven Foncerrada se escabulló como pudo, sin ser notado, y vomitó hasta quedar vacío y agotado. Una vez más pensó muy en serio dejar los hábitos, pero una mezcla de orgullo y ambición cambió su parecer.

En otra ocasión, fray Alonso le mandó a Buenaventura descubrirse de la cintura hacia arriba; lo amordazaron con trozos de palos y trapos en la boca y le vendaron los ojos; de una soga amarrada al cuello un fraile lo jalaba y por atrás otro lo flagelaba con una dura disciplina. Fueron tan fuertes los golpes que a los primeros saltó la sangre y sus compañeros no pudieron sufrir el espectáculo sin el vertimiento de abundantes lágrimas. Ante estos cruentos sucesos y el riesgo de vivirlos en carne propia, Heberto se protegía dejando entrever sus cotidianos flagelos, más recurrentes que intensos, pues desde que la relación con Marcelina fue truncada por la fuerza de las circunstancias, su fervor de sacrificio físico fue menguando a la par que se sofocaba su pasión por aquella niña mujer cuyo recuerdo se diluía día con día. Lo desconcertaba que fuera más excitante la remembranza de su cara y modos infantiles que la de su cuerpo con formas de mujer ya casi bien definidas y contundentes.

Poco antes del ingreso de Heberto al convento, a un fraile salió un tumor tan grande como cántaro y los cirujanos se lo extrajeron, mas la herida se infectó creando voracísimos gusanos y manando horrible podredumbre; era tal el hedor, que apestaba el convento. Al ver el propio fray Alonso de Santamaría que los monjes evitaban ayudar al enfermo por no acercarse a él, se ofreció a cuidarlo, y no sólo limpiaba la herida, sino que la chupaba para succionar la pus, aunque la fuerza del olor a veces lo desmayaba, donde se observa que no sólo era atinado para ordenar, sino también para obedecer sus cristianos sentimientos.

En repetidas ocasiones, Heberto y otros monjes, a la hora de la comida en el refectorio, se cubrían la cabeza de cenizas y deambulaban con una calavera y una cruz en las manos, o se tiraban al suelo como muertos portando semejantes símbolos; así veían en tal espejo lo que eran y recordaban a los demás lo que serían. Por el mismo motivo, algunas ermitas aledañas al convento, en pleno bosque, estaban decoradas con adornos que convidaban al llanto, pues ostentaban en sus paredes, engastadas, calaveras y huesos de difunto reales.

Otros frailes, como jumentos, caminaban a cuatro patas durante la comida y decían a voces sus culpas. Algunos se arrastraban para ir besando los pies a los demás, humillándose por Cristo, y comían los mendrugos que les tiraban al piso, tomándolos del suelo con la boca, como perros. En medio del comedor había una cruz en la que se ponía alguno, como crucificado, para que los que tomaban sus alimentos no hallaran en ello ningún placer, sirviendo de freno al apetito el ver tales ejemplos; con igual objeto se amarraban a un madero o se ponían grillos con pesadas cadenas en los tobillos. No faltaba quien entrara con la espalda desnuda, golpeándose con flagelos hasta reventar la sangre, ni quien se tirara a la entrada de ese recinto con la cara de por medio, para que se la pisaran todos los que ingresaban en él. Foncerrada acabó por acostumbrarse a la contemplación de estas prácticas y nunca quiso reflexionar sobre cierta sensación placentera que llegó a experimentar cuando sentía un cráneo ajeno bajo su calzado. Acerca de tratar este asunto en el confesionario, ni hablar. De la posibilidad de tirarse él mismo en el suelo, menos.

Comer fruta, beber vino, sazonar los alimentos con sal o vinagre era una gran falta, porque no buscaban en la comida el deleite, sino sólo el sustento. El solo hecho de comer podía ser incentivo de la concupiscencia, y consideraban tiempo perdido alimentar el cuerpo que pronto sería manjar de gusanos.

Heberto había escuchado que sus hermanos del convento del Santo Desierto de los Leones, cercano al del Carmen de San Ángel donde él se hallaba, aprovechaban los rigores del frío y la gran humedad para exponerse a la intemperie cuando llovía. Incluso a fray Damián de San Basilio —a quien llegó a conocer— se le habían hecho tantas grietas en los pies que chorreaban sangre, y el remedio que usaba era taparlas con lodo, diciendo que aberturas de una tierra con otra habían de cerrar. Alrededor de aquel convento tenían los frailes varias ermitas para aislarse aún más de sus compañeros, y lo hacían por varios días sin temor a los pumas que allí pululaban; por eso le llamaban a ese apartado y desierto lugar "de los leones".

El prior del convento de San Ángel reiteraba a sus novicios los ejemplos pasados y presentes. Encomiaba a fray Antonio de Dios —pero nunca enfrente de él—, quien no dormía sobre cama de tablas, sino de troncos gruesos y encorvados para que se le entremetieran por las costillas y no lo dejaran reposar. (Heberto no se ocultaba a sí mismo la añoranza por aquellos almohadones de su casa paterna rellenos de plumas de pecho de ganso.)

En cambio, el prior jamás aludía a fray Eliseo de los Mártires; su penitencia consistía en que jamás lavaba su hábito y nunca se lo quitaba hasta que se le pudría encima de las carnes y se caía a pedazos; entonces lo remendaba sobre infinitos remiendos anteriores; así andaba embebido en las cosas divinas sin acordarse de las humanas. Era deseo del Señor un doble aprovechamiento de este castigo, pues la mera presencia cercana de fray Eliseo constituía para los monjes penitencia nauseabunda.

Tampoco el oído estaba libre de represiones, pues cuando algún monje quería mostrarse diestro y hacía quiebros para adornar su voz en el coro, era regañado por no venir bien con la santidad y mortificación del hábito la demasiada armonía. Azorado, Heberto iba aprendiendo todos esos secretos conventuales que jamás sospechó.

Pero los escarmientos al sentido del tacto eran los más sanguinarios, pues sólo así se apagaba el apetito sexual y se alejaba al pérfido príncipe de las tinieblas. Bien había dicho el casto fray Mateo de la Cruz —les recordaba el prior a sus discípulos— que las mujeres eran como las sanguijuelas, que entrando disimuladas beben la sangre al hombre; por ello aborrecía en extremo el trato con ellas. También fray Alberto de los Ángeles sostenía aquellos juicios, y cuando los compartió con Heberto no pudo éste alejar de su mente la imagen vívida de Marcelina.

—Las mujeres son el enemigo más dulce y el tirano más violento —declaró fray Alberto—. No me fío ni de las más devotas, aunque sean conocidas mías, sino todo lo contrario: con ellas tengo más cautela, pues la devoción y el conocimiento abren con frecuencia el camino a la falta de recato.

Asimismo recordaba Heberto a Marcelina ante la mera presencia de fray Elías de San Juan Bautista; a éste le nació un aborrecimiento grande de sí mismo, y si con la oración alimentaba el alma, con la cruda disciplina corregía el cuerpo. Era hombre penitentísimo y actuaba como su propio verdugo, enemigo de su misma carne sin cuidar de ella jamás. Decía abiertamente que no había cosa que le diera más gusto, así para el espíritu como para el cuerpo, que las disciplinas.

Y no se quedaba atrás otro monje de su convento. Fray Cristóbal de San Jerónimo repetía que el alma está más dispuesta a las acciones heroicas cuando se tiene el cuerpo más mortificado y el lascivo apetito más rendido. Por eso llenaba de sangre el suelo donde se azotaba y el aire de suspiros y clamores por sus antiguas culpas.

Todas las partes del cuerpo afligían los padres con variados e ingeniosos instrumentos de penar. Para Heberto fue un descubrimiento, pues su experiencia, aunque cruenta, se limitaba

125

a un flagelo casero que había confeccionado para compartir con Marcelina, cada quien desde su casa, el tormento de la carne. Si habían compartido sus placeres, bien había estado que asimismo compartieran sus dolores. Los padres tejían, de ásperas cerdas y cuerdas anudadas, un traje que daba horror a la vista, mas para los frailes era tela de su gusto. Hacían unas cruces llenas de púas metálicas y las traían sobre el pecho o las espaldas causándoles muchas heridas, pero ni así se las quitaban. También hacían disciplinas con delgadas cadenas y púas que les rasgaban las carnes, tomando esas sangrías como alivio para curar el alma. Otras eran las disciplinas de cuero crudo, o las de recios cordeles entrelazados con alfileres o con trozos de alambres cuyas puntas hacían las veces de abrojos. Usaban cadenillas y brazaletes con picos enconosos y escapularios con agresivos cardos. Algunos portaban fajas y calzones tan estrechos que apenas podían caminar. Todo para domar la carne y así aliviar su naturaleza. Y si el prior veía que algún padre andaba encorvado o encogido por el dolor, lo reprendía por ostentoso, pues sólo Dios debía saber de su martirio.

Uno de los casos que más impresionaron a Heberto fue el de fray Mateo de Jesús María, pues llegó a conocerlo, aunque nunca intimó con él; no hubiera sido fácil. Este monje se revolcaba desnudo sobre hojas de nopal acomodadas como lecho y quedaba convertido en un erizo; a veces lo hacía con cáscaras de chayote. Rogaba a un indígena para que lo azotara fuertemente con una disciplina de pellejos secos, y cuando lo hacía él mismo, a la hora de la comida, hacía estremecer a los religiosos, y a él se le removían las entrañas. Derramó de su cuerpo tanta sangre que fue tildado de demente y enviado al convento de San Hipólito de la ciudad de México, que era hospital para locos, aunque tiempo después fue devuelto. Alguna persona desconocida lo tiró desde la parte alta del monasterio, quebrantándose el esqueleto; como no se dejaba revisar, apenas poco antes de morir le descubrieron una llaga en la espalda baja, tan profunda que se le veían los huesos y estaba agusanada. Al cadáver de fray Mateo le cortaron varios dedos y mechones de cabello a manera de reliquias, pues tal era su fama de santidad. Heberto, más práctico, en ese memorable monje veía mayormente al desquiciado que al sublime religioso.

En el convento de San Ángel el sueño de la noche era muy corto, y las disciplinas tan largas que dejaban manchadas las paredes con la sangre de los devotos padres y sus novicios. Los cilicios, los látigos, los rayos, las cadenas, las púas, los garfios, los clavos, las espinas, eran de uso ordinario y se guardaban en una armería, pues armas sin duda eran las que utilizaban los religiosos.

Bien les decía el prior a Heberto y a los demás:

—Para poder conservar el alma en este santo ejercicio deben tenerse de continuo ayunos y penitencias para el propio aborrecimiento, porque ¿quién, puesto con consideración atenta a los pies del Crucificado, no castigará su carne? ¿Quién, contemplando la perdición del mundo, no se ofrecerá en holocausto para aplacar al cielo? ¿Quién, atendiendo lo que merecen sus culpas, no tomará venganza de su carne?

Dando un giro a sus argumentos y citando a San Odón de Cluny, continuaba el prior:

—La belleza del cuerpo sólo reside en la piel. En efecto, si los hombres vieran lo que hay debajo de la piel, la visión de las mujeres les daría nauseas… Puesto que ni con la punta de los dedos nos gusta tocar un escupitajo o un excremento, ¿cómo podemos desear abrazar este saco de heces?

Y atendiendo a la cuidadosa formación de los novicios, el prelado carmelita les explicaba:

—Carmelo viene de carmín, el color de la sangre, y significa ciencia de circuncisión o cordero circuncidado. Por lo que carmelita será lo mismo que hombre docto y diestro en circuncidar pasiones, en mortificar sentidos, un continuo carnicero de sus propios apetitos.

Con acierto se cuidaba el superior de asomarse —y más aún de propiciar que sus novicios lo hicieran— al libro de la Sabiduría de la Biblia, donde se asegura que "haciendo sacrificios oscuros o celebrando vigilias llenas de locura, las personas no conservan ya pura su vida". Adivinar qué quiso decir allí el Antiguo Testamento. Enderezar a sus novicios era otra cosa.

Y cada vez que se acordaba les repetía el ejemplo del recién desaparecido fray Anastasio de Dios, cuya azucena purísima de la virginidad conservó siempre intacta y, así, salió tan virgen de esta vida como cuando entró en ella desde el vientre de su madre. Ante fray Anastasio —a quien sí trató— sentía Heberto una particular mezcla de melancolía, ansiedad y frustración.

(Heberto alzó el brazo derecho ante sí, ya muy cansado, y se dio otro latigazo en la espalda, rasgando el aire un agudo zumbido... Las paredes de su celda apenas se vislumbraban con un pequeño cirio prendido. Aunque no se disciplinaba todas las noches, sí lo hacía invariablemente cuando recordaba a Marcelina. Al principio era casi a diario, pero el cuerpo —como los animales— va aprendiendo a precaver los golpes, evitando dar motivo a ellos. Hoy sus recuerdos habían sido más intensos; no se habían limitado a ese rostro infantil de bellas facciones, sino que había estado presente la visión de unos senos demasiado abultados para ser de una adolescente, y la de la mano de Heberto entre los muslos de Marcelina, no tan apretados que impidieran su lento movimiento hacia las partes más cálidas de su cuerpo. Y mientras se flagelaba, rememoraba aquellas noches cuando volvía a su casa para expiar con violencia los deleites vividos con su novia durante el día. Entonces, como ahora, se mezclaban el dolor del látigo con el placer de tener la imagen de Marcelina grabada en su mente... Otro zumbido en el aire y un sordo chasquido en la piel. Sentía pegajosa la espalda, por la viscosidad de la sangre. Otro más... Iba sintiendo cómo se le abultaba por enfrente el apretado calzón, como si cada golpe fuera una caricia a su intimidad. Estaba a punto de estallar, su virilidad crecía, y crecía, ya no cabía en aquella prenda húmeda... Apenas tuvo fuerzas para levantar una vez más el brazo y azotarse nuevamente... ¡Ya, ya, ya! Se estremeció y un estertor recorrió su cuerpo. Sintió muy calientes y mojadas las entrepiernas. Otro breve temblor lo sobrecogió. Su mano se abrió y el látigo cayó al suelo. Se desplomó sobre la cama y, antes de quedar dormido, oyó sus propios sollozos.)

Los esfuerzos de algunos frailes por acendrar la humildad eran impresionantes; era el caso de fray Francisco de los Reyes, quien inició su noviciado junto con Heberto. La muestra más cotidiana de la disposición de tales monjes era pedir a los demás que los abofetearan y los escupieran, hincándose para tal efecto. A veces lo hacían a la entrada del refectorio para que todos, al ir pasando a comer, fueran golpeándolos en la cara con la mano o con la sandalia. También se paraban junto a la puerta de su celda, con una apretada corona de espinas, de espaldas y con éstas descubiertas, para que los que por allí pasaran los golpearan con una disciplina de mimbre que colocaban a su lado, o con una vara de membrillo. Cuando un maestro, para probarlos, los insultaba sin piedad, les parecía que de su boca derramaba flores. A fray Francisco lo afligía de manera particular un novicio rudo y grosero y, para corresponder a sus golpes e injurias, lo seguía, besándole los pies. Heberto no lograba saber quién lo irritaba más: si Francisco con esa actitud que él juzgaba de falsa humildad, más bien bochornoso menosprecio de sí mismo, o el bruto novicio con más vocación para la delincuencia que para el monasterio.

Las lecciones del prior no se limitaban a los ejemplos de hombres, sino que incluían también casos de monjas. Las carmelitas eran dechado de santidad y la fama de sus virtudes traspasaba los muros de los conventos para ser conocidas por sus hermanos frailes. De esa manera Heberto se enteró de que si acaso alguna novicia era alabada o reñida se postraba de inmediato en el suelo, y había casos en que la superiora se retiraba y la religiosa se mantenía largas horas de rodillas pegada la boca al piso, y eso sin repugnancia, antes con gusto, aunque con penalidad.

Sazonar los alimentos con cenizas o con algo peor también era común a las monjas, porque todas gustaban en extremo de mortificar su gusto para estar más rendidas al de Dios y no imitar a Eva. Cuando Heberto supo que la madre Francisca de la Natividad, que era una priora, mandaba a las monjas atrapar chinches y todas juntas se las comían como si fueran confites o colación muy sabrosa, ofreciendo al Señor el sacrificio de tan repugnante manjar, no pudo contener un escalofrío al pensar que quizá Marcelina realizaba tan asquerosas ofrendas.

Otro caso connotado que trascendió al convento de Heberto fue el de sor Beatriz de Santiago, quien desde que le impusieron el silencio —por ser muy entendida en diversos asuntos y así entretener demasiado a las monjas con su mucha plática— lo guardó el resto de su vida. Aunque era de condición aseada —había comentado el prior—, solía comer pequeños pedazos de carne que a propósito dejaba descomponer y de esa manera se llevaba gusanos al vientre sin que le causase horror. Su cama era una tarima repleta de chinches, y ella la mejoraba juntando arañas de los árboles y poniéndolas entre las tablas, para que allí anidaran. A fin de ser más grata al Señor hacía todas estas penitencias, que eran placenteras para su señalada virtud.

Aunque Heberto ya distaba con creces de ser un muchacho, no dejaba de impresionarse ante los íntimos secretos que seguía descubriendo en el convento. Como los sucesos cruentos eran los más frecuentes, el prior consideraba aleccionador recordar a sus novicios que ello no era algo nuevo, y entonces rememoraba las noticias de Tlaxcala, a pocas décadas de la conquista, donde en Semana Santa llegaban a reunirse hasta veinte mil hombres y mujeres para flagelarse en procesión, incluidos muchos lisiados; utilizaban *disciplinas de sangre*, con estrelletas metálicas, y *disciplinas de cordel*. No fueran a pensar estos jóvenes, con equivocado orgullo, que estaban haciendo algo excepcional. Sólo hacían lo que tenían que hacer.

De este océano de dolores y sufrimientos abrevaba Heberto de Foncerrada; en medio de la sangre derramada para agradar al Ser Supremo crecía su espíritu edificado y su alma se henchía de pasión religiosa. A lo largo de un lustro, Marcelina iba quedando atrás. Mas la devoción de Heberto no le impedía darse cuenta de que era necesario que los hombres de Dios, o algunos de ellos, los escogidos, accedieran a los niveles de la jerarquía donde su acción pudiera tener mayores efectos. Él estaba convencido de que tal sería su caso, aunque ya estuviera próximo a tener treinta años encima. Pronto recibiría los hábitos sacerdotales y él mismo debería tener a su cargo la custodia y dirección de algún novicio. Sólo serían los primeros pasos para un largo y ascendente camino. Así se lo había propuesto.

A la par que sus ambiciosas ilusiones le henchían el pecho soñando despierto en un futuro promisorio dentro del clero, a Heberto lo enardecía la idea de hacerse cargo de un novicio. No se lo confesaba a sí mismo, pues no lo tenía bien claro en la mente, pero ansiaba su inminente ordenación sacerdotal sobre todo para responsabilizarse de un joven que él formaría a su gusto. Aunque se trataba de un encargo religioso propio de su profesión, no podía ocultarse que le causaba gran emoción esa perspectiva. Emoción y excitación. ¿Por qué era recurrente la imagen de Marcelina cada vez que pensaba en el novicio que aún no conocía? Una madrugada despertó sudoroso y muy alarmado, hasta espantado, de un sueño muy extraño: ese jovencito novicio desconocido, verdadero niño, era seducido por Heberto, y cuando llegaba al clímax del momento pasional veía que el rostro era el de Marcelina. Al abrir los ojos en la oscuridad, jadeante, sintió los muslos muy húmedos. Sí estaba confundido y asustado, pero no arrepentido. En medio del temor, el recuerdo de la primera parte de su sueño le causaba más placer que el desenlace.

Taxco, 1619

El padre Jesús no quería precipitarse. Aunque no pasaba por su cabeza la posibilidad de delatar a Miguel Bernardino —amigo suyo, casi hermano, como era—, debía profundizar en varios aspectos para informar de manera más adecuada y conveniente al obispo Foncerrada, a fin de que resultara satisfecho. Por ello se asomó a varios libros que le dieron más luces sobre sus propios antepasados, los habitantes originarios de México, y sus costumbres anteriores a la llegada de los españoles, para comprender mejor las que aún sobrevivían, algunas de las cuales practicaba Miguel Bernardino. No es que pensara que una información documental supliría a la que el prelado quería obtener de labios del inculpado, sino que, asimilada por el propio Jesús, podría dar más visos de realismo y credibilidad al informe que le preparara.

Así leyó cómo el famoso franciscano Motolinía, gran conocedor del náhuatl, revelaba que aquellos antiguos pobladores practicaban muy variadas maneras de atormentarse a sí mismos y que continuaron haciéndolo todavía años después de la Conquista. Para los autosacrificios de índole sexual, los novicios de los *teocalli* que seguían el oficio de sacerdote cortaban el miembro de la generación entre cuero y carne —decía—, y hacían tan grande abertura que pasaban por allí una soga gruesa como el brazo por la muñeca, y en largor según la devoción del penitente. Llegaba a tener esa cuerda hasta treinta metros de longitud. Y si alguno desmayaba de tan cruel desatino decíanle que aquel poco ánimo era por haber pecado y allegado a mujer.

Incrédulo, Jesús releyó en voz alta los últimos renglones, marcando claramente las palabras como si de esa manera las fuera a comprender mejor y, por tanto, a darles pleno crédito. Churumuco, quien, como era costumbre, desde un rincón lo miraba, enderezó la cabeza y fijó la atención en sus labios. Molcajete pareció hacer lo propio, levantando una oreja medio ladeada.

El cura siguió adelante con sus pesquisas. El dominico Diego Durán —cuyo manuscrito había leído Jesús desde sus tiempos de sacristán en Ixcateopan— corroboraba lo escrito por Motolinía. Asimismo el protomédico del rey, Francisco Hernández, y los frailes Diego de Landa y Juan de Torquemada.

Estas lecturas no tranquilizaron al padre Jesús. Todo lo contrario. En realidad, lo inquietaron más. Aunque los autosacrificios que acostumbraba Miguel Bernardino no eran de carácter sexual —hasta donde Jesús tenía conocimiento, aunque fuera su íntimo amigo—, de cualquier manera sí practicaba algunos de clara raigambre precolombina, ¡en pleno siglo XVII!

Algunos casos habituales de autosacrificios prehispánicos habían consistido en pincharse con púas de maguey las orejas, la lengua, los brazos, el pecho y otras partes del cuerpo hasta sacarse sangre; cada provincia o pueblo acostumbraba herirse cierta región anatómica, y así, por las cicatrices que tenían, se reconocía de qué lugar provenían. Eso de sacarse un poco de sangre para echar a los ídolos en honra a sus dioses, como quien esparce agua bendita con los dedos, había sido general.

Un sacrificio constaba a Jesús, pues se lo había visto hacer años atrás al propio Miguel Bernardino, aunque bien sabía que lo llevaba a cabo con asiduidad, hasta la fecha. Lo celebraba en las cumbres de ciertos cerros, donde tenían los indígenas rústicos altares consistentes simplemente en montones de piedras: *momoxtlis* o cúmulos rituales donde se concentraba la energía. Allí hacía sus adoraciones, plegarias y sacrificios. Aunque desde niño, en Mezcala, Miguel Bernardino acompañaba a su padre a realizar esos ritos —según se lo había relatado—, y asimismo los había compartido en secreto con su prima Juana en cierta manera de travesura mística, a él lo habían iniciado como oficiante los ancianos de Teloloapan y después continuó por su cuenta en Ixcateopan. Llegado al lugar sagrado, ofrecía tabaco con cal para agradar a las fuerzas sobrenaturales, y continuaba la ofrenda quemando copal para provocar el fragante humo de esa resina de árbol que tanto gusta a todas las deidades, explicaba. Y también gusta a Dios Nuestro Señor —meditaba Jesús—. ¿Qué diferencia hay entre el copal indígena y el incienso cristiano, entre el sahumerio de bronce de la iglesia y el pebetero de tosco barro que hacen los naturales, entre el aromático humo de uno y de otro?

Ya no sabía qué pensar. Su mente oscilaba como péndulo. De pronto se sentía como si fuera un blasfemo en su pensamiento y al momento siguiente creía que era un escogido de Dios, capaz de entender y asimilar la religión de sus ancestros y a la vez la de Jesús Nazareno. No sabía si vivía en la luz o en la oscuridad.

Continuó recordando que, después de prender el copal, Miguel Bernardino depositaba en el *momoxtli* una ofrenda envuelta en papel de amate, hecho de la blanda corteza de ese árbol, en Tepoztlán. Contenía el paquete una especie de pañuelo de algodón hilado rústicamente para que se vistiera su dios, aunque muchos viejos que acostumbraban este rito decían que era para que se vistieran los ángeles que andan en las nubes. Jesús entendía que no era una franca mentira, sino un inicio de mezcla entre las viejas y las nuevas creencias. Era una manera inocente de conciliarlas y amalgamarlas.

Depositada la ofrenda, Miguel Bernardino procedía a derramar sangre de las orejas o del labio inferior, o de la lengua, o de alguna extremidad. Para ese objeto llevaba un agudo punzón hecho de una rajita de caña de maíz cortada en punta. La sangre la colocaba en un pequeño recipiente de piedra y era ofrecida, sobre las piedras del *momoxtli*, para que le fuera otorgada salud y larga vida. Otros pedían hijos, hacienda o diversos favores.

Miguel Bernardino había hecho este sacrificio muchas veces, años atrás, para que se le otorgara un hijo con Brígida, pues una culminación natural de sus ardientes amores hubiera sido justamente procrear. También hacía este sacrificio a instancias de alguno de los ancianos principales —lo cual era usual—; en tales casos, cortaba una rama de árbol en la cumbre del cerro para llevársela como símbolo de haber cumplido la encomienda. Las cicatrices en orejas y labio, aunque apenas perceptibles, se acumulaban unas sobre otras y llegaban a ser notorias.

Derramar sangre para venerar a los dioses, a cualquier dios, incluso a su propio Dios cristiano, ¿tenía sentido? Jesús no podía

134

eludir el curso de su pensamiento. Los relatos de fray Agustín de la Madre de Dios acerca de la vida interior en los conventos —que a él mismo le constaba, pues la había vivido en carne propia— eran motivo de consternación. El caso particular de un monje lo había confundido de manera singular: "Diose tanto a vencer su natural y a domar sus apetitos, que se espantaban de verlo. Cuando hacía mortificaciones se iba azotando las espaldas con tan terrible fuerza que era menester decirle el prelado que aflojase la mano y no se hiriese tanto". No tanto… mas no le pedía que no se hiriese.

Las lecturas del padre Jesús lo llevaron a otros temas. Llamóle mucho la atención lo que refería su contemporáneo el franciscano Juan de Torquemada en relación con la costumbre de los juguetes sexuales vivos que algunos señores prehispánicos con recursos obsequiaban a sus hijos varones: "Persuadidos, pues, de que no era pecado, nació la costumbre de los padres de dar a sus hijos mancebos un niño para que lo tuviesen por mujer y usasen de él, como podían usar de ellas; y de aquí también nació la ley de que si algún otro llegaba al muchacho, lo condenaban a las mismas penas en que incurría el que violaba el matrimonio conyugal".

Capítulo IV

Fuegos del cielo y del infierno

Ciudad de México, 1560

Gracián de Foncerrada estaba ansioso por conocer los dictámenes de Maite, como le decían con afecto —y sin duda con respeto— a la andaluza María Teresa de Jesús. Algunos la llamaban también la Gitana, y era más española que la Virgen de la Macarena, su paisana de Sevilla. En realidad, era paisana de los dos, pues Gracián también había visto la luz por primera vez a orillas del río Guadalquivir. A Maite la conocía desde sus mocedades en España; no podían regatearse las edades entre ellos: ambos rondaban los sesenta años.

De aquellos placeres íntimos que compartieron en su adolescencia ya nunca hablaban, aunque de seguro los recordaban con alegría, pues sólo eso les habían dejado en su ánimo. Su relación se había decantado y devenido sincera amistad, además del reconocimiento que Gracián le tenía por sus dotes sobrenaturales.

Aunque gozaba de fortuna y prestigio por haber sido conquistador al lado de Hernán Cortés, a Gracián lo atormentaban muchos cargos de conciencia, justamente por lo mismo: por las atrocidades en las que había participado en aquella gesta, que, por otro lado, él consideraba única en la historia universal. Y eso que no podía adivinar que, medio siglo después, en el *Quijote*, Cervantes compararía a Cortés con Julio César. No le servía de mucho consuelo saber que no era el único con-

137

quistador con remordimientos, ya que cuando menos otro, el cronista Francisco de Aguilar, se había convertido en fraile dominico después de tanta sangre vertida. Realmente a Gracián no le importaba demasiado la cantidad de sangre que se derramó, sino la crueldad con la que se le hizo aflorar.

Él era muy religioso y supersticioso (no percibía mayor diferencia entre ambas cosas) y pensaba con obsesión que en la persona de su inminente primogénito podría recibir el justo castigo que nunca le había llegado del cielo. ¿O sería del infierno?, pues Dios castiga a través del demonio; éste no podía hacer nada sin que el Omnipotente lo permitiera.

La joven esposa de Gracián, casi recién desembarcada de España, estaba próxima a dar a luz, y aunque él ya no podría hacer nada para evitar la punición divina —en caso de darse—, un impulso superior a su voluntad lo obligaba a consultarle su parecer a la agorera. Tanto mejor que fuera su vieja amiga.

Una y otra vez Gracián había llevado sus culpas al confesionario, a lo largo de bastante más de tres décadas, pero ello no había logrado aligerarle la carga, pesada y punzante. Aunque los curas le aseguraran que ante un arrepentimiento sincero Dios siempre perdona, él no estaba tan seguro de ello. Bastaba recordar las caras azoradas y de terror de aquel medio centenar de tlaxcaltecas a los que Cortés ordenó amputar las manos y luego dispuso regresarlos a su ciudad. Y el propio capitán lo informó así en la carta que le dirigió al emperador Carlos V: "Los mandé tomar a todos los cincuenta y cortarles las manos, y los envié para que dijesen a su señor que verían quién éramos". El ahora fraile Francisco de Aguilar aseguraba en su crónica que asimismo les mutilaron las narices y se las ataron al cuello. A Gracián nadie le iba a contar qué fue lo que pasó, pues siendo uno de los soldados más jóvenes —tenía entonces cerca de veinte años de edad— le eran encomendadas difíciles tareas que sirvieran para templarle el carácter. Y sabía que ambos textos decían verdad sobre el destino de aquellos presuntos espías: él en persona y otros dos compañeros igualmente jóvenes cortaron las manos a todos los sentenciados, y a los que parecían ser los jefes asimismo cortaron las narices por orden superior. De esa manera los devolvió Cortés a Tlaxcala, aterrorizados y sin matar a ninguno.

(Al zumbido de la caída veloz de la espada recién afilada seguía instantáneamente un quejido profundo, que no grito, pues el carácter indígena evitaba por lo general esa expresión de dolor. Sobre el troncón que servía de base a esa carnicería quedaba una mano exánime, mientras el cuerpo que la había poseído caía de lado, retorcido por el sufrimiento, chorreando la muñeca sangrante, ahora trunca. Mas era levantado por los verdugos y vuelto a poner de hinojos, obligándolo a ofrecer la otra mano sobre el madero… Muchos desmayaban, vencidos por el tormento; luego serían despertados con un balde de agua sobre la cabeza. Otros, ya mancos, fueron disfrazados con una tétrica máscara de carne real: el lugar que había ocupado su nariz, ahora eran dos repugnantes agujeros rodeados de pellejos cartilaginosos colgados entre la sangre que manaba abundante, moviéndose con los resoplidos agitados que bullían por ese par de orificios.)

También a Gracián tocó amputar los pies al piloto Gonzalo de Umbría, quien pretendía desertar robando un barco en la Villa Rica de la Vera Cruz, y asimismo le correspondió ahorcar a dos de sus cómplices, todo por órdenes de Cortés. Ése fue uno de los momentos más difíciles de su vida, pues con Gonzalo había hecho una buena amistad; los alaridos que daba se sofocaron con una mordaza, y los sangrantes muñones a la altura de los tobillos fueron cubiertos con espesa manteca de jabalí y apretados fuertemente con vendas. Tales eran los juicios de Cortés, y Gracián sentíase también castigado, pues no era menos que un castigo el haberle encomendado semejantes tareas. Por ello le guardaba un odio profundo; jamás podría superarlo. Un cura que había participado en la conspiración para huir en la embarcación fue perdonado por ser hombre de sotana.

A Gracián no le remordía la conciencia por haber matado a muchos indios en las numerosas batallas en las que participó, pero sí le pesaban, y mucho, los muertos que había hecho en Cholula y en el Templo Mayor de la ciudad de México, pues estaban desarmados y fueron ataques a traición. En Cholula, Cortés invitó a dialogar a todos los señores principales del pueblo a un recinto cerrado —guerreros, sacerdotes, autoridades—, y allí mataron los españoles a más de tres mil indios en pocas horas, según palabras del propio jefe conquistador que aparecían plasmadas textualmente en su carta al emperador. En el Templo Mayor de México-Tenochtitlan fue Pedro de Alvarado quien ordenó la matanza, cuando los aztecas celebraban en paz una festividad. En ambas ocasiones Gracián mató a muchos indefensos.

Lo agraviaba en lo más hondo que Cortés lo hubiera usado con frecuencia como una especie de verdugo, precisamente por su juventud. "¡Para que te foguees, Gracián!", le decía.

Nunca podría olvidar el nauseabundo olor de la carne chamuscada y los crujidos que emitía la piel, como si rechinara, cuando marcaba con un hierro al rojo vivo las mejillas de los esclavos del rey. De todos los indios que Cortés esclavizaba por no haberse rendido a tiempo y en cambio ofrecer resistencia, debía apartarse el quinto real, o sea la quinta parte como impuesto para el monarca. Con el sello de Carlos V quedaban señalados para siempre en la cara. Aquella horrible pestilencia la recordaba íntimamente asociada en su mente con desgarradores gritos y quejidos de mujeres y de niños. Desde luego que algunos hombres herrados también clamaban dolorosamente, pero lo que más se grabó en su memoria fueron los aullidos de las madres y de sus hijos.

En otra ocasión, el propio Gracián debió preparar la hoguera y prender fuego a un indio que encontraron comiendo carne humana. Murió asado vivo, retorciéndose y dando horribles voces que provocaban escalofríos, todo ello realizado frente a su cacique indígena. Cortés había escrito al rey: "En presencia de aquel señor le hice quemar, dándole a entender la causa de aquella justicia".

Y no fue la única vez; otro quemado vivo fue un capitán azteca que había hecho daño a los españoles. Gracián dispuso la gran pira con arcos y flechas y tiraderas y rodelas y espadas de palo tomadas de una bodega de armamento indígena; tales eran las ingeniosas disposiciones de Cortés, no carentes de simbolismo.

Pero mucho más lo impresionó el estoicismo de Cuauhtémoc, cuando el cruel conquistador le ordenó al tesorero real darle tormento para que confesara dónde se había ocultado el tesoro de Moctezuma. Gracián fue su ayudante —siempre por órdenes de Cortés—, y le achicharró los pies con brasas, untándoselos previamente con aceite que al quemarse emitía escalofriantes chasquidos. El último emperador azteca no profirió palabra alguna ni tampoco lamentos.

Gracián nunca disfrutó semejantes encomiendas, ¡bien lo sabía Dios!, pero sí las llevó a cabo con gran diligencia, pues era en cumplimiento de las instrucciones que recibía. Su pecado era haber sido disciplinado, pero en todo caso ésa no era una disculpa que a él mismo satisficiera…; quién sabe si al Altísimo. Por ello, ante la incertidumbre, según fueran las condiciones de salud en las que naciera su hijo, sabría si realmente Dios lo había perdonado. Pero no esperaría al parto, debía saberlo ya.

La casa de Maite era modesta, pero de piedra. Se localizaba por el rumbo del humilde barrio de Tlatelolco, pegada a La Lagunilla. Ésta era una especie de caleta, cuya estrecha boca la comunicaba con la laguna de México —de allí su nombre—; ésa era una ventaja para Maite, pues en su canoa, a golpe de remo que daba un indio, ayudante suyo, podía transportarse fácilmente a toda la ciudad, entrando por los numerosos canales que la atravesaban. Así llegaba casi siempre a la puerta de las casas, o muy cerca de ellas, donde habían sido solicitados sus servicios. En sus facciones se reconocía que había sido una mujer guapa, pero con los años se convirtió en una gruesa matrona, más bien obesa, a quien no le era ya posible caminar más que lo indispensable. ¡Qué bueno vivir en México!, la Venecia americana, como le decían los hombres de mundo que a ella llegaban; sus acequias le permitían moverse por agua. No obstante, cuando Gracián quería consultarla, prefería ir él a su casa, pues como persona principal era más conocido en la ciudad que en los suburbios. No era cosa de andar en boca de la gente como hombre afecto a hechiceras.

Cuando estuvo frente a la pequeña puerta de madera, muy gruesa, tocó fuerte la aldaba de fierro.

Aunque ambos tenían buena estatura, Gracián era más alto y, en contraste con Maite, lucía muy delgado. Su afilada barba grisácea aumentaba esa impresión, alargándole la cara. Se encontraban frente a frente con una pequeña mesa de por medio, y en ella iluminaban parcialmente los destellos variables de una vela centelleante.

La taumaturga dominaba varias técnicas para llevar a buen término sus auspicios y presagios, y usaba de unas u otras, según fuera el caso. Aunque todas las había aprendido en España, en México había perfeccionado su utilización. Esto no significaba que hubiera adoptado ninguna de las supercherías que usaban los indios, ¡válgame Dios! Ella era una vaticinadora seria, no una charlatana como ellos. Por eso sus clientes eran todos españoles y uno que otro criollo, pero finalmente gente decente, de razón, con pura sangre castiza, sin contaminar con la de éstos de acá. Para sus adivinaciones, a veces usaba huevos de gallina, otras tijeras, en ocasiones varitas benditas. Ahora lo que procedía era la suerte de las habas, que tanto le había gustado emplear a su madre —y maestra suya— allá en Sevilla.

—Mira, Gracián, Dios lo puede todo. Vamos a ver cómo viene tu hijo, pues a tu mujer ya sólo le faltan pocos meses para aliviarse y no será difícil conocer lo que trae en el vientre, y cómo lo trae, pero ten presente que aunque venga bien o venga mal, el Todopoderoso puede cambiar de opinión en el último momento y darnos una sorpresa. Así que no te confíes. Yo miraré las entrañas de tu esposa y a tu hijo en el presente, pero la decisión final es del Santísimo. Lo que hoy veamos, sólo tómalo como un indicio.

Gracián, circunspecto, observaba con reverencia los manipuleos que ella hacía. Colocó en la mesa un paño azul y encima otro rojo y luego un pedazo de papel, todos de tamaño como pañuelo; sobre este último puso un pedazo de pan, otro de cera de abejas, otro más de carbón, una moneda de medio real, alumbre y sal; enseguida depositó con todo lo demás seis habas, a una de las cuales quitó primero la cáscara de la coronita, usando para ello los dientes:

—Ésta es tu hijo —dijo con solemnidad, y procedió a bendecir esos objetos en nombre del Padre, del Hijo y del Espíritu Santo—. Ahora, Gracián, repite conmigo estos ensalmos. Hazlo con fe y devoción —y ella inició la plegaria, siguiéndola él frase por frase—: conjuros y habas, con el día que fuisteis sembradas; conjuros y habas, con el viento que fuisteis ventadas; conjuros y habas, con los bueyes que fuisteis trilladas; conjuros y habas, con el segador que os segó; conjuros y habas, con Dios Padre, con Santa María Madre, con todos los santos y santas de la corte celestial; con Adán y Eva; con María Magdalena; con el campo, con las hierbas, con el mar y las arenas; con las mujeres preñadas, con las doce tribus de Israel; con la casa santa de Jerusalén, con el portal de Belén; con el Niño Santo que nació en la noche de Navidad; con el cirio pascual, con todo el poder de la Santísima Trinidad; con el ara sagrada, con la hostia consagrada; con la cruz en que mi Señor Jesucristo fue clavado; con las siete palabras que dijo en el árbol santo de la verdadera cruz; con la lanzada que le dio Longinos en su benditísimo costado; con los tres clavos con que fue clavado; con las palabras que dijo al buen ladrón: hoy serás conmigo en el paraíso; conjuros y habas, con San Damián: que salgáis conjuradas y me declaréis esto que os pregunto.

Aquí agregó la vidente, ya sin repetición por parte de su amigo:

—¿Qué constitución trae consigo el fruto de Isabel y de Gracián, que ella carga en sus adentros? ¿Trae orden o desorden en su cabeza ese hijo o esa hija? Cuando salga de su madre y entre a este mundo, y en él crezca y madure, ¿debe esperar dichas o desastres? Conjuros y habas, ¡háblennos ya!

En ese momento preciso, María Teresa de Jesús volteó de repente los paños y echó sobre la mesa su contenido, cayendo éste sin aparente orden ni concierto. Muy atenta, se quedó observando con cuidado la posición y disposición que habían adoptado los diversos objetos. Gracián miraba expectante y empezó a oír los agüeros en voz de la adivinadora:

—El haba descascarada, tu hijo, viene bien: está sin tocar el alumbre ni la sal. Además está junto a la moneda y cerca del pan y del carbón, muy buenos augurios, pues tendrá para comer y no pasar fríos, en medio de una buena posición social. El carbón también acarrea lágrimas, pero no lo tiene demasiado cerca, no está pegado. Las demás habas rodean a tu hijo, porque no estará solo. Solamente hay una que está alejada de él; será algún dolor que tendrá. Nunca falta… Por lo visto, yo creo que no hay motivo para que te preocupes, Gracián.

—Pero, ¿y la cera, Maite?

—Ésa no es para ti. Con ella circulan las energías de las otras cosas y así nos permiten leer sus significados. Son mis recursos. Estáte tranquilo, pero recuerda: la última palabra será la de Dios. De cualquier manera, te daré unos amuletos que siempre traerás en la bolsa hasta que nazca tu hijo. Serán de mucha ayuda, ya verás.

Y procedió a confeccionar un pequeño envoltorio integrado por un trocito de cebolla seca, unas ramitas de romero y de ruda, una moneda, una piedra imán y un diente de ajo en el que introdujo un alfiler. Como especial concesión a Gracián —así se lo aclaró—, estaba agregando también una astilla del hueso de un santo padre que había muerto hacía mucho en el convento de San Francisco, allí en México, y cuyos restos fueron exhumados, años después, por una obra de ampliación. Todo lo metió en una bolsita de tela y, antes de coserla con aguja e hilo para cerrarla en definitiva, le añadió un escapulario y unas cuentas de rosario benditas. Mientras cosía, susurraba unas plegarias que no se alcanzaban a escuchar. Armado con esos escudos para la protección y bienaventuranza de su próximo hijo —el primero y el único—, el viejo conquistador se retiró.

144

Algo más tranquilo, Gracián de Foncerrada esperó el parto de su joven esposa. Siempre le había tenido fe a las artes de Maite, mas su confianza en ella se acrecentó cuando vio al recién nacido sano y vivaz. Que fuera hombre significó un placer adicional. Le pondría Heberto, como su padre ("que en paz descanse", pensó). Hasta hacía apenas dos años, antes de conocer a la joven Isabel, ya había perdido las esperanzas de tener un hijo, siendo casi sexagenario. Ahora, en cambio, su suerte era completa. A su situación más que desahogada y valimiento social, se agregaba la alegría de la paternidad y de la hombría renovada. Y se las había dado ambas su atractiva esposa, que en la intimidad lo hacía revivir ardientes épocas que él creía perdidas para siempre. No cabía duda, Dios lo había perdonado.

Mezcala, 1560

A Miguel Gabriel le resonaba de modo raro su propio nombre rimado. Había sido de los primeros niños indígenas bautizados en la Nueva España, en 1525. Sus padres, catecúmenos que recibieron el agua bautismal ya de adultos, le querían poner Judas por nombre. Por supuesto que el Tadeo, no el Iscariote, pero al cura —uno de aquellos primeros franciscanos evangelizadores— no le gustó:

—¡Yo no le pongo así al niño! ¡Nadie va a saber de qué Judas se trata, y ni modo de andar por ahí aclarándolo!

Los padres de la criatura, que apenas mascullaban el castellano, y eso con muchos tropiezos, quisieron conciliar y entonces le pidieron que le pusiera Tadeo. A ellos les había llamado mucho la atención, cuando recibían el catecismo allá en Cuernavaca, que el apóstol traidor llevara el mismo nombre que el otro, un santo; deslumbrados con el contrapunto simbólico, que ya conocían por sus propios dioses indígenas y que ahora también estaban encontrando en la nueva religión que trajeron los conquistadores —Dios y el demonio—, decidieron llamar Judas al niño y ahora, ante la negativa del sacerdote, Tadeo, pues. Pero fray Andrés ya estaba irritado. Ese día llevaba oficiados más de sesenta bautizos y, aragonés rústico como era, se impuso, tozudo:

—Vamos a armarlo bien contra el enemigo del hombre, para que no le pase lo que a ustedes —dijo sin justicia ni comedimiento. Y agregó—: se llamará Miguel Gabriel, como el príncipe de los ejércitos celestiales y como el arcángel de la Anunciación. El vencedor de Lucifer y el ángel de la Encarnación, pero en uno solo. ¿De acuerdo? —dijo en tono golpeado. Por supuesto que los padres del niño estuvieron de acuerdo. No era cosa de prolongar esa bochornosa situación, pues había una larga fila de parejas con infantes que esperaban recibir el santo sacramento del agua bendita.

Al margen de los malos modos del padrecito baturro, de seguro provocados por el cansancio de su arduo trabajo, muy cierto era que aquellos primeros evangelizadores estaban realizando una labor inmensa y por tanto agotadora. Fray Toribio de Benavente aseguraba que en los primeros quince años posteriores a la conquista se habían bautizado nueve millones de indígenas. De los doce primeros franciscanos hubo el que alcanzó a administrar ese sacramento a trescientas mil personas en ese lapso, aunque en general cada uno bautizó alrededor de cien mil.

Ahora, en Mezcala, a sus treinta y cinco años de edad, Miguel Gabriel estaba por llevar a bautizar a su primer hijo varón; la primogénita era una niña. En este caso no habría problema con el nombre, pues le pondría Miguel Bernardino: por él y por el santo del día en que nació. Le gustaba que llevara su nombre, pero no completo: cuando era un muchacho, los otros se burlaban de él. La infancia de su hijo sería diferente a la suya sólo por lo que respecta al nombre, pues por lo demás Miguel Bernardino debía seguir sus pasos y aprender los conocimientos curativos tradicionales que le mostraría. Muy chico, Miguel Gabriel quedó trágicamente huérfano de padre y de madre, y fue criado por unos tíos que vivían en Mezcala, dejando para siempre Cuernavaca. De su tío, médico tradicional prestigiado en buena parte de la Tierra Caliente, recibió las enseñanzas que le habían permitido adquirir un bien ganado reconocimiento por sus facultades para curar, conjurar y adivinar. Su esperanza era que con Miguel Bernardino pasara lo mismo.

La muerte de los padres de Miguel Gabriel había sido ciertamente dramática. Acaecida en 1528, fueron asesinados en la antigua Cuauhnáhuac —donde vivían, en los suburbios— por una turba no evangelizada que los acusaba de haberse entregado con docilidad a los conquistadores y haber dejado sus nombres nahuas para recibir los que les impusieron sus cómplices, los frailes. Los agresores no comprendieron el pragmatismo —o no quisieron hacerlo— con que esa pareja, y muchos otros indígenas, aceptaron el agua bendita para evitar que la sangre corriera aún más. También por su tío, Miguel Gabriel sabía que esa historia de violencia no era novedad en su familia, pues su abuelo había sido sacrificado, años antes de que llegaran los españoles, de una penosa manera:

A principios de siglo, en los primeros años de gobierno de Moctezuma Xocoyotzin, hubo una rebelión suscitada por los elevados impuestos que exigían los fiscales del Imperio azteca. A esas pesadas cargas tributarias se aunaba la contribución en especie —humana— que debían dar los habitantes del valle de Cuauhnáhuac y de otras regiones para los sacrificios que honrarían a los dioses en las aras de la ciudad de México-Tenochtitlan. Su abuelo había sido uno de los caudillos de la insurrección, pues, de acuerdo con las viejas tradiciones, las mismas gentes principales que guiaban y velaban por los cuerpos y las almas de los habitantes del pueblo eran quienes los encabezaban en asuntos políticos y militares, salvo que fueran ancianos. Y en este último caso, de cualquier manera ejercían su autoridad moral. Era una especie de teocracia, aun en pequeñas comunidades. Pero su abuelo era joven, y llegó a empuñar lanza y rodela en contra de las autoridades imperiales. No tuvo suerte y cayó preso. El castigo no se hizo esperar. No bastaba sacrificarlos —a él y a otros implicados—: debía alargárseles el sufrimiento.

A los pies de la escalinata de uno de los templos de Tenochtitlan fue prendido un enorme fuego con mucha leña, que dejó una gran pila de brasas. Los prisioneros fueron atados de pies y manos y, uno a uno, colocados sobre aquellas ascuas. Un connotado fraile, Sahagún, lo describiría así: "Íbanlos arrojando sobre el montón de brasas, ahora a uno, y desde a poco a otro; y el que habían arrojado, dejábanle quemar un buen intervalo, y aún estando vivo y basqueando, sacábanle fuera arrastrando, con cualquier garabato, y echábanle de espaldas sobre donde había de acabar de morir, que era una piedra de tres palmos de alto y dos de ancho. Abierto el pecho por el sacerdote, dándole con ambas manos con una piedra de pedernal, por el agujero que hacía metía la mano y arrancábale el corazón, y luego lo ofrecía al sol". No se imaginaba Miguel Gabriel si el tormento de su abuelo hubiera sido peor de habérsele sacrificado de otra manera, que también llegaba a emplearse: quemándolo vivo, directamente al fuego.

Por fortuna, aquellas trágicas muertes sufridas por sus ancestros ya eran parte de la historia, cercana a su persona y a su familia, pero lejana en el tiempo. Atrás habían quedado también todas las demás variantes de sacrificios humanos que se acostumbraban antes de la conquista: degollados, flechados, lanceados, desollados —vistiendo un sacerdote la piel del sacrificado durante muchos días, hasta que se pudría—, y las ofrendas de niños para propiciar la lluvia, ya fuera ahogándolos en el famoso sumidero de Pantitlán, en la laguna de México, o encerrándolos vivos en una cueva que se tapiaba hasta el año siguiente, en que se repetía el sacrificio con otros infantes. Asimismo era cosa del pasado el sacrificio gladiatorio de un prisionero, donde el guerrero enemigo amarrado de un pie necesariamente sucumbía ante otro sin ataduras, peleando armados ambos.

A su hijo Miguel Bernardino un nuevo México le tocaría vivir. Estaba seguro, pero aun así no podía negarle a su esposa, recién parida, celebrar el ritual adivinatorio que con tanta pericia sabía llevar a cabo. Especializado en el difícil arte de resolver las ansiedades, su papel de médico agorero consistía en cierta forma en velar por la tranquilidad de su pueblo. Verdad era que había otros *ticitl*, como él, mas entre todos compartían esa responsabilidad. La mayoría eran hombres, pues las mujeres sólo podían ejercer estas artes cuando concluía su ciclo sexual activo, es decir, después de la menopausia, una vez traspuestas las impurezas de menstruaciones y partos. Entre ellos había yerberos, que dominaban el conocimiento de las propiedades misteriosas de los vegetales; había sobadores, cuyos masajes y palpaciones eran de gran beneficio, no sólo corporal, sino mental; había chupadores, que succionaban con la boca las enfermedades físicas y del alma; había sangradores, cuyo quehacer era más próximo a la cirugía; había sudadores, para los cuales el temascal de vapor era su terapia indispensable; había los que interpretaban los sueños ingiriendo la semilla de la Virgen, o el peyote, o el toloache; otros devolvían el alma a quienes la hubiesen perdido; había concertadores de huesos y culebreros, para ayudar en las fracturas o en las mordeduras de serpientes; en fin, había agoreros, quienes usaban diferentes métodos para ejercer su clarividencia —jícaras de agua, calendarios, granos de maíz—. Desde luego que la mayoría de ellos conocían varias técnicas y no ceñían su ejercicio profesional a una sola de esas especialidades. Tal era el caso de Miguel Gabriel. Por supuesto que también había parteras, aunque por lo general éstas sólo se abocaban a su quehacer específico.

Para vislumbrar el porvenir de su hijo, optó por echar la suerte de los maíces, donde los granos adoptan diversas advocaciones del extenso panteón indígena prehispánico, subsistente en esos días, aunque de manera subrepticia. Esos maíces / dioses habrían de hablar.

Frente a Miguel Bernardino en brazos de su madre, Miguel Gabriel colocó varias mazorcas de maíz blanco sobre la mesa que estaba de por medio. A cada una revisó y le desprendió los granos que se hallaban más asomados y hermosos, grandes y enteros, entresacándolos hasta juntar veinticinco. A todos cortó con los dientes la punta por donde se unían al olote, dejándolos más o menos redondos. Luego tendió un lienzo cuadrado, asimismo blanco, sobre la mesa, cuidando que no le quedara ninguna arruga. En cada esquina del paño acomodó cuatro granos de maíz, con la parte cortada dirigida hacia el centro de esa tela. Con las nueve semillas restantes en la mano, las empezó a mover dentro del puño, a manera de dados, de vez en vez aventándolas ligeramente hacia arriba, para recibirlas de nuevo en la palma. A la par pronunció este conjuro:

—Ven en buena hora, precioso varón —arengaba al maíz—; vengan también los soles que miran hacia un mismo lado —les decía a los granos del paño—; ahora es tiempo que veamos el destino de este niño, y esto no se ha de dilatar para mañana ni al día siguiente, sino que luego al punto lo hemos de ver y saber. Lo mando así yo el poderoso, que soy la luz, que puedo ver en mi libro y en mi espejo encantado.

Y mientras acababa de decir tales palabras para invocar el oráculo, pasó la mano con los maíces por arriba de todo el borde del paño, sobre sus cuatro lados, para rematar arrojándole los granos encima. Según quedaba la posición de cada uno era una faceta de la suerte del niño, y el conjunto de los nueve daba el veredicto final. Los granos cuya parte cortada quedaba para abajo y por tanto la cabeza arriba significaban buena ventura, y viceversa: la cabeza contra el paño era indicio de mala suerte. Los granos ladeados implicaban una mediana fortuna. En este rito adivinatorio que celebró Miguel Gabriel para conocer el futuro de su hijo el resultado no fue satisfactorio: tres maíces mostraban un buen agüero, tres lo contrario y otros tres quedaron de lado. Su esposa no quedó conforme. Miguel Gabriel no se sintió ofendido cuando ella le suplicó pedir otra opinión. Entonces recurrieron a una pariente, *ticitl* de fama, Bartola María, quien ejercía sus poderes de curación en Xoxocotla, muy cerca del lago hundido de Tequesquitengo. Fue más fácil mandarla llevar a Mezcala y pagarle el viaje y sus servicios, que trasladar al recién nacido hasta allá. En seis días llegó.

Bartola María prefirió aplicar el sortilegio de los maíces en agua. A Miguel Gabriel no sorprendió que la vieja adivina primero procediera a arreglarse lo mejor que pudo su cabello y su atuendo, pues sabía que era parte del ritual, pero a su esposa sí le llamó la atención. Después, todos sentados alrededor de la rústica mesa, puso sobre ésta un vaso de agua limpia, recién sacada del pozo, y conjuró al líquido elemento para que les mostrara la verdad futura que rodearía la vida de esta nueva persona. Concluida su alocución, tomó al niño de brazos de su madre y lo mostró al agua, acercando su carita al vaso. Luego echó en el agua nueve granos de maíz y cubrió el vaso con un pañuelo bellamente bordado que ella misma llevaba. Entonces comenzó a rezar un rosario completo y pidió a los padres de la criatura que lo hicieran con ella: un padre nuestro y diez avemarías, todo quince veces, por los quince misterios de la Virgen. Tras el último amén, retiró el pañuelo que cubría el vaso y observó con atención. Miguel Gabriel y su esposa hicieron lo mismo y el incierto diagnóstico anterior se confirmaba: tres maíces se fueron al fondo, tres flotaban y los tres restantes estaban medio sumergidos. No había más qué hacer. Este niño, cuando creciera, tendría de todo: gustos y disgustos, satisfacciones y fracasos, placeres y sufrimientos. Sólo cabía esperar que estos últimos no fueran excesivos.

De cualquier manera, Bartola María preparó un amuleto que el niño debía tener pegado al cuerpo todo el tiempo que durara su lactancia, el cual no sería poco, pues la costumbre indígena era prolongarla mientras la madre produjera leche, a veces por tres o cuatro años. En una pequeña bolsa tejida, de yute, fue introduciendo simbólicos objetos: una pizca de tabaco —ese *piciete* local tan socorrido para ritualidades—, un trocito de copal, otro de peyote, tres semillas de la Virgen, la punta de una cola de tlacuache, un escarabajo seco, un pedazo de cordón umbilical y unas astillas de huesos humanos.

—Esto protegerá a Miguel Bernardino de la *herida de ojo* y le dará buena suerte. Se lo vamos a colgar del cuello —dijo la mujer.

Y mientras lo hacía, conjuró al sol:

—Ven acá, mi padre, el de las cuatro cañas que echa llamas, el de los cabellos rubios, príncipe de la aurora, padre y madre de los dioses, que aquí he traído a mis dioses del encanto, a mis dioses blancos, acude de vuestra parte, protege a esta pequeña flor, te lo pido yo en persona, que todo lo ando, en quien está el resplandor.

Miguel Gabriel y su esposa quedaron conformes. No más.

IXCATEOPAN, 1596

Jesús, ya plenamente decidido a convertirse en sacerdote —después de cinco lustros de lo que él consideraba una carrera religiosa: primero como acólito y luego como sacristán—, se afanaba en estudiar por su cuenta para ingresar muy pronto al convento carmelita de San Ángel, en el valle donde se encuentra la ciudad de México. No pretendía dar la espalda a su raigambre indígena para solucionar el constante dilema cultural que se le presentaba ante el catolicismo, sino todo lo contrario: profundizaba en esas raíces prehispánicas y asimismo en las españolas, convencido de que a partir del conocimiento podría darse el reconocimiento a las dos vertientes que lo integraban como persona. No en su sangre, que sólo era indígena, pero sí en su mente, que estaba compartida. No quería decir partida.

Lo había sorprendido encontrar en los textos del historiador franciscano Juan de Torquemada una justificación de los sacrificios humanos. Habla el fraile del "origen y principio que las naciones del mundo tuvieron en sacrificar hombres, que es tan antiguo. Las más lo han usado, y no sé si diga, todas; porque pienso que muy pocas, o ninguna, se han escapado de este sacrificio de hombres, hecho y ofrecido a muchos y muy diversos dioses". El azoro de Jesús aumentaba cuando Torquemada pretendía probar su antigüedad y uso generalizado entre los pueblos primitivos, y "no ser contra la ley natural ofrecer a Dios los hijos, en sacrificio, siendo por él pedidos. Siendo que

152

el hombre debe a Dios todo lo que es y tiene, y siendo tan grandes las mercedes que de él ha recibido, queda el hombre a Dios tan obligado, que aunque haga todo su deber en su servicio, no satisface dignamente lo que le debe. Por lo cual, digo que no erraban los indios en el sacrificio, aunque en la intención sí erraban, pues lo ofrecían al demonio". Jesús tenía muy presente que Dios le había solicitado a Abraham el sacrificio de su hijo Isaac y que, a punto de consumarlo, lo detuvo, pues sólo estaba sometiéndolo a una prueba. Pero la intención ya estaba dada. Y a mayor abundamiento, Torquemada escribió otro capítulo sobre los sacrificios humanos que antiguamente dedicaban "los españoles y andaluces a los demonios, a los cuales adoraban por dioses".

Otra cosa era la antropofagia ritual que practicaban los antiguos mexicanos, pensaba Jesús. Ciertamente que no era un canibalismo con fines alimentarios, pues se vinculaba a simbolismos religiosos, pero sí había sido una práctica generalizada. El propio padre Diego Durán, que tantas inquietudes le había sembrado en el alma al encontrar extraordinarios paralelismos entre las tradiciones judeocristianas y las prehispánicas, también abordaba el tema de la antropofagia y decía de los sacrificados: "Su carne la tenían realmente por consagrada y bendita, y la comían con tanta reverencia y con tantas ceremonias y melindres, como si fuera alguna cosa celestial". La carne humana "no la tenían por tal, sino por divina".

Todos los modestos ingresos de Jesús se le iban en los gastos de sus periódicos viajes a la ciudad de México, para conseguir libros prestados en varias bibliotecas de conventos. La carta de recomendación del padre Antolín, el párroco de Ixcateopan, le abría puertas y, sobre todo, libreros. No paraba de leer, siempre tomando notas. Ahora estaba inmerso en el tema de los delitos y sus penalidades.

Los castigos que aplicaban los prehispánicos habían sido sumamente rigurosos, pero no menos que los españoles: tanto las autoridades civiles virreinales como la Santa Inquisición daban sobradas muestras de ello.

Los antiguos indígenas descuartizaban a los traidores, como escribió el oidor Alonso de Zorita: "Al enemigo de su república" —leía Jesús—, en la plaza le cortaban todos los miembros: primero los labios y las narices, después las orejas a ras del cráneo, en seguida las manos y luego los brazos por los codos y después por los hombros, posteriormente los pies por los tobillos y enseguida las piernas por las rodillas, "luego repartían y echaban aquel cuerpo hecho pedazos por los barrios y lugares públicos para que viniese a noticia de todos".

Ni más ni menos, igual castigo padecieron varios conspiradores que pretendieron hacer rey de México a Martín Cortés, hijo de Hernán, en 1565. Jesús bien sabía, como todos en México, que también los habían descuartizado: "Los hicieron cuartos", incluido un hombre de ochenta años que no podía andar sino con muletas. Otros conjurados fueron degollados o ahorcados, y otros más, por los tormentos, quedaron lisiados. Martín fue enviado a España, donde se le juzgó, condenó y finalmente perdonó, obviamente por su apellido.

El sacristán continuaba su investigación con avidez: Nezahualcóyotl, el rey poeta, quemaba a los agitadores; los "hacía morir atados a un palo de encina, a manera de asador, puestos a las llamas del fuego, donde morían rabiando". Los aztecas habían hecho lo mismo con los "fornicarios con virgen" y asimismo con los homosexuales (igual proceder al que tuvieron varios virreyes novohispanos, recordó Jesús). Entre los mexicas, a los adúlteros se les apedreaba, como entre los antiguos judíos, y bien había retado el Nazareno a quien quisiera erigirse en juzgador.

Sentado ante una modesta mesa de madera sin barnizar, en su casa de Ixcateopan, pensaba Jesús en los miles o decenas de miles de personas sacrificadas en el México prehispánico en nombre de sus dioses, mas también reflexionaba en las decenas de miles de seres humanos muertos durante la conquista de México a manos de los españoles, igualmente en nombre de Dios. De Dios y del rey de España, aunque en realidad todos sabían que esa guerra se había llevado a cabo en búsqueda de oro. Si alguien lo dudaba, no necesitaba leer a los detractores de Hernán Cortés, sino al propio capitán en las cartas que escribió al monarca hispano.

¡Y qué pensar de la esclavitud, una forma de muerte en vida! —continuaba con sus cavilaciones—. Era practicada por los conquistadores a la par que por los indígenas, éstos hasta la caída del Imperio azteca. El mismo Cortés escribía al emperador: "Mandé que los herrasen con el hierro de Vuestra Alteza y, sacada la parte que a Vuestra Majestad pertenece, se repartiesen entre aquellos que los fueron a conquistar". Y leía Jesús en los escritos de Motolinía, acerca de esa humillante marca facial, herida ampollada que devenía cicatriz con el sello real: "Dábanles en aquellos rostros tantos letreros, además del principal hierro del rey, que toda la cara traían escrita, porque de cuantos eran comprados y vendidos llevaban letreros". Después sería el feroz e inhumano Nuño de Guzmán el campeón del esclavismo. Fray Bartolomé de Las Casas lo acusó de haber esclavizado y herrado a más de cuatro mil quinientos hombres, mujeres y niños hasta "de un año a las tetas de las madres". Hubo quienes se dedicaban a preñar a sus esclavas para poder venderlas más caras, como reses.

A Jesús le quedaba muy claro: acabada la guerra, los mismos conquistadores fueron los primeros encomenderos, y cualquier magnitud que hubiera tenido la barbarie prehispánica era comparable o superada por la de esos beneficiados con los "repartimientos de indios". Bien lo sabía. La regla era el maltrato a los indígenas; en realidad, su explotación. Todos los españoles con sentido humanitario habían condenado la despiadada institución llamada "encomienda". En Motolinía leyó que se padeció la "plaga de los tiránicos encomenderos y los grandes tributos y servicios que se exigían a los indios. Faltando de cumplir el tributo, hartos murieron por ello, unos con tormentos y otros en prisiones crueles, porque los trataban bestialmente, y los estimaban menos que a sus bestias".

A Jesús lo conmovían las palabras del dominico Julián Garcés, obispo de Tlaxcala en 1532, quien defendía a los indios en contra de la explotación que sufrían por parte de los españoles y "de las rabiosísimas manos de su codicia, cuya rapacidad es tan grande; estos fulanos suelen opinar que no hay crimen en despreciarlos, perderlos y darles muerte. Satánica es la voz que las gargantas de cristianos cegados por la avaricia vomitan, que porfían que criaturas racionales hechas a imagen de Dios son bestias y jumentos".

No menor era el impacto que le provocaban los textos de fray Bartolomé de Las Casas; en ellos leyó cómo se refería a los indios cuales mansas ovejas dotadas de cualidades por el Hacedor y Creador, y a los españoles como lobos y tigres y leones "crudelísimos de muchos días hambrientos" que no hicieron otra cosa "sino despedazarlas, matarlas, angustiarlas, afligirlas, atormentarlas y destruirlas por las entrañas", y aplicarles otras nuevas maneras de crueldad "nunca vistas ni leídas ni oídas, oprimiéndolas con la más dura, horrible y áspera servidumbre en que jamás hombres ni bestias pudieron ser puestas".

Jesús se horrorizaba con estos relatos del propio Las Casas, que evidenciaban cómo se acostumbraba "aperrear" a los indios, sin distinguir sexo ni edad. Leyó que una india enferma, viendo que no podía huir de los perros, para que no la hicieran pedazos como estaban haciendo a otros "tomó una soga y atóse al pie un niño que tenía de un año, y ahorcóse de una viga; pero no lo hizo tan presto que no llegaran los perros y despedazaran al niño, aunque antes que acabase de morir lo bautizó un fraile". Y refiriéndose al conquistador Francisco de Montejo, agrega algo que al sacristán de Ixcateopan le pareció increíble: "Yendo con sus perros a la caza de venado o de conejos, no hallando qué cazar le pareció que tenían hambre los perros, y quitó un muchacho chiquito a su madre y con un puñal le cortó a tarazones los brazos y las piernas, dando a cada perro su parte, y después les echó el cuerpecito en el suelo a todos juntos".

Jesús estaba abrumado con toda esta información tan pasmosa como terrible. En un libro de fray Antonio de Remesal leería información similar referente a Chiapas, donde fue denunciado un español ante un religioso; le mostraron al fraile el "tajón donde degollaba a los indios para dárselos a los perros, si les quería hacer la merced de no echárselos vivos"; también vio la estaca llena de sangre "donde los mataba a azotes".

No podía contener las lágrimas, muy a su pesar. Ésa era la raza de los conquistadores, la portadora de la nueva religión, a la que él quería ingresar como pastor de almas. Estaba desconsolado. Bien lo había dicho el virrey Luis de Velasco en 1554, y ahora él lo corroboraba con sus lecturas y sus propias experiencias: "Los naturales que están bautizados y de paz soy informado que se van a juntar y vuelven a idolatrar algunos, y esto es por los malos tratamientos que reciben de los españoles".

CIUDAD DE MÉXICO, 1584

Gracián de Foncerrada estaba dolorosamente frustrado. Como Heberto era su único hijo, la esperanza, también única, de tener descendencia quedaba eliminada con su decisión de convertirse en sacerdote. Había venido amenazando con ello desde su infancia y luego en la adolescencia, pero ahora, con veinticuatro años encima, cumplía sus anunciadas intenciones. Por supuesto que no le hacía ninguna gracia a él, ¡un conquistador, compañero de Hernán Cortés!, que su único vástago se recluyera para siempre en un convento. Muchas veces había lamentado casarse tan tardíamente, ya casi sesentón, pues no vería crecer a sus nietos, mas ahora —con ochenta y cuatro años encima— su dolor era indescriptible, pues era claro que tales nietos jamás llegarían a existir. Su descendencia terminaría con Heberto; la inmortalidad de su estirpe —única inmortalidad tangible y evidente— ya no sería tal, tenía su tiempo contado.

Trataba de consolarse —sin lograrlo— pensando que este designio divino para alejar a su hijo del mundo secular era una prueba que Dios le enviaba para constatar si en efecto esta-

157

ba arrepentido de sus enormes pecados cometidos durante la conquista de México. Sí estaba arrepentido, sin duda, pero morir anciano y con su único hijo convertido en cura, era mucho para él. ¡Dios le estaba exigiendo demasiado!

Como si fuera poco, por añadidura era presa de un gran desconcierto, pues Heberto llevaba cerca de un año como novio de Marcelina de Bandala, preciosa adolescente de excelente familia. ¡Que si no! Era hija ni más ni menos que del contador mayor de la Real Hacienda de México. Claro que eso no era demasiado para el hijo de un conquistador; hacían una buena pareja, de magnífica presentación… y equilibrada. Él había visto a su hijo muy entusiasmado con esa muchacha; de hecho, nunca antes lo había percibido así, tan lleno de vida. Ni siquiera a su joven esposa —aunque era dama de mucha inteligencia y luces, no obstante su edad— había confiado que esa relación amorosa de Heberto le daba tranquilidad, pues estaba preocupado por las inclinaciones que pudiera llegar a tener su hijo, ya que no se le conocían mujeres, aunque se acercaba al cuarto de siglo de edad. ¡Y ahora todo había terminado! ¿Qué habría sucedido? Heberto pasaba buena parte de las tardes en la mansión de los Bandala y, aunque se le veía regresar feliz a casa, no podía ocultar cierta inquietud o angustia. Una madrugada, su padre, que por mera casualidad estaba despierto, había escuchado algunos ruidos en la habitación de su hijo, aunque estaba muy alejada de la suya, y al acercarse reconoció el sonido característico de los latigazos. ¡Vaya si él lo había escuchado antes! Ignoraba qué sucedía, le desagradaba ese misterio y sufría no tan calladamente, pues esto sí lo compartía con su esposa; no podía guardarse solo el conocimiento que tenía de esas mortificaciones practicadas por su hijo. La pareja discutía estas cuitas, y a esas conversaciones se reducían ahora sus relaciones matrimoniales (o casi, pues Isabel era muy generosa y consecuente con su ardoroso marido, en un lejano pasado más capaz de responder a su propia vehemencia). Como quiera que fuera, lo cierto es que Heberto había roto con Marcelina y estaba a punto de recluirse en un convento para siempre.

Isabel, por su parte, no estaba menos angustiada, y no tanto por la separación de Heberto y Marcelina —a quien en el fondo tenía celos, muy a su pesar, por la posesión de su único hijo—, sino porque estaba inmersa en un dilema que le ahuyentaba el sueño. Por un lado, le complacía entregar a Dios un hijo, devota de la religión como era, aunque a su modo, y ello sin pararse a considerar la inconfesable satisfacción, no tan subconsciente, de así verlo alejado de aquella otra mujer, aunque fuera casi una niña. Pero por otro lado estaba muy impresionada del rumbo que estaba tomando la Iglesia en la Nueva España, que le hacía pensar en el medievo... De mente aguda y avanzada, persona de libros, a Isabel le preocupaba el camino escogido por su hijo, cuando aquí se estaban perpetrando los más dramáticos autos de fe y otras formas de crimen en nombre de la religión. No quería que él tuviera nada que ver con asesinatos, aunque estuvieran encubiertos por sotanas. ¿Quién podría garantizarle que Heberto, integrado a las filas del clero, se mantendría alejado de tan vergonzosos menesteres? Desde 1539 había tenido lugar el primer relajamiento al fuego: un señor principal de Texcoco fue mandado quemar vivo por el primer inquisidor apostólico y obispo de México, fray Juan de Zumárraga, por seguir adorando a sus antiguos dioses. Hacía una década, en 1574, en otro auto de fe, habían prendido como antorcha, vivo, al inglés George Ribli, por hereje. Y la misma pena recibían quienes practicaban el pecado nefando, por su perversión sexual, fueran agentes activos o pasivos del acto.

No le importaban los motivos —por más creyente que fuera—, como tampoco le importaban los que tuvieron los conquistadores para cometer las atrocidades que les hicieron a los indígenas. (Si hubiera pasado por su mente, aunque fuera la menor idea, acerca de la participación directa que su marido tuvo en ello antes de casarse con él, ni ella ni Heberto formarían parte de este relato.)

Pero la Santa Inquisición era otra cosa, pues sus integrantes no eran soldados, sino sacerdotes; las armas con las que Dios los había proveído y que ellos deberían utilizar eran el perdón, la caridad, la bondad. Sin embargo, ya habían trascendido las puertas de su sede los horribles tormentos con los que arrebataban la confesión que mejor se acomodara a sus deseos, lo mismo a culpables que a inocentes. El potro y el garrote eran los más famosos instrumentos de tortura. Y había mucho más. La refinada sutileza de la crueldad de sus verdugos mayormente reflejaba una inteligencia infernal que el ejercicio de un ministerio cristiano.

Raro caso para la época, Isabel era lectora habitual y curiosa. Una obra en especial le había calado muy hondo: en el libro de fray Tomás de la Torre se enteró de muchos casos horripilantes de cierta región novohispana. Uno en particular la azoraba: un sacerdote que golpeaba feamente a los indígenas y que no llegó a matar a ninguno porque le encargaba a otra persona que lo hiciera, ya que él no quería quedar en condición irregular. Y remataba el dominico: "Las gentes son infieles y sin bautizar por no tener quien les enseñe nada, porque los cristianos que el rey les ha dado por curas no les enseñan sino lo que ellos hacen, que es robar, desollar, matar hombres, estuprar doncellas, sin ningún freno ni medida". A Isabel angustiaba ver a su hijo sumado a esas hordas, aunque él fuera, por supuesto, completamente diferente.

Tomada por Heberto la decisión de enclaustrarse y vestir los hábitos, Gracián buscó a su vieja amiga, Maite, tanto por la necesidad de consuelo como por averiguar la verdad de lo que pasaba. Maite, como él, ya era una anciana octogenaria, y con ella tenía más confianza que con su propia esposa, treinta y tantos años menor que él. Al paso del tiempo su comunicación con Isabel se había enfriado, y cuando pensaba en esta palabra lo reconfortaba pensar, con pícara malicia, que se trataba sólo del aspecto espiritual. Aunque su esposa era muy condescendiente ante sus casi inocentes travesuras eróticas, en definitiva, con Maite se entendía mejor, por ello la frecuentaba. Pero ahora quería hacerle una consulta profesional.

—Gracián —le dijo ella—, ¿para qué te mortificas? Tú, a estas alturas, ya mereces la paz, te la has ganado. Olvida a Heberto, ya no es un niño, ha escogido su camino y sólo Dios sabe por qué fue así. Además…

—No, Maite —la interrumpió—, por eso vengo a consultarte, para que no sólo sea Dios quien conozca la explicación de conducta tan extraña. ¡Quiero saber qué pasó! Sé que tengo poco tiempo por delante y no moriré tranquilo con esta incógnita. ¡Dame la luz, por favor!

La moderna arúspice asintió, resignada a complacer a su amigo. Preparó las habas, que era su sortilegio preferido para la adivinación, y llevó a cabo el ritual correspondiente, con el largo conjuro dicho por ambos, y cuando llegó al desenlace volteó sobre la mesa el paño que había dispuesto con las habas y otros objetos, quedando expuesto todo ello. Pensó que lo que iba a decir se lo dictaría más su experiencia de mujer vieja que sus poderes de clarividencia.

—Ya sabes que tu hijo está representado por el haba que descascaré. Observa que cayó justo al lado de otra haba, con el carbón, el alumbre y la sal pegados a ellas. Esta haba debe de ser la que era su novia, pues permanece con él, pero tienen con ellos muchas lágrimas: ve el pedazo de carbón, y los peores augurios, como lo señala la cercanía con el alumbre y la sal. No tienen quien pueda ayudarlos: nota que todas las demás habas están alejadas, y aunque la moneda la tienen próxima, no será el dinero lo que alivie sus pesares. Yo creo que han hecho bien en separarse y tomar cada quien su propio camino. No hay más que te pueda decir.

Gracián no quedó convencido. Finalmente seguía en las mismas. No halló explicación a este desenlace inesperado en la vida de su hijo.

Taxco, 1619

El padre Jesús seguía en aprietos. Aunque él conocía el tema de los conjuros para efectuar presagios y sortilegios, tenía que desahogarlo con Miguel Bernardino, sobre todo para que de alguna manera estuvieran de acuerdo en lo que habría de informarle al obispo sobre estos asuntos. Además, no era lo mismo su conocimiento más bien teórico que la práctica cotidiana que llevaba a cabo su amigo.

Las técnicas que se utilizaban eran muy diversas, algunas de origen puramente indígena que seguían los *ticitl* más conservadores de sus tradiciones; otras ya combinadas con agregados venidos de España, y unas más que sólo llevaban a cabo las curanderas que llegaron de allá mismo, de Iberia, con su bagaje de magias más bien medieval y que mantenían, con orgullo profesional, sin contaminarse con elementos autóctonos de los chamanes del Nuevo Mundo. Quizá el caso más extendido era el de la mezcla, en mínimo o mayor grado, de las magias y religiones de ambos lados del océano, a veces incluso sin que los practicantes supieran bien a bien qué era de aquí y qué era de allá, pues ya empezaban a fusionarse los dos orígenes en un singular mestizaje. Al paso de los siglos, los etnólogos algo batallarían para dilucidar o delimitar ambas genealogías.

Entre todo ello sobresalían varias artes: consultar a las fuerzas místicas a través de la clarividencia, en ocasiones con empleo de la ventriloquia; utilizando espejos u obsidiana pulida para el mismo efecto, o huevos ya sin cascarón; otras eran la suerte de las tijeras y la de las varitas mágicas, de origen ultramarino; la *limpia* con gallina y la lectura de la jícara con agua eran muy socorridas, en tanto que pocas veces se llegaba a usar la prueba del aceite hirviendo. Era éste un recurso judicial apoyado en la magia para saber si un acusado era culpable o inocente: se le metían las manos en el recipiente que contenía la grasa en ebullición, y si ardían sus extremidades era muestra incontestable de su responsabilidad en el delito, mas en caso contrario se le dejaba libre; rara vez se empleaba esta prueba, pues antes que someterse a ella, el inculpado solía confesar su culpa. Existían también la suerte de las habas, de raigambre totalmente española, y la muy parecida de los maíces, autóctona de estas tierras mexicanas.

Siempre con sus preocupaciones recurrentes, Jesús tenía muy presente la similitud que se evidenciaba entre aquellas antiguas tradiciones europeas que se mantenían vigentes hasta la fecha, acá encarnadas en augures y pitonisas peninsulares migrados a la Nueva España, y otras prehispánicas que asimismo seguían practicando hechiceros y adivinos indígenas en el siglo XVII: sahumerios con incienso para invocaciones llegadas de ultramar y pebeteros con copal para las locales. Allá, las caminatas de peregrinos que viajaban protegidos con ramas de romero y sus flores estimulantes, por eso designadas romerías, y acá los viajeros resguardados por una pizca de tabaco o por una rama de estafiate o ajenjo criollo, o por una flor de floripondio o toloache —"señor venerable de cabeza agachada"—.

Los restos humanos —como uñas, cabellos y astillas de huesos—, en ambas tradiciones, aparecían como protectores si su dueño había sido una persona de conducta intachable. Más aún, en la más pura religión católica —no sólo entre el pueblo, sino entre los sacerdotes y su jerarquía— se reconocía con esas virtudes a las reliquias: precisamente, restos corporales de santos. Y también se aceptaban en los despojos de algunas otras personas, aunque no se hayan reconocido oficialmente como portadoras de santidad, bien lo sabía Jesús. Incluso la Santa Inquisición novohispana había llegado a instaurar causa por blasfemia en contra de un español por manifestarse irreverente con ciertos sagrados huesos. Iglesias, camposantos y sepulturas se llegaban a violar para obtener las preciadas reliquias, procurándoselas los fieles sin la debida venia de la autoridad eclesial. ¿No había sucedido así con fray Martín de Valencia, santísimo varón sepultado en Tlalmanalco, que a fuerza de tanto enterrarlo y desenterrarlo los padres para ver el milagro divino de su cuerpo incorrupto después de treinta y tres años de muerto, acabó desapareciendo? ¿Y lo mismo todas las astillas de su ataúd? El Señor permitió que ese cadáver nunca más apareciera, quién sabe si para beneficio de miles de creyentes que aprovecharían las reliquias, o si fue para que ya no siguieran incomodando al difunto tantos fieles seguidores suyos.

El padre Jesús también conocía el testimonio de sor Francisca de la Natividad, cuando revelaba los auxilios que prestó a una monja enferma en su propio convento: "Yo la santiguaba y le decía oraciones, echándole en la boca agua bendita, que además de ser bendita, tenía yo en aquel agua un hueso de nuestro santo padre fray Juan de la Cruz, que es contra los demonios".

Toda una industria artesanal se había desarrollado en varios países de Europa a fin de elaborar, en diversos materiales aunque de preferencia metal, ciertos receptáculos para guardar las santas reliquias, por ello llamados relicarios.

Y muchos más ejemplos había de semejantes paralelismos. Aunque para Jesús no constituía una novedad, Miguel Bernardino le había reiterado su frecuente utilización de la suerte de los maíces, que su padre le había enseñado desde que era niño. ¿Y cuántas adivinas españolas —o criollas— no hacían aquí prácticamente lo mismo, utilizando las habas con sus clientes, sobre todo peninsulares?

La propia Brígida, la mujer de Miguel Bernardino, que veía con cierto menosprecio —sin decirlo abiertamente— la profesión de *ticitl* de su marido (y Jesús así lo sospechaba), era asidua consultante de una curandera gallega, Roberta, dedicada a esas artes ocultas y a otras no tanto, acá en Taxco. Venía de Ixcateopan a visitarla, ora para asomarse al futuro, ora para tratar de modificar su presente. Éste ya no era tan halagüeño, pues desde hacía casi una década que vivía con Miguel Bernardino su relación se había deteriorado. De aquel fuego pasional que estuvo milagrosamente encendido tantos años ya quizá no quedaban sino apenas algunos rescoldos. Pareciera que hasta las cenizas se estuvieran dispersando, pensaba Jesús. Así se reflejaba el ocaso de su belleza, otrora deslumbrante, aunque todavía llamara la atención. Alguna puerta debía tocar para tratar de burlar el curso del tiempo, imaginó el párroco aquella ocasión en que la encontró saliendo de la morada de Roberta.

El obispo Foncerrada había dicho al padre Jesús:

—No hay pena bastante cruel que sea suficiente para castigar a los brujos.

Jesús sabía que le estaba hablando de Miguel Bernardino, pero se preguntó: ¿pensaría igual el prelado si la acusada fuera una castellana que usara de rosarios y escapularios para sus augurios? No perdió tiempo alargando esta idea: ya conocía la respuesta.

En medio de estas cavilaciones, se levantó de la silla que ocupaba en la sacristía de su parroquia taxqueña. Se asomó por el pequeño balcón que daba al callejón del Santísimo y contempló los últimos rayos del sol a punto de ocultarse tras la montaña. Volvió al interior y posó la mirada en su ahijado, quien jugaba con su perro ofreciéndole un olote de maíz, sin dárselo, y haciendo círculos con él frente a su hocico. Echados los dos en el suelo, Molcajete le gruñía y con la pata seguía la mazorca desgranada. Churumuco le contestaba con una gran sonrisa en la boca y emitiendo ruidos guturales.

Capítulo V

Martirios y exorcismos

Convento del Carmen, Puebla, 1617

Sor Carmen de la Purificación estaba celebrando sus cincuenta años de edad. Hacía dos horas se había iniciado el día en que los cumplía y, sola en su celda del convento poblano del Carmen, estaba ofrendándose ella misma al Señor de los cielos. La madrugada era fría, propicia para disfrutar en soledad de ese íntimo placer de entrega, ¡sí, de entregarse a Dios bendito! No podía evitar —ni intentaba hacerlo— leer en su memoria las palabras de Santa Teresa de Jesús, que desde su adolescencia le habían quedado grabadas, indelebles:

> Cuando el dulce Cazador
> me tiró y dejó rendida,
> en los brazos del amor
> mi alma quedó caída...

Sor Carmen concluyó el sacrificio y empezó a vestir su torso desnudo. Adolorida, pero sin quejarse —pues si lo hacía, su ofrecimiento ritual desmerecería ante los ojos divinos—, primero se fajó los senos con esa larga banda de tela que los apretaba y aplanaba, procurando desaparecerlos a la vista. Era imposible, Dios la había hecho muy frondosa. Soportaba con resignación esa permanente condena que formaba parte de su cuerpo, para jamás olvidar su condición de pecadora; cargaba con ese constante castigo otorgado por el Creador, pero asimismo era una bendición, pues la incitaba y excitaba para mortificarse más y más para honra de Él. Después tomó el hábito caído alrededor de la cintura y lo levantó, para acabarse de cubrir la espalda y el pecho, ya muy lastimados y con algunos delgados hilos de sangre semicoagulada. Tenía muy presentes las recientes palabras de sor Isabel de la Encarnación: "Éste es el camino que has de andar, y para llegar a gozar de la luz y el descanso has de pasar por él, hecha pedazos y dejando las entrañas en esas espinas".

Se colocó la cofia en la cabeza, pues no pensaba dormir todavía. Quería rezar aún largo rato. No todos los días se cumplen cincuenta años. Tomó un trapo y limpió la sangre que había salpicado en el suelo y en una de las paredes, pues un sacrificio perdía valor si se hacía ostentoso. Debía borrar las huellas. Sólo ella —y el Señor— habrían de conocer estas intimidades. Las otras monjas no tenían por qué compartir nada de esto. Aunque, por otra parte, no pocas hacían lo mismo. Durante el día se veían unas a otras caminar tiesas y medio encorvadas, con lentitud, por el dolor de la fricción de las ásperas telas de sus hábitos contra costras y heridas, algunas llagadas. Pero sí había una gran diferencia entre ella y las demás: la perversa malicia con la que Satanás la asediaba, el pérfido encono que mostraba en su contra de manera cotidiana.

(—Déjame, ¡maldito!, déjame. ¡No me toques! No me hagas sufrir con estos goces del infierno, ¡no me hagas seguir pecando! Deja mi celda, deja mi lecho, ¡deja mi cuerpo!… ¡Lárgate, Satanás! Lárgate… lárgate…)

Cumplir medio siglo de existencia era una invitación a recordar los grandes sucesos de su vida. Algunos, verdaderas efemérides. Había sido en el mundo Marcelina de Bandala, de eso ya casi tres décadas y media atrás. Su infancia en Calpan era memorable: allí había tenido lugar su iniciación. Iniciación en el amor a Dios y en el dolor por Dios. Luego su casa, aquí en Puebla; lo que más le había gustado era tener su propia capilla. Bueno, era de toda la familia, pero nadie la disfrutó tanto como ella. Era un lugar tan íntimo como su propia recámara.

(¡Dios, Dios mío… te amo! A tu lado soy feliz. Sólo quiero ser tuya y de nadie más. Si tú me amas, ¡hazme tu esposa! ¡Hazme tu esposa! A ti me entregaré para toda la vida. Gozo de pensar que estaré siempre a tu lado… ¡Llévame contigo! ¡Llévame!)

De la ciudad de México procuraba con firmeza no acordarse, aunque sin éxito. Sentía que no era a ella a quien le había sucedido todo lo que pasó con Heberto de Foncerrada; como si hubiera tenido otro yo, una especie de posesión extraña a su propia persona. ¡Cuántas veces había vuelto a experimentar ese desdoblamiento! Los muros de este convento eran testigos. Y muchas de sus hermanas carmelitas. Y algunos sacerdotes que la habían tenido que asistir.

(¡Por favor, por favor, aléjate, Satanás! No quiero nada… no quiero más… ¡Salte y vete al infierno! ¡Ya no me toques! Me doy asco, me das asco… Sólo quiero dormir…)

Aunque ya casi no veía a su familia para respetar al máximo sus votos de clausura, a quien más quería y más le estaba agradecida era a su hermana Salustia. A ella debía esta bendición de Dios. De no ser por ella, no quería ni imaginarse qué vida llevaría, en lugar de dormir a diario en los brazos divinos… aunque el diablo cometiera frecuentes y asquerosas intromisiones. No había sido tan difícil trocar por amor aquel pecaminoso sentimiento de ira que tuvo contra su hermana cuando la obligó a cambiar de vida. Convencida de que le había hecho un bien y favor, cuando en aquellos años dudaba de ello y sentía odio contra Salustia reprimía el fuego irascible con sus propios puños y se golpeaba con tan grande fuerza nariz y boca que quedaba ensangrentada, pero victoriosa, moderando el enojo con la violencia.

Su ingreso a la clausura del convento era lo mejor que le había sucedido en la vida. Cuando rompió su noviazgo con Heberto y avisó a sus padres la decisión de tomar los hábitos, ellos no se lo esperaban. Aunque siempre, desde su infancia, todo indicaba que sería monja, esa idea había quedado atrás después de un año de relaciones formales con el joven Foncerrada. Ellos trataron de convencerla, le pidieron recapacitar, le insistieron en lo erróneo de la medida, pero Marcelina reaccionó decidida: si proseguían con su obstinación, se pegaría al rostro una plancha de hierro ardiente para que ni Heberto ni nadie la mirara ni la quisiera por esposa. Así acabó la disensión, pues bien sabían que era capaz de eso y de más. Su padre entregó la considerable dote requerida para que Marcelina fuera aceptada en el convento y finalmente se convirtió en sor Carmen de la Purificación.

Más de treinta años de vida conventual habían estado marcados por un asedio maligno y frecuente: el demonio solía embestirla con fuertes tentaciones. Un contemporáneo suyo, fray Agustín de la Madre de Dios, dejaría, años después, crónica detallada de su sagrada vida. Desde que fue depositada en esa santa casa, Dios inició las pruebas y el señor de los infiernos las batallas que con ella sostuvo toda la vida. Y siendo aún novicia, empezó a combatirla (permitiéndolo Dios) con una porfiada y terrible tentación en contra de la pureza, con asaltos tan bravos y repentinos que le causaban notable pena, por ser cosa que tanto aborrecía. Pero como ya se había ejercitado y tenía experiencia en el modo como se ha de pelear en semejantes lides, añadió a las que ya hacía nuevas mortificaciones y penitencias, vistiéndose de cilicio riguroso con que domaba la carne y conmutando la ordinaria abstinencia en un casi perpetuo ayuno. En todo el primer año del noviciado no se acostó en su tarima por esperar vigilante los embates del maligno. Así pasaba la noche y continuaba el día en oración eterna.

Sor Carmen reveló que varias veces se le aparecieron tres demonios ferocísimos. El más temible de todos venía en figura humana, la de un mancebo hermoso vestido todo de verde, el cual la provocaba a cosas deshonestas. Este espíritu infernal, que es el de la concupiscencia y siempre como cerdo está hozando la porquería, tenía por oficio y ocupación continua excitar en el cuerpo y en el alma de esta santa unas abrasantes llamas. Unas veces con halagos la solicitaba, otras veces con temores la acometía, ya cariñoso le mostraba agrado y ya furioso le causaba horror. La lucha era continua, de día y de noche, con aspectos visibles en su imaginación y en sus ojos; se le representaba desnudamente lascivo, haciendo delante de ella torpísimas acciones. Hablaba muchas veces palabras abominables, convidándola a hacer pacto con él. Permitió el Señor que le afligiese este demonio casi por toda la vida, sin que le diese alivio ni le permitiese un instante de tregua. A mayor resistencia, aplicaba el enemigo mayor combate, atizando en el apetito de la monja aquel fuego que nace con nosotros y está metido en nuestras mismas venas y que, consumiendo los cuerpos, suele quemar las almas. Aquél acudía con violencia para derribar su inocencia, mientras la monja procuraba la gracia para resistir la furia. La del demonio era tanta que la hacía caer. Cuando la tenía en el suelo, se embravecía contra ella aquel cruel tirano y deshonesto verdugo, causándole tormentos corporales y penas espirituales con las horrendas luchas que provocaba. Feroz, impaciente, salvaje, ocasionábale desmayos, oscuridades, tristezas. Pero la esposa de Cristo, más firme que una roca, resistía las olas de la furiosa tormenta. Fueron estos acometimientos tan rigurosos y sensibles que daban con ella en tierra, dejándola como muerta. A veces temblaba sin control y golpeaba el suelo con los puños; cuando sus hermanas monjas querían auxiliarla, les era imposible entre varias poderla contener, pues en tales momentos tenía una fuerza descomunal. Esos indecibles tormentos la hacían padecer unos sudores copiosísimos, y de tan mal olor que inficionaban el aire del convento.

No obstante el sacrificio que sor Carmen había realizado esas primeras horas del día de su cumpleaños, celebrándolo con vehemencia mística y dando gracias a Dios, avanzada la madrugada volvió a sufrir las agresiones de Satanás.

(Ya no, ya no, ya no quiero, ya no quiero más... Ya déjame...
Ya no me toques. ¡Aléjate! Te lo ruego... Dios mío, ¡ayúdame!
¡Quítamelo!)

Sor Carmen salía airosa de los embates diabólicos, y de seguro
cada vez más purificada. Con mucha claridad lo veía en esos
días el padre jesuita Miguel Godínez, cuando aseguraba: "Así
pasa en las almas que son preciosas piedras, pues con la violencia de los golpes reciben quilates finos, y tal vez con la mano
del demonio saca Dios el resplandor que en ellas deposita".

Catedral de Puebla, 1617

Los accesos cada vez más frecuentes e intensos que sufría sor
Carmen, las visiones que la acosaban y los hedores que des-
pedía rebasaron su propia resistencia y la de sus hermanas religiosas, e hicieron que la superiora de su convento decidiera
consultar al obispo de Puebla acerca del camino a seguir. Tantos aparecidos no podían sino indicar que estaba posesa, que
era víctima del réprobo tentador y que él la forzaba a entrar en
su reino tenebroso. Como era insólito que sor Gregoria saliera
de su clausura para venir a la catedral y pedir hablar de urgencia con el prelado de la diócesis, éste, intrigado, la recibió casi
de inmediato. Cuando entró a su despacho, vio que no venía
sola; era acompañada por otra monja, sor Eleuteria. La superiora del convento del Carmen jamás estaría a solas con ningún hombre, aunque fuera el mismísimo obispo. ¡Ni lo mande
Nuestro Señor!, previó ella con prudencia.

—Bienvenidas a la casa de Dios, madre Gregoria. ¿En qué
les podemos servir a ustedes? Sé que tiene algún apuro. Dígame. Estoy a sus órdenes.

Las dos religiosas —con media genuflexión— besaron el
anillo pastoral que ostentaba la mano del obispo, y luego tomaron asiento en las sillas que señaló éste con la palma abierta.

—Muchas gracias, señor obispo. Nunca lo molestaríamos,
así, de repente, si no fuera ya una emergencia lo que nos mueve

a quitarle su tiempo. Verá usted, es un asunto muy delicado. Se trata de sor Carmen de la Purificación, ¿la recuerda? Es la hija de don Epigmenio de Bandala, quien fuera contador mayor de Hacienda del señor virrey Moya de Contreras. Ella se llamó en el siglo Marcelina de Bandala, y hace más de treinta años que es nuestra hermana. Siempre ha padecido con espantos y fantasmas, con frecuencia pide la asistencia de algún sacerdote para confesarse, pero a últimas fechas, señor obispo, el demonio la ataca cada vez con más furia. ¡Ya no podemos más! ¡Necesitamos que nos ayude, Su Ilustrísima!

Y aquí la madre Gregoria empezó a relatar los más graves sucesos padecidos por sor Carmen. El obispo la escuchó con atención, pero no parecía estar muy impresionado. Se diría que estaba habituado a semejantes problemas.

—A ver, a ver, madre. Cierto es que también el diablo forma parte del divino plan de la creación, pero es muy fácil confundirse. ¿Con sor Carmen estamos ante una verdadera posesión diabólica o ante una enfermedad mental? No es lo mismo la locura, un fenómeno natural, que la posesión por el príncipe infernal, que sale del terreno de la natura y por tanto ya sería algo de nuestra incumbencia. De seguro usted recuerda —dijo el obispo convencido de que la monja no tenía ni la menor idea de qué le hablaba— que apenas en 1583, en los decretos del Sínodo de Reims, se advierte sobre el peligro de esa confusión. Para que pueda pensarse realmente en posesión diabólica se debe presentar alguno o varios de ciertos síntomas. En sus accesos, ¿habla la madre Carmen algún idioma desconocido? ¿Se ha descubierto que conozca el paradero de cosas ocultas o perdidas? ¿Acaso cobra una fuerza sobrehumana?

El prelado apenas pudo concluir la frase, pues sor Gregoria se precipitó a contestarle:

—¡Sí, señor obispo! ¡Sí! ¡Lo de la fuerza sí lo tiene! De otras lenguas y de saber de cosas ocultas, no hemos percibido nada, pero cuando tiene esos ataques, ni entre varias hermanas, las más fuertes, pueden controlarla. ¡El demonio señorea en su celda! ¿Por qué Dios lo permitirá?

—Dios permite el mal para conseguir el bien, madre Gregoria. El diablo también es criatura de Dios y tiene un poder real que el Señor le otorga. Recuerde usted que Cristo se refiere a él como "jefe del mundo"; vuelva a leer el Evangelio de San Juan. Y San Pablo le dice "dios del mundo", y Juan asegura que "el mundo entero está en poder del malo". Dios no reniega de sus criaturas y por ello deja que Satanás y los demás ángeles rebeldes mantengan su influencia, aunque estén alejados de Él. Pero no adelantemos vísperas, madre. Primero tenemos que estar seguros de qué se trata. Los obispos estamos autorizados para exorcizar endemoniados, pero también podemos delegar esta responsabilidad. En este caso no necesitamos a un demonólogo, estudioso más bien de la teoría; lo que hace falta es un exorcista, alguien con práctica. Yo ya sé quién. Mandaré llamar al padre Silverio, experto en estos penosos menesteres. Él vive en la ciudad de México, y en pocos días lo tendremos aquí. Mientras tanto, madre, tenga presente que el mejor antídoto contra el diablo es la Santísima Virgen María, elemento paralelo de la Trinidad divina. A ella debemos encomendarnos en estos casos. Recuerde que desde el mismo Génesis, Dios le dijo al diablo en cuerpo de serpiente: "Pongo hostilidad entre tú y la mujer, entre tu linaje y el suyo". Y en el Apocalipsis se enfrenta la divina Mujer Encinta con el diablo en cuerpo de dragón. Tengamos mucha fe, sor Gregoria, Jesús no sólo liberó a poseídos por el demonio, también nos facultó para ello a sus pastores de hombres. Así pues, madre, es cosa de esperar pocos días. Hoy mismo enviaré a un mensajero por el padre Silverio.

—Disculpe, Su Ilustrísima, mientras llega el padre ¿nos puede recomendar algunos exorcismos para ir adelantando a favor de nuestra hermana Carmen?

—¡Madre! Los exorcismos sólo puede aplicarlos un exorcista autorizado por un obispo. No la culpo en su ignorancia, pues apenas hace tres años, en 1614, fueron escritas las veintiuna normas del *Ritual de los exorcismos*.

El obispo de Puebla dio un respiro y continuó:

—Los exorcismos son un sacramental particular instituido por la Iglesia. Con lo que sí pueden ayudar usted y sus hermanas es rezando estas plegarias de liberación que le voy a entregar. Entre tanto, y con su anuencia, mañana mismo diré misa de seis en la capilla de su convento.

—Estaremos muy honradas de tenerlo en nuestra casa, que es la suya, señor obispo.

Éste hurgó en su cajón, encontró lo que buscaba y entregó a la superiora unas hojas sueltas. Levantándose de su asiento, dio por terminada la entrevista.

Las dos monjas se retiraron y el obispo no pudo menos que pensar en el curioso papel que desempeñaba sor Eleuteria al acompañar a la madre Gregoria, pues jamás abrió la boca. Una imperceptible sonrisa cruzó por la de él.

Convento del Carmen, Puebla, 1617

El mismo día de la reunión con el obispo fue iniciado un rezo ininterrumpido en el convento del Carmen. En el oratorio, ante el altar que presidía la *sala de profundis*, se turnaban unas monjas tras otras para nunca suspender sus plegarias de liberación. Con ellas avanzarían en la sanación de sor Carmen de la Purificación. Así había dado comienzo la prelada:

—Dios Nuestro Señor, ¡oh soberano de los siglos!, omnipotente y todopoderoso, tú que lo has hecho todo y que lo transformas todo con tu sola voluntad, tú que eres doctor y médico de nuestras almas, tú que eres la salvación de aquellos que se dirigen a ti, te pedimos y te invocamos, haz vana, expulsa y pon en fuga toda potencia diabólica, toda presencia y maquinación satánica, toda influencia maligna sobre tu sierva sor Carmen. Tú, Señor, que amas a los hombres, extiende tus manos poderosas y tus brazos altísimos y potentes y venla a socorrer mandando sobre ella al ángel de la paz, fuerte y protector del alma y del cuerpo, que mantendrá alejada y expulsará a cualquier fuerza malvada.

Continuaron, a manera de coro, otras hermanas carmelitas:

Alma de Cristo, santifícame.

Cuerpo de Cristo, sálvame.

Sangre de Cristo, embriágame.

Agua del costado de Cristo, lávame.

Pasión de Cristo, consuélame.

Oh, buen Jesús, escúchame.

Escóndeme entre tus llagas.

Defiéndeme del enemigo maligno.

—¡Oh, Dios!, expulsa de sor Carmen todas las fuerzas del mal, aniquílalas, destrúyelas, para que pueda estar bien y hacer el bien. Expulsa de ella la infestación diabólica, la posesión diabólica y la obsesión diabólica; todo lo que es mal, la enfermedad física, mental, moral y espiritual. Quema todos estos males en el infierno para que nunca más la toquen.

—Que con la fuerza de Dios omnipotente, en nombre de Jesucristo Salvador, por intercesión de la Virgen inmaculada, todos los espíritus inmundos, todas las presencias que la molestan, la abandonen inmediatamente y se vayan al infierno eterno, encadenados por San Miguel Arcángel, por San Gabriel, por San Rafael, por nuestros ángeles custodios, aplastados bajo el talón de la Virgen Santísima.

—Oh, Señor, tú eres grande, tú eres Dios, tú eres nuestro Padre. Nosotras te rogamos que nuestra hermana sea liberada del maligno que la ha esclavizado. Oh, Señor, que dijiste "la paz os dejo, mi paz os doy", concédenos ser libradas de toda maldición y gozar siempre de tu paz. Por Cristo Nuestro Señor. Amén.

Muchas de las monjas no durmieron durante toda la noche, rezando las plegarias que ayudarían a sor Carmen. Así les dieron las seis de la mañana, hora en que, puntual, llegó el obispo acompañado de un párroco que lo asistiría en la misa. La iglesia del convento parecía casi vacía. El obispo ofició en aquella nave sin tener a la vista a ninguna monja; a esa temprana hora, sólo unas pocas personas del pueblo ocupaban las bancas. Sin embargo, todas las religiosas escucharon la misa, pues se hallaban hincadas tras de una larga celosía para ver sin ser vistas. El obispo lo sabía. Para iniciar la liturgia de la Palabra, la primera lectura de la Biblia fue hecha por el propio obispo:

—Libro de Job: "Un día fueron los ángeles y se presentaron al Señor; entre ellos llegó también Satanás. El Señor le preguntó: '¿De dónde vienes?' Él respondió: 'De dar vueltas por la Tierra'. El Señor le dijo: '¿Te has fijado en mi siervo Job? En la Tierra no hay otro como él: es un hombre justo y honrado, religioso y apartado del mal'. Satanás le respondió: '¿Y crees tú que su religión es desinteresada? ¡Si tú mismo lo has cercado y protegido, a él, a su hogar y a todo lo suyo! Has bendecido sus trabajos, y sus rebaños se ensanchan por el país. Pero tócalo, daña sus posesiones, y te apuesto que te maldecirá en tu cara'. El Señor le dijo: 'Haz lo que quieras con sus cosas, pero a él no lo toques'. Y Satanás se marchó".

El Salmo responsorial seleccionado por el obispo fue el 91:

—"Tú que habitas al amparo del Altísimo, que vives a la sombra del Todopoderoso, di al Señor: 'Refugio mío, alcázar mío, Dios mío, confío en ti'. Él te librará de la red del cazador, de la peste funesta; te cubrirá con sus plumas, bajo sus alas te refugiarás, su brazo es escudo y armadura; no temerás el espanto nocturno ni la flecha que vuela de día, ni la peste que se desliza en las tinieblas…"

Llegado el momento de la segunda lectura de la Biblia, el sacerdote coadyuvante tomó la palabra por indicación del prelado:

—Epístola a los Efesios: "Vosotros estabais muertos por vuestras culpas y pecados, pues tal era antes vuestra conducta, siguiendo al genio de este mundo, siguiendo al jefe que manda en esta zona inferior, al espíritu que ahora actúa eficazmente entre los rebeldes. Poneos las armas que Dios da para resistir a las estratagemas del diablo, porque la lucha nuestra es la del cielo contra las fuerzas espirituales del mal". Epístola a los Colosenses: "Dios nos sacó del dominio de las tinieblas para trasladarnos al reino de su Hijo querido, por quien obtenemos la redención". Primera epístola de San Juan: "Para eso se manifestó el Hijo de Dios, para deshacer las obras del diablo". Epístola de Santiago: "Someteos a Dios, resistid al diablo y os huirá". Primera epístola de San Pedro: "Hacedle frente a vuestro adversario, el diablo, firmes en la fe; Dios en persona os afianzará y robustecerá".

El propio obispo leyó los Evangelios:

—San Mateo: "Y llamando Jesús a sus doce discípulos, les dio autoridad sobre los espíritus inmundos para expulsarlos... 'Echad demonios'". San Marcos: "Jesús designó a doce para que fueran sus compañeros y para enviarlos a predicar con poder de expulsar demonios... 'Echarán demonios en mi nombre'". San Lucas: "Convocó a los doce y les dio poder y autoridad sobre toda clase de demonios".

El obispo estaba realizando la celebración eucarística con un objetivo específico: ayudar a la hermana Carmen de la Purificación. No consideró entonces necesario dar mayores explicaciones con una homilía, y así omitió el sermón. Para concluir el sacrificio de la misa, se arrodilló, imitado por los escasos fieles, por las monjas tras la celosía y por el otro sacerdote, y rezó esta oración:

—San Miguel Arcángel, defiéndenos en la batalla; contra las maldades y las insidias del diablo, sé nuestra ayuda. Te lo rogamos suplicantes: ¡que el Señor lo ordene! Y tú, príncipe de las milicias celestiales, con el poder que te viene de Dios, vuelve a lanzar al infierno a Satanás y a los demás espíritus malignos que vagan por el mundo para perdición de las almas.

CATEDRAL DE PUEBLA, 1617

El padre Silverio acudió presto al llamado del obispo de Puebla. La víspera por la tarde le había entregado su carta el propio que le envió a la ciudad de México. La misiva no daba explicaciones a detalle, sólo decía que era necesaria y urgente su presencia para ayudar en un delicado padecimiento que sufría cierta respetable monja carmelita. Al padre Silverio le quedó claro el mensaje. Ya sabía de qué se trataba, pues en la Nueva España eran escasos los exorcistas y en Puebla no había ninguno. Era la segunda vez que este obispo le pedía tales auxilios para alguna persona; en la anterior ocasión fue muy exitosa su intervención. Claro que el prelado mismo hubiera podido ejercer ese ministerio —como cabeza de la diócesis—, pero le parecía muy sensato al padre Silverio que no lo intentara, pues exorcizar era un trabajo especializado que no admitía improvisaciones. Podía ser peligroso llevarlas a cabo. En cambio, él tenía experiencia en ese sacramental particular. Se había preparado en Roma, y antes de vivir en la capital novohispana había atendido varios casos de endemoniados cuando oficiaba en la iglesia de San Cosme, en Guadalajara. Y luego otros en la ciudad de México.

Por la ventanilla derecha de la diligencia que lo transportó a Puebla, el sacerdote había venido contemplando la alba cabellera de la Mujer Dormida, la Volcana, mítica esposa del Popocatépetl. No obstante el significado de este último nombre náhuatl, ese día no humeaba el volcán. Ambas montañas estaban cubiertas de nieve hasta sus faldas y, por ello, el vehículo transitó sobre un manto blanco. Después de cuatro horas de recorrido y de haber mudado la recua de mulas en Ixtapaluca, aún faltarían cuatro más y otro cambio de acémilas que hicieron en Texmelucan.

¿Cómo sería la monja posesa? O, mejor aún, ¿realmente estaría poseída por el diablo? Porque era muy frecuente equivocarse. Ante ojos profanos en estas materias, un loco podía confundirse fácilmente con un endemoniado. Pero el obispo no era ningún profano en cuestiones del maligno, pues cuando lo llamó la última vez para exorcizar a aquel joven poblano, tuvo muy buen ojo para diagnosticar el problema. ¿Por qué estaría la monja bajo la posesión diabólica? De los cuatro motivos que podían causar ese tipo de trastornos, podían descartarse dos. El primero —un estado grave y recalcitrante de pecado— le parecía altamente improbable; una monja respetable, como el obispo la calificaba, estaba de antemano fuera de toda sospecha en este primer punto. El segundo motivo, la frecuentación de personas o lugares maléficos, tampoco era de esperarse en este caso; una monja que vivía recluida en un convento no tenía muchas oportunidades de que sucediera tal cosa, amén de que ella en particular parecía ser incapaz de hacerlo, de acuerdo con la buena opinión implícita en las palabras del obispo. Haber sido víctima de un maleficio implicaría que otra persona hubiera querido hacerle daño; este tercer motivo no sería coherente con la vida de paz y oración que suelen llevar las religiosas, sin enemigos… excepto que otra monja fuera la que estuviera demente y la odiara sin mayores fundamentos, habiéndole hecho mal de ojo o algún hechizo o lanzado una maldición. Pero tampoco le parecía muy verosímil, aunque no podía descartarse esa posibilidad. Si la monja carmelita realmente estaba endemoniada, sólo quedaba un motivo probable, y era el más plausible: por permisión de Dios. Nada puede ocurrir sin su permiso, y aquí no pareciera haber otra causa más que ésa. Él sabe obtener el bien de primera intención, pero asimismo sabe obtenerlo a partir del mal. Dios nunca quiere el mal, pero en ocasiones lo permite. Deja a veces que Satanás actúe para que florezcan en el hombre elevadas virtudes como la humildad, la paciencia y la mortificación. Muchos santos se encontraron en esa situación. Aunque de seguro tampoco sería éste el caso: no creía que la monja fuera una santa. No parecía haber ningún indicio de ello.

Por otra parte, así como era fácil equivocarse y confundir a un enajenado con un endemoniado, en el otro extremo también llegaba a ocurrir que el escepticismo de muchos les impedía reconocer cuándo era real la presencia del diablo. Incluso había quien dudara de su existencia. ¡Qué atrevimiento!, había pensado el padre Silverio: Satanás no es un artilugio de nuestra santa religión para espantar a los niños mal portados, ¡es una dramática realidad!

En medio de esas reflexiones —y de los desconsiderados saltos que daba la diligencia en los numerosos hoyancos del camino—, habían llegado a San Martín Texmelucan, para la remuda de las bestias. Después de media hora continuaron el trayecto y así llegaron a la ciudad de Puebla. Como una deferencia por ser hombre de sotana, el cochero dejó al padre Silverio justo en la puerta de la catedral y no a varias cuadras de distancia, donde se hallaba la terminal.

—Bienvenido, padre. Muchas gracias por acudir pronto a mis súplicas —le dijo el obispo, levantándose de la silla que ocupaba ante su gran mesa de trabajo. El visitante se arrodilló para besar el anillo que le ofrecía el prelado.

—Me siento muy gratificado al poderle servir, Su Ilustrísima.

—Siéntese, padre. Me urge ponerlo al tanto —y procedió a darle con detalles toda la información que sabía acerca de la hermana Carmen de la Purificación.

—¿Qué le parece, padre? Todo indica que sí son necesarios sus servicios, ¿o no?

—Sí, señor obispo. Opino como usted, aunque, obviamente, antes de decidir nuestro plan de combate debo conocer a la monja. Entonces, allí mismo decidiremos qué hacer. Como usted sabe, puede haber distintos grados de acción del demonio, desde la cotidiana u ordinaria, que es la de tentar a los hombres para que actúen mal, y que desde luego no es la que ahora nos ocupa, hasta las acciones extraordinarias, aquellas que Dios permite solamente en ciertas ocasiones y que sí requieren la intervención de un sacerdote.

—¿Qué propondría usted, padre, ante las acciones extraordinarias?

—Si sólo se tratara de una infestación diabólica, con ruidos de pasos y de puertas, por ejemplo, quizá bastaría incensar la celda de la monja y celebrar algunas misas, pero no parece ser el caso de la hermana. Tampoco se trata de una sujeción o dependencia diabólica, pues para esa modalidad el demonio hubiera debido contar con la deliberada voluntad de sor Carmen, y eso supongo que lo podemos desechar por completo. Así que lo que necesitamos dilucidar es si estamos ante una obsesión diabólica, que sería lo menos grave, o frente a una vejación del diablo —estado más delicado—, o ante una verdadera posesión diabólica. Para este último caso, señor obispo, la única solución serían los exorcismos. Por lo que usted me ha relatado, todo indica que ésa es la situación. Mañana que conozca a sor Carmen y evalúe el problema, con su venia podré decidir y obrar en consecuencia, señor obispo.

CONVENTO DEL CARMEN, PUEBLA, 1617

Muy temprano en la mañana, el padre Silverio fue recibido por sor Gregoria en su austera oficina del convento. Una tosca mesa de madera con tres sillas igualmente rústicas y un armario grande era todo el mobiliario que tenía. Sólo un crucifijo rompía la monotonía de las paredes de piedra. Estaba presente en la entrevista sor Eleuteria, que era como el brazo derecho de la superiora, o mejor aún, su sombra. El padre Silverio empezó diciendo que ya el señor obispo lo había puesto al tanto de todo lo que sabía, y le rogó a la madre Gregoria que le relatara con el mayor detalle posible los pormenores de lo que sucedía a sor Carmen de la Purificación. Que no omitiera nada, pues todo era importante. Varias veces la interrumpió, pidiendo aclaración o puntualización de algunos aspectos, y asimismo con preguntas. ¿En ocasiones aullaba? ¿Se retorcía durante las crisis? ¿Babeaba? ¿Daba de alaridos? ¿Profería blasfemias? ¿Golpeaba a quienes se le acercaban? ¿Rompía en llanto? Dentro de los sufrimientos físicos que padecía, ¿le dolía particularmente la cabeza o la boca del estómago? Como casi todas las respuestas fueron afirmativas —excepto las referidas a blasfemias y golpes—, el exorcista quiso profundizar:

—Madre, cuando sor Carmen se queja de dolores en el alto vientre, ¿no se mueve después el dolor hacia abajo, a los intestinos, a sus partes de mujer?

—¡Virgen María Santísima! ¡Sí, padre! ¡Se queja muchísimo!

—¿Y han escuchado que hable en algún idioma incomprensible, o que diga palabras raras de corrido?

—Eso sí no, padre Silverio. Desvaría mucho de repente, cuando se ve atacada, pero todo lo dice en castellano. Ya el señor obispo me lo había preguntado. Tampoco nos hemos dado cuenta de que encuentre cosas ocultas o perdidas, pero lo que sí nos tiene muy impresionadas es la fuerza que tiene cuando le dan los ataques. Entre varias monjas, de las jóvenes, no pueden controlarla.

—A ver, madre, disculpe, pero quisiera que abundara en unos síntomas. Cuando sor Carmen babea, ¿qué expele?, ¿qué apariencia tiene lo que escupe?

—Ay, padre, ¡qué preguntas! A veces es una saliva muy espesa, como atole, pero espumosa. Un día le salió uno como puré blanco, lleno de grumos; otra vez lo que expulsó por la boca fueron coágulos que parecían de sangre. Pero ¿de veras importan estas suciedades, padre?

—¡Sor Gregoria!, si no importaran no se las estaría preguntando.

—Es que… cada vez que limpiamos a sor Carmen después de uno de sus accesos, ¡de seguro que hemos tocado esos vómitos, o lo que sean!

—No se preocupe, madre, la posesión diabólica no es contagiosa, y todo indica que de eso se trata este problema.

Sor Eleuteria no pronunciaba palabra, pero tampoco hacía falta que lo hiciera para percibir a través de la expresión de su rostro las emociones que iba sintiendo. De la inquietud a la alarma, para después quedar aterrorizada, con los ojos muy abiertos. Las dos monjas se quedaron expectantes, viendo fijamente al exorcista, sin acordarse del recato. Se hizo un silencio que pareció muy largo, aunque en realidad sólo fueron algunos segundos.

El sacerdote no tuvo que reflexionarlo mucho. Bastaron unos instantes sin pronunciar palabra alguna. Se quedó mirando sin parpadear al crucifijo de la pared. Pasó suavemente la punta de los dedos de su mano derecha sobre la mandíbula bien rasurada, como acariciándola. Después volvió a hablar. Les anunció que debía proceder a exorcizar a la endemoniada. No había otro remedio. Ni siquiera necesitó ver previamente a la posesa para estar seguro de su dictamen.

—¡Padre!, jamás hemos presenciado exorcismos. ¿Requerirá usted la ayuda de nosotras?

—Sor Gregoria, todos los cristianos hemos presenciado exorcismos, aunque ya no se acuerde, pues en el sacramento del bautismo se incluyen varios. Al bautizar se deja libre de pecado, y por tanto de la esclavitud de Satanás, al bautizado. Por el bautismo, el hombre participa de la victoria de Cristo sobre el diablo y el pecado. Pasa de aquel estado pecaminoso en el que nace como hijo del primer Adán al estado de gracia y de adopción como hijo de Dios por el segundo Adán, Jesucristo. Así que, aunque ya se le olvidó, usted ha presenciado exorcismos y se ha beneficiado de ellos. Por otra parte, madre, sí, será útil para nuestro trabajo que sor Eleuteria y usted me apoyen con sus oraciones. Deberán estar presentes durante las sesiones que llevemos a cabo. Pero antes permítanme elucidar otras cuestiones. Necesito saber si sor Carmen ha sido víctima de alguna forma de maleficio, es decir, si alguien le ha hecho daño a través de la intervención del demonio.

—Padre, nuestra hermana es un ángel, nadie puede querer hacerle mal, eso se lo aseguro de antemano, y...

—Nadie sano del espíritu, sor Gregoria —la interrumpió el exorcista—. Pero en este mundo hay muchos malos, pues el diablo no está ocioso. Así que mejor ayúdenme a pensar. Usted también, sor Eleuteria, si algo se le ocurre, ahora sí hable. Cualquier dato nos puede ser muy útil. Déjenme explicarles. La primera forma de maleficio es por magia o brujería, frecuentemente asociada con ritos satánicos y misas negras.

—Entonces se trataría de magia negra, ¿verdad, padre? —habló por primera vez sor Eleuteria, alentada por las palabras del cura.

—No, madre, no hay magia blanca y magia negra. Toda la magia es negra, pues la inspira el demonio. Y las Sagradas Es-

crituras son muy claras al respecto. Recuerden el Deuterono-
mio: "No imites las abominaciones de esos pueblos paganos.
No haya entre los tuyos ni vaticinadores, ni astrólogos, ni agoreros, ni hechiceros, ni encantadores, ni espiritistas, ni adivinos,
ni nigromantes. Porque el que practica eso es abominable para
el Señor". Y también el Levítico indica: "No acudáis a nigromantes ni consultéis adivinos. Quedaréis impuros".

—Yo no creo que ese tipo de maleficio sea posible con sor
Carmen —dijo la superiora, sin poder ocultar cierta molestia—.
Desde luego, dentro de este convento es del todo imposible
que puedan tener lugar semejantes prácticas satánicas.

—Pero fuera del convento sí, madre, y los maleficios cru-
zan muros. Piénsenlo, y si algo creen que debiera yo saber, dí-
ganmelo por favor. Continuemos, y nada hay que descartar *a
priori*. Otra forma de maleficio es a través de una maldición,
que podría llegar a ser tremenda si hubiera sido proferida por
alguna persona de parentesco sanguíneo con sor Carmen.

—Prácticamente no recibe visitas —dijo la superiora, ya
con más tranquilidad—. Su familia dejó de venir desde hace
muchos años, pues sor Carmen piensa que su reclusión religiosa debe apartarla del mundo para acercarla a Dios. Y no hace
excepciones. Es muy raro que vengan a verla, si acaso una vez
al año.

—Bueno. Otra manera de maleficio sería el mal de ojo, trans-
mitido precisamente por medio de la mirada. Y la última, quizá la más frecuente, son los hechizos; éstos se llevan a cabo a
través de objetos o brebajes. ¿Han encontrado en la celda de
sor Carmen cualquier cosa sospechosa? ¿Astillas de huesos, polvos negros, bolas de hilos o de cabellos, trozos de madera o de
hierro, hierbas, guijarros, trapos con manchas como de sangre,
muñecos, o algún otro objeto raro o que no tuviera nada que
hacer allí?

Después de unos segundos de silencio, pensativas las monjas, dijo lentamente sor Gregoria:

—No, padre, nada de eso, excepto que nuestra hermana siempre tiene por allí algún pañuelo o lienzo con el que se limpia

ella misma la sangre que derrama en honor a Dios. Ella es muy devota y no pasa noche sin disciplinarse, y más con estos sufrimientos. Pero no se trata de un objeto extraño, al revés, es algo muy propio de ella... y de muchas de nosotras.

—No, madre, no estaba refiriéndome a eso —el padre Silverio pensaba en el frecuente hechizo que utilizaba sangre menstrual, pero no iba a entrar en mayores detalles con las monjas.

De cualquier manera, pidió que se le permitiera visitar la celda de sor Carmen, sin que estuviera ella presente. La superiora llamó a otra monja para que transmitiera sus instrucciones. Poco después subieron los tres al claustro alto. Sor Gregoria abrió la puerta de la celda:

—Adelante, padre —y tras él entraron ellas.

No había mucho que ver. El pequeño cuarto sólo tenía una rudimentaria cama, una silla y una cómoda minúscula. Por lo visto, las habitaciones del convento eran básicamente iguales, pues —al igual que en la oficina de la superiora— solamente había una cruz de madera en la pared. El sacerdote pidió a la monja principal que revisara con cuidado las escasas pertenencias de la madre Carmen, insistiendo en la observación de cualquier objeto extraño. Nada. Por su parte, él mismo examinó la tosca almohada, buscando alguna rotura y palpando con los dedos si contenía algo más que la dura borra. Asimismo inspeccionó la vieja colchoneta, que más parecía un delgado cobertor tieso. Vio que abajo de ella sólo había una tarima de tablas.

—Aunque no hemos hallado alguna evidencia de hechizos, en todo caso debemos proteger a sor Carmen y al convento mismo. Le ruego, sor Gregoria, me consiga un poco de agua, otro de aceite de oliva y una pizca de sal. Y, si le parece, pasamos a la iglesia.

La superiora llamó a otra monja y le hizo el encargo, pidiéndole que obtuviera todo en la cocina, y ella, la hermana Eleuteria y el padre bajaron al templo. Ese día no estaba abierto al pueblo, así que esperaron a solas el regreso de la monja. Cuando recibió lo pedido, el padre subió frente al altar y puso sobre la mesa los tres elementos. Se colocó la estola y procedió a exorcizarlos. En la plegaria que pronunció para el agua pidió el perdón de nuestros pecados y la protección divina contra las insidias del demonio a fin de ahuyentar los poderes de éste y defender a las personas, casas y objetos de toda influencia inmunda causada por el pestilente Satanás. Así concluyó:

—Te exorcizo, oh criatura del agua, en nombre de Dios Padre omnipotente, en el nombre de Jesucristo su hijo Nuestro Señor, y con el poder del Espíritu Santo, para que seas agua exorcizada a fin de ahuyentar toda fuerza del enemigo y para que puedas erradicarlo y arrancarlo con sus ángeles apóstatas por virtud del mismo Jesucristo Nuestro Señor, que ha de venir a juzgar a los vivos y a los muertos. Que así sea. Amén.

Para el aceite oró a Dios con el fin de que pusiera en fuga a demonios y fantasmas, y para liberar a los cuerpos de esas impurezas, y dio término a su plegaria de esta manera:

—Te exorcizo, criatura del aceite, por Dios Padre omnipotente que hizo el cielo y la tierra, el mar y todo lo que allí existe. Que se aleje de este aceite toda fuerza del adversario, toda acción diabólica y toda incursión de Satanás, para que dé a todos los que lo usen salud mental y corporal, en el nombre de Dios Padre, de Jesucristo su hijo y del Espíritu Santo. Amén.

La sal protegería los lugares contra las presencias maléficas, y así le habló:

—Te exorcizo, criatura de la sal, por Dios vivo, por Dios verdadero, por Dios santo, por Dios que ordenó por medio del profeta Eliseo que fueses puesta en el agua para sanar su esterilidad; para que te conviertas como sal exorcizada en salud para los creyentes, para que seas salud de alma y cuerpo para todos aquellos que te consuman; para que huya y se aparte del lugar donde seas puesta, toda maldad, toda acción del demonio, todo espíritu inmundo, conjurado por este Señor que ha de venir a juzgar al siglo presente por medio del fuego. Amén.

Armado con esos tres recursos exorcizados y auxiliado por las dos religiosas —ciertamente impresionadas—, el padre volvió a la celda de la hermana Carmen de la Purificación y bendijo sus ropas, los muebles, las paredes y el piso, salpicando gotas de agua, ungiendo aceite en los objetos y depositando aquí y allá granitos de sal; luego recorrió los pasillos del convento haciendo lo propio, todo ello con plegarias en latín que escapaban de la comprensión de sus acompañantes. Concluida esa primera etapa —indispensable, según explicó el padre—, continuarían al día siguiente, muy temprano, ya para trabajar sobre Carmen, la monja, en su propia celda.

La madre superiora no pudo dormir, y estaba segura de que casi nadie más en esa casa de Dios lo había hecho. Sor Carmen había tenido otra vez una de esas feroces acometidas, y sus gritos y lamentos cruzaban las paredes de su celda. Tuvieron que asistirla, ya de madrugada. Estaba muy golpeada y el piso regado con abundante sangre salpicada. Una cosa era querer agradar al Redentor, emulando sus sufrimientos, y otra era atentar contra la propia vida. El demonio la estaba induciendo, u orillando, al suicidio.

Repicaron las campanas de la catedral de Puebla, no lejos de allí, y supo sor Gregoria que eran las seis de la mañana. En cualquier momento llegaría el padre Silverio.

—Buenos días, padre. Ya lo estábamos esperando. Muchas gracias por estar aquí. ¡Bendito sea Dios!

—Buenos días, madre, y no me dé las gracias. Estoy sirviendo al Señor. Y ésta es mi obligación.

—Padre… las plegarias y todo el trabajo que hizo ayer, pareciera que enfurecieron más a las fuerzas del mal. Sor Carmen pasó una de las peores noches que recordamos —y le contó los pormenores.

—Ciertamente, sor Gregoria, todo indica que pusimos el dedo en la llaga. Es algo favorable para nuestro quehacer, pues uno de los principales problemas que tenemos los exorcistas es el diagnóstico, como ya se lo había dicho. Estar seguros de que se trata de una posesión diabólica y no de una mera enfermedad mental. Ahora estoy aún más convencido de que vamos por el buen camino y de que debemos oficiar el rito del exorcismo. Vayamos a la celda de sor Carmen.

Se sentía mucho frío, más que en el resto del convento. La monja enferma estaba exhausta. Parecía desvanecida, a no ser porque musitaba algunas palabras sin sentido, entre monosílabos y quejidos. Además de sor Carmen, postrada en su humilde camastro, sólo estaban presentes las hermanas Gregoria y Eleuteria y el propio padre oficiante.

Se acercó éste a la monja y con suavidad le levantó un párpado, observando el ojo con cuidado. Luego el otro. Era importante precisar la posición de las pupilas, pues reflejaban la especie de demonios a la que se enfrentarían, de acuerdo con la clasificación que el propio Apocalipsis señalaba en su capítulo noveno. La visión de San Juan era confiable. Si estaban como mirando hacia arriba se trataba de escorpiones encabezados por Lucifer; y por el contrario, si se hallaban hacia abajo eran serpientes, y en este caso el propio Satanás (también llamado Belcebú) las presidía; su jerarquía superior a la del anterior presentaba mayores dificultades para el buen desenlace del exorcismo. La monja, en medio de su sopor y con los ojos entrecerrados, parecía verse los pies. Mal indicio. Había que comenzar desde luego la celebración litúrgica.

El padre dispuso una imagen de la bienaventurada Virgen María sobre la pequeña cómoda de la celda. Tomó la estola con las dos manos y pasándolas hacia atrás, a los lados de la cabeza, se la colocó en la nuca, dejando colgar los extremos hacia el frente. Sin perder un solo detalle, las dos hermanas se hincaron y se santiguaron.

Él se paró a un lado del lecho y depositó sobre el seno de la monja un crucifijo, un rosario, una imagen bendecida de San Miguel Árcangel y un relicario que contenía una pequeñísima astilla, como pedacito de palillo, de la santa cruz de Jesús. Eso le había asegurado el cardenal Portocelli cuando se lo regaló en Roma, al concluir su doctorado en teología enfocado hacia el exorcismo. Semejante reliquia es de la mayor eficacia, pues precisamente con la cruz fue derrotado por Jesucristo el reino de Satanás. Después esparció agua bendita y sal exorcizadas sobre el cuerpo recostado. En seguida puso un extremo de la estola sobre el cuello de la monja, diciendo *"Ecce crucem Domini"*. Mantuvo sus manos sobre la cabeza de sor Carmen, apoyando suavemente sobre sus ojos la punta de dos dedos.

Inició el padre Silverio el sacramental con varias letanías para pedir la misericordia de Dios, con la intercesión de todos los santos. Después leyó varios salmos que imploraban la protección del Altísimo y alababan la victoria de Cristo sobre el maligno. A continuación siguió con largas oraciones, en latín, para luego continuar con tres exorcismos que había escrito el teólogo inglés Alcuino hacía ocho siglos, los que apenas en 1614 habían sido escogidos por la Iglesia para este fin. Siempre en la lengua oficial católica, por decisión propia el padre Silverio agregaba a cada exorcismo alguna invocación mariana, ya que consideraba necesario cubrir esa laguna dejada por Alcuino. Siguió con la proclamación del Evangelio, rezó un credo y un padre nuestro. Mostró ante la cara de sor Carmen el crucifijo que colgaba de su cuello, sobre la sotana, e hizo la señal de la santa cruz. Procedió en seguida a decir una oración de petición a Dios y luego una oración imperativa por la que, en nombre de Cristo, le mandaba claramente al diablo que dejara a la atormentada. Como las monjas no hablaban latín, seguían el sacramental con sus propios rezos, pero sin comprender el contenido de las alocuciones del sacerdote. El rito concluyó con un canto de acción de gracias, otra oración y la bendición. Después ungió con aceite varias partes del cuerpo poseso: las sienes, la frente, el cuello, las muñecas.

Aunque la celda estaba fría, el padre Silverio se encontraba acalorado. Se quitó la estola, la dobló y la guardó en su maletín, junto con los demás objetos que llevó para el ritual. Se limpió el sudor de la frente con la manga de la sotana y se retiró acompañado de las dos monjas. Sor Carmen de la Purificación no parecía haber estado consciente de la celebración del oficio sacramental. La dejaron sumida en una especie de somnolencia.

Aunque nadie receló de la eficacia del procedimiento, nunca pudieron los humanos observar los positivos efectos del exorcismo, pues sor Carmen entró en estado de coma. Una cosa era su alma libre del dominio diabólico, ¡ni dudarlo!, y otra muy distinta el cuerpo agonizante. Su naturaleza, no pudiendo sufrir más, vino a rendirse. Secáronsele las vías de todo el cuerpo, la atacó una fiebre ardiente, se le endureció la sangre en medio de las entrañas y sus pestilentes sudores aumentaron. Se le reventó algún tumor que tenía en el vientre, pues lanzaba podre hedionda y verdinegra por la boca y otras partes, apostemando y llagando la garganta y demás vertederos naturales.

Sor Carmen de la Purificación entregó su alma al Señor nueve días después, por supuesto ya libre de la posesión diabólica. Ello significó otro éxito profesional del padre Silverio dentro de su delicada especialidad, pero bien sabían él mismo y los enterados que sólo de Dios era el triunfo.

Capítulo VI

Espantos y *limpias*

CIUDAD DE MÉXICO, 1620

Jesús estaba de vuelta en la Santa Inquisición. Tres días había durado la primera sesión de interrogatorios, y le habían asegurado los dominicos que esta segunda y última sólo llevaría algunas horas más. Habían quedado afuera, de nueva cuenta, su ahijado y Molcajete. Cuando cruzó el pesado portón de madera por la pequeña puerta que tenía integrada, Churumuco no le quitaba la vista de encima, en tanto que el perro le lanzó un par de ladridos de despedida.

Los mismos inquisidores de la primera ocasión llevaron a cabo las preguntas, mas ahora con la presencia de un capellán, que le fue presentado sin mayor protocolo. Querían que volviera a hablar de los tiempos de su niñez, de las curaciones que había hecho su padre, de las que le había practicado a él. Además de aquella cuando fue picado por el alacrán, ¿qué otras había realizado?, ¿qué enfermedades había padecido que ameritaran el ejercicio de los conocimientos de su padre?

(Jesús tenía los párpados entrecerrados y la vista fija en el techo. Llevaba así más de dos días, sin hablar, tirado sobre el petate que cubría su catre de reatas, en su casa de Ixcateopan. Aunque no era un niño especialmente locuaz, sus padres ya estaban muy preocupados. Tampoco quería comer. El padre, como *ticitl* que era, tenía una mayor propensión a inquietarse cuando el paciente era un familiar cercano, cual suele suceder con muchos médicos.

Primero le hizo la prueba del agua, acercando la cara de su hijo a una palangana para ver su rostro reflejado en el líquido. Como la reflexión no fue nítida, sino turbia, le quedó claro que la contrariedad se debía a una ausencia de hado y fortuna por motivos desconocidos, pero probablemente provocados por alguna persona.

—Me parece que alguien le hizo *ojo de envidia*, pues esa como muerte viva que le vemos es característica de las víctimas del *mal de ojo*. O pudiera ser un espanto, ya que…

—*Espanto* o *pasmo* o *herida de ojo* o lo que quieras —lo interrumpió su esposa con brusquedad, evidentemente nerviosa—, pero ya tienes que hacer algo. Esto para ti no es nuevo.

—Claro que no, pero tratándose de mi hijo prefiero estar seguro. Un remedio inadecuado puede ser tan grave como la enfermedad misma. Además, me sorprende que no lo haya protegido el trozo de asta de venado que lleva colgado al cuello… Quizá debimos haber hecho un esfuerzo mayor para comprar un coral rojo que aumentara su escudo.

El padre de Jesús usaba con preferencia de las antiguas supersticiones —y de algunas pocas, más nuevas, traídas por los españoles— para ayudar a curar, y en la práctica de su profesión no faltaban enemigos que quisieran dañarlo. En este caso a su hijo, y por tanto a su esposa y a él mismo. Colegas celosos —pues él se desempeñaba con éxito y mucho lo buscaban—, pacientes o familiares molestos por curaciones fallidas —que también las llegaba a haber—, curanderos que habían dejado el oficio por temor a la nueva religión cristiana, gente mala sin mayor motivo, o sea enemigos gratuitos, lo cierto es que casi cualquiera podía ser el causante del daño al niño. Por lo pronto, lo importante ya no era conocer la identidad del agresor —aunque eso siempre ayuda—, sino aliviar a su hijo. Ya no era un bebé, tenía trece años.

—El chiquihuite con *ololiuqui* —preguntó a su mujer— ¿sigue alzado en la troje?

—Sí, el canastito está dentro de la olla grande; le puse unos costales vacíos encima para que nadie se asome.

194

Ese preciado tesoro lo había heredado su esposo, y quizá venía de varias generaciones atrás, pues así se transmitía su propiedad, por línea familiar. Se le iban reponiendo las semillas mágicas consumidas conforme se iban utilizando. Nadie tocaba el chiquihuite cuando no había un motivo ritual o médico para ello.

A él no le gustaba llamar al *ololiuqui* como ya se le empezaba a decir: semillas de la Virgen. Eran precisamente los curas quienes perseguían su utilización. Se complacía, en cambio, en llamarlo por su nombre simbólico: *cuetzpalli*, o sea lagarto. No sabía bien a bien por qué, pero las antiguas imágenes que lo representaban eran a veces las de un pene y otras las de un útero. Era evidente, aunque no supiera los motivos, su relación con la fertilidad, con la generación de vida. Quizá por ello era una planta indicada para combatir lo que agredía a la vida. Como el padre de Jesús era un *ticitl* pragmático, y no un maestro teórico, sus reflexiones concluían con esas consideraciones. Jesús permanecía inmóvil, con una quietud que no anunciaba nada bueno. Su padre lo observaba fijamente, con miedo. Se enfrentaba al reto de curar a su hijo. No podía fallar.

Su esposa se dirigió a la troje y, con mucha reverencia, tomó el chiquihuite lleno de semillas. Luego fue al tejabán que les servía de cocina, separado de la casa. Sacó un molcajete, depositó un puñado de las semillas dentro y procedió a molerlas. Después echó esos polvos en un jarro de barro y le agregó suficiente agua. Hizo una mezcla aguada, revolviéndola muy bien. Como ya estaba entrada la noche, sin mayores preámbulos pasó a la casa —que no era más que una grande habitación, con un tapanco—, se colocó al lado del catre de su hijo y bebió casi todo ese atole, de color oscuro, dejando solamente un par de tragos en el jarro. Con la ayuda de su esposa enderezó al niño y le hizo beber lo que restaba. Colocaron un pequeño ídolo de jadeíta y un crucifijo en la pequeña mesa, prendieron sobre ella una vela y pusieron unas piedritas de copal en un plato, sobre brasas encendidas. Se sentaron a esperar los efectos en medio de un grave silencio. Nada debía perturbar la llegada del dios ni interrumpir su mensaje sagrado; por ello las horas propicias para este ritual eran las nocturnas.

Al cabo de una media hora Jesús empezó a emitir muy breves risas, suavemente, desde su lecho, acostado. Lo hacía de manera apacible, como con lentitud. Volvió la cara y vio a su madre. Le dio la mano y se la apretó amorosamente. Su padre empezó a sentir una profunda alegría vital, que le subía del vientre al cerebro.

Movimiento ascendente que no acaba, cascada invertida con flujos de agua, de palabras, de sueños. Franjas de cien colores cubriendo la vista entera de los ojos abiertos. Obviedad en la comprensión de lo incomprensible. Pared meciéndose, con grato ritmo lento. Azoro entre lo que antes tenía sentido y ahora ya no lo tiene. Destellos como cruces. Pérdida de la importancia de todo. Música inexistente, alegre, cadenciosa. Vida aferrada a cuerpos cercanos. Sonidos sólidos, tangibles por las manos de las ideas. Periplo por la esencia de cada cosa. Torrentes cromáticos en rayas. Alma conmovida. Sensaciones vistas, contempladas, fluidas. Felicidad exuberante. Manantial brotante. Armonías ópticas, movimientos cálidos y acogedores. Senderos desconocidos, juegos de voces, brotes de vida, profundos agujeros. Frío éxtasis, agradable y placentero. Arrobo de ver, pasmo de oír. Contemplación hacia adentro. Ojos irradiando rayos centelleantes. Percepción de lo oculto. Planos infinitos, nacimiento de la nada, extravío de sí mismo. Tinieblas coloridas, tintes emergentes. Luces de Bengala como orgasmo. Colores universales. Mar luminoso y apacible.

Finalmente, ya muy tarde, cuando quedaron atrás los efectos alucinógenos del *ololiuqui*, la familia pasó una noche descansada. Cualquiera que hubiera sido la causa del mal de Jesús, todo indicaba que estaba superado. Quedó plácidamente dormido y sus padres se acostaron en el otro catre.)

El capellán Antonio Daza quedó muy impresionado con el relato de Jesús, y no menos los demás inquisidores. La recreación de aquellos lejanos sucesos había sido vívida y los había afectado. Dejaron solo en la habitación al testigo de la causa que investigaban y pasaron a la recámara adjunta. Daza rompió el silencio y sentenció con gravedad:

—Los inquisidores bien sabrán dónde poner sus pies para atropellar la soberbia y descollada idolatría que ha tomado silla en los corazones de estos infelices naturales, inficionados con la peste, a quienes el demonio con su astucia ha sacado del redil de la Iglesia, haciéndolos apostatar.

Los demás convinieron, aunque les pareció un tanto rimbombante la declaración del capellán. Uno de los inquisidores agregó, tratando de ser más práctico:

—Veo muy necesario que las graves acusaciones que pesan sobre la cabeza del indio Miguel Bernardino sean imputadas asimismo a este otro indio, aunque sea un cura. Nunca es tarde para corregir los errores, y todo señala que fue uno, y muy grave, el haberle otorgado a este Jesús los hábitos sacerdotales. Concluida la primera causa, habré de recordar a ustedes el imperativo de abrir esta otra —los otros dominicos asintieron con la cabeza.

Jesús abandonó el edificio de la plaza de Santo Domingo con una desagradable e inquietante sensación, pues rebasaban las anteriores experiencias allí vividas los trozos de su vida infantil desgarrados hoy ante los inquisidores, la violación de su intimidad. Sentía que algún día habría de volver a pisar esos siniestros corredores y sufrir a sus moradores.

Fue un alivio ver la tenue luz del sol del ocaso, ya cercano al sinuoso horizonte de las montañas de Santa Fe, allá donde Vasco de Quiroga fundara hacía no mucho tiempo su primera ciudad-hospital para tratar de llevar a cabo la utopía de Tomás Moro… También fue un alivio ver la alegre presencia de su ahijado y su perro. No se habían movido de allí desde muy temprano en la mañana. Hacia el mediodía, una humilde vendedora de garnachas instalada con su anafre en los portales había llamado a Churumuco para regalarle un par de sus sabrosas tortillas enchiladas, rebosantes de manteca de cerdo; se había compadecido del niño lisiado, aunque él no mendigó el alimento. Por su parte, Molcajete se las había ingeniado, como siempre, para procurarse atractivas sobras de un montón de basura. Ninguno de los dos había pasado sed, pues de la fuente que señorea en medio de la plaza manaba agua fresca proveniente de los manantiales de Chapultepec. Todavía se veía algún aguador llenando su enorme jarrón de barro con el preciado líquido, para cargarlo con un lazo colgado a la espalda; por el frente, ante el vientre, colgaría otro más pequeño que ayudaba a mantener el equilibrio con la pesada carga. Así repartiría el agua a domicilio.

IXCATEOPAN, 1615

Hacía ya un lustro que Brígida se había mudado a Ixcateopan para vivir con Miguel Bernardino. En cuanto murió su tío y él heredó la tienda y la casa adyacente, Brígida llegó un buen día con sus cosas, prácticamente sin consultarlo. Cerró su casa de Teloloapan, y en una recua de cuatro mulas que alquiló cargó con su ropa y otros objetos indispensables. Ya compraría en Ixcateopan un ropero y algo más que le faltara. Desde la muerte de sus padres en aquella epidemia devastadora que asoló a muchos pueblos del sur de México, ella tenía una desahogada posición. Bastante mejor que la de Miguel Bernardino, aunque éste, como pago por sus curaciones, recibía obsequios de alimentos por parte de sus pacientes agradecidos; además, el legado de las propiedades del tío, si bien modestas, lo había colocado en buena situación, pues la tienda no era mal negocio. En realidad, su muerte fue sorpresiva, pues no era un anciano; más bien era todavía un hombre fuerte. Bueno, ya se vio que no tanto. Miguel Bernardino se encontraba visitando a Brígida en Teloloapan cuando llegó un enviado a caballo —cuatro horas se hacían desde Ixcateopan— para avisarle del deceso de su tío. Menos mal que ya tenían dos días de intimidad, había pensado ella, pues él se fue de inmediato.

Brígida misma se sorprendía entonces de la acendrada permanencia de la pasión entre ambos. De eso hacía cinco años, y en aquel tiempo llevaban ya treinta de compartir el lecho de manera ocasional —o más bien periódica—, aunque la mitad de ese lapso la cama hubiera sido el zacate y las hojas del campo; a veces sólo la tierra, que en tales circunstancias parecía mullido colchón. Otras veces sus arrebatos habían sido de pie, con toda la ropa encima. Cuando su naturaleza la limitaba, de cualquier manera complacía a Miguel Bernardino. Le producía un gran deleite satisfacerlo. Sentir su temblor y escuchar sus apagados gemidos. Todo eso conformaba entonces el placer: la incertidumbre de cuándo se verían para hacer el amor, el riesgo de ser encontrados en medio de la milpa o del bosque, el permanente descubrimiento de nuevas formas de amarse. Cuando Brígida quedó sola y dueña de la casa de sus padres, los encuentros con Miguel Bernardino fueron ya, ahora sí, en una cama propiamente dicha, mas ello no disminuyó los goces. Sí cambiaron, no cabía duda, pero unas cosas fueron por otras. La aventura campestre cedió su lugar al desenfreno sin límites que podía darse dentro de una alcoba para ellos dos solos, en la que siempre los acompañaba el fuego, que para ella era un ritual amoroso. Y otros quince años duraron así. ¿Cómo fue posible mantener el ardor tanto tiempo, hasta los cincuenta años de edad de ambos? Brígida sumaba varias explicaciones, empezando por lo que ella sentía. La atraía mucho Miguel Bernardino, alto y atlético, mucho más que los otros de su misma raza indígena. Tampoco sus facciones distinguidas eran comunes entre los indios. Pero lo que más la enardecía era esa combinación de espiritualidad y erotismo que tanta atracción ejercía en ella. La mirada de Miguel Bernardino no sólo era penetrante, sino que siempre parecía estar viendo mucho más allá de lo que percibían los demás, como si él estuviera ante una realidad diferente, o como si sus ojos le permitieran observar aspectos ocultos para la mayoría. Brígida, por su parte, estaba satisfecha con su propia apariencia. La ausencia de la maternidad —que mucho había añorado— le mantenía su cuerpo compacto y, hasta donde ella recordaba o quería recordar, muy parecido al que tenía desde hacía décadas. No obstante, sí, lamentaba no haber tenido hijos. Nunca se había cuidado de tener amores con Miguel Bernardino en sus días de fertilidad, pues justamente pensaba que un hijo los haría casarse. Había deseado el matrimonio como fuera posible, aun con el apoyo de sus padres, que tantas veces le había ofrecido a él. Pero el hijo nunca llegó. Como no conocía a ningún otro hombre —y, hasta donde ella sabía, tampoco Miguel Bernardino había conocido a otra mujer, aunque a Brígida siempre la lastimó como piedra en el zapato la imagen de su prima Juana—, era imposible saber quién era el responsable de esta frustración, de ese embarazo deseado y jamás realizado. Pero no hay mal que por bien no venga. Por eso su vientre se conservaba plano y sus grandes pechos redondos muy firmes y erguidos. De seguro que ella pesaba algo más que cuando tenía veinte años, pero sin duda estaba muy bien proporcionada: se mantenía bien marcada su cintura, sus caderas abundantes, robustos sus muslos, y lo que más le gustaba de sí misma (y con razón pensaba que también a los hombres que la miraban) eran sus desarrollados senos, incitantes porque se brindaban con generosidad, aunque ella no se lo propusiera. Su color bronceado no provenía del sol, sino del origen indígena paterno, y el rostro aún no ostentaba arrugas que deformaran sus hermosas facciones.

Poco después del velorio del tío, regresó Miguel Bernardino a visitarla en Teloloapan. Brígida le propuso irse a vivir con él. Su reacción de sorpresa y desconcierto, sin una respuesta concreta, quiso interpretarla ella como anuencia a su ofrecimiento. No pasaron muchos días antes de que se decidiera a cerrar su casa y mudarse a Ixcateopan.

Hacía ya cinco años de eso. Aunque rechazaba la idea de su mente, no podía evitar pensar que no había sido lo mejor. Cuando menos para su ardiente relación, que cada día más dejaba de serlo. Sus encuentros furtivos, primero, y sus apasionados encierros, después, al parecer habían desaparecido para siempre.

En la búsqueda, mucho más emotiva que racional, de explicaciones a su alejamiento, en la mente de Brígida se aparecía de manera recurrente la prima de Miguel Bernardino, esa india tan hermosa y tan bien conservada como ella misma, que aun casada y viviendo en otro pueblo no dejaba de visitarlos de vez en vez, con todo y el marido. ¡Maldita Juana!, ¡descarada!, ¡como si pudiera ocultar su amor por Miguel Bernardino!

ATENANGO, 1616

Por el mismo rumbo de Taxco, en Atenango, vivía José Macario, primo lejano de Miguel Bernardino. Los padres de ambos habían dejado Mezcala hacía décadas en busca de mejores oportunidades de trabajo, aunque con destino a diferentes poblados de la misma región. José Macario y su esposa Demetria —mucho más joven que él— tenían un solo hijo, un niño que acababa de cumplir ocho años de edad. Nicéforo era su nombre. Sus padres estaban consternados desde hacía ya casi un mes, pues padecía una enfermedad que el médico de Taxco no había podido diagnosticar. Nicéforo se despertaba en cualquier momento de la noche dando gritos de terror, como si viera algo espantoso, y luego rompía en llanto desconsolado. Durante el día, a veces perdía el sentido de repente, por uno o dos minutos, y apenas se distinguían su pulso y su aliento; quedaba casi como muerto. Había dejado de reír por completo; ni siquiera un esbozo de sonrisa asomaba ya a sus labios. El propio niño no daba ninguna explicación de lo que veía, de lo que le ocurría; tampoco él lo entendía.

El doctor de Taxco, el único que consultaron —porque ya no tenían dinero para ver a otro—, sugirió que el niño podría estar *espantado* (o *héctico* o *emaciado*, aclaró, dándose cuenta de inmediato de que en realidad confundía aún más a los abatidos padres). Lo de *espantado* sí les quedó claro. Les preguntó si no habían tenido recientemente alguna muerte en la familia, pues una de las explicaciones pudiera ser que algún alma en pena que estuviera en el purgatorio les pretendiera llamar la atención de esa manera para que rezaran por su salvación eterna. Cuando los deudos no hacen sufragios por sus parientes desaparecidos, éstos suelen tomar ese tipo de venganzas. Pero no, no era el caso, le contestaron.

De haber tenido con qué pagar el viaje y los honorarios, se habrían ido a Cuernavaca para obtener otra opinión médica, pero mejor optaron por llevar a Nicéforo con una curandera del mismo Atenango, mucho más accesible para su pobre bolsillo. El propio doctor taxqueño les había dicho que las enfermedades vulgares, las dolencias de antiguo conocidas, él podría curarlas, pero no así los males insólitos, como a todas luces era el que padecía su hijo. Parecía provocado por una intrusión de algo extraño, o por un castigo superior. Era como una pérdida del alma. En pocas palabras, parecía un maleficio. Por eso llegaron con Teófila, la curandera, una mestiza que de sus dos sangres abrevaba conocimientos y supercherías. Sus más bien remotos y diluidos orígenes españoles le daban un cierto prestigio ante los ingenuos ojos de los indígenas.

Después de interrogar a los padres y de un somero examen al niño, la mujer les informó que le aplicaría un remedio que había aprendido de María la Durana, una hermana de la Tercera Orden de San Francisco (quien al paso del tiempo sería enjuiciada por la Santa Inquisición, lo cual nadie imaginaría entonces). Sentía Teófila que la referencia a una persona de hábito le daba más importancia y provocaría un mayor reconocimiento a su propio trabajo, y no estaba equivocada en esa apreciación.

—¿Qué alimento dulce prefiere el niño? —les preguntó.

—Gorditas con miel de maíz —contestó Demetria, sin dudarlo. El padre asintió con la cabeza.

—Pues ve a hacer una a tu casa y regresen con ella. Aquí los espero a los tres.

No pasó una hora cuando ya estaban de vuelta en la casa de Teófila. Demetria sacó un itacate y lo entregó a la curandera. Ésta los invitó a sentarse en sus modestas sillas de palo, en el único cuarto de su casa; desenvolvió la servilleta de tela bordada con hilos de colores en punto de cruz y encontró tres gordas tortillas de masa de maíz revuelta con miel del mismo cereal, todavía calientes. Tomó una y volvió a envolver las otras dos, apartando el paquete. En un plato hondo de barro despedazó la gordita en pequeños trozos, quedando sus dedos pegajosos por la miel. Echó ahí mismo un poco de agua y la revolvió con los pedazos de tortilla, amasándolos hasta quedar todo integrado. Tomó un poco de esa masa y formó una bolita, que conservó en la mano. Nicéforo la vio acercarse a la silla donde se encontraba sentado. Pronunciando unas palabras incomprensibles que parecieron ser en su lengua indígena, le tomó un puñado de cabellos y en ellos comprimió la bola de masa, dejándola pegada a su cabeza.

—Que el niño no se toque el *papantzin* que le puse. Que no se lo vaya a quitar. Los espero de vuelta mañana en la noche, cuando ya esté oscuro. Necesitan traerme una gallina viva, de color negro cambujo, que esté bien sana.

Los padres obedecieron a Teófila y cuidaron que el emplasto se conservara en su lugar. Al día siguiente, entrada la noche, llegaron a la humilde vivienda de la curandera. Cuando abrió la puerta, lo primero que hizo fue recibir en sus manos la gallina que le entregó Demetria. Tomaron asiento los padres y Nicéforo fue recostado en un catre. Teófila depositó el ave dentro de un canasto y se acercó al niño con unas toscas y filosas tijeras de gran tamaño. Le despegó la masa seca pegada al cuero cabelludo y la dejó colgando de los cabellos a los que estaba integrada; los cortó al ras del cráneo, con todo y la bola de masa adherida, dejando un hueco visible. Limpió los restos de masa con un trapo húmedo y con un carbón dibujó una pequeña línea ondulante sobre la piel de la cabeza pelada.

—Es una culebra —informó.

Luego volvió a tomar la gallina entre sus manos, abarcando las patas para que no las moviera, y empezó a restregarla por todo el cuerpo del niño, desde los pies hasta la cabeza. Pasó así un buen rato, murmurando oraciones. Después se alejó un poco del catre, y bajo el brazo y codo izquierdos apretó el cuerpo del animal contra el suyo, sosteniéndole firmemente el pescuezo con la mano de ese mismo lado; tomó con la otra las tijeras y de un certero corte cayó la cabeza de la gallina al suelo. El ave degollada se retorcía, trataba de patalear y aletear, pero la curandera la mantenía apretada con energía, en tanto que la sangre manaba por el cuello sin cabeza, cayendo al piso de tierra. Teófila se acercó de nuevo al niño y lo salpicó de sangre, no excusando ensuciar sus ropas y el catre. Salió de la casa y se acercó a un hoyo que había excavado poco antes de que llegaran sus visitantes; allí enterró el cuerpo de la gallina, su cabeza y el mechón de cabellos con la plasta de masa pegada. Con los pies descalzos pisoteó el enterramiento, para apretarlo, y entró de vuelta a la choza.

—El *papantzin* y la gallina chuparon el espanto a Nicéforo y la sangre le dará nuevo vigor. Mañana deberá amanecer ya bueno.

Nicéforo no mejoró. La limpia no surtió los efectos deseados. Pasaron varios días y el niño seguía igual. Continuaron sus terrores y llantos nocturnos, sus desvanecimientos y su ausencia de risa. Sus padres estaban desesperados. Por ello acudieron al brujo Tobías, un tlapaneco que hacía décadas vivía en Atenango. La gente no lo consultaba cuando consideraba que su enfermedad era del cuerpo, pero en cambio sí lo hacía cuando pensaba que se trataba de un padecimiento mágico. Tobías y Teófila competían en esos quehaceres de conjurar maleficios y hechizos —y a veces en cometerlos—; ambos habían adoptado algunas usanzas extrañas a estas tierras, pues no sólo utilizaban las viejas enseñanzas indígenas heredadas de sus mayores, sino que también aplicaban, cuando lo creían necesario, conocimientos traídos por los españoles (y con más frecuencia por las españolas, pues predominaban las mujeres en esas artes hispanas de la curación). Los padres de Nicéforo lo llevaron al curandero, muy demacrado el niño por los desvelos. Enterado de los síntomas, Tobías empezó a cuestionar:

—Parece que este niño es víctima de una enfermedad provocada por amores ilícitos o deseos prohibidos, por adulterios o por amancebamiento. Pueden ser delitos de cualquiera de ustedes dos —les dijo a los padres— o de alguna gente muy cercana.

José Macario y Demetria se volvieron a verse, más desconcertados que preocupados, pues ninguno de los dos desconfiaba del otro. Tobías lo percibió y propuso una alternativa conciliatoria:

—También pudiera ser que alguna persona de mal vivir o deshonesta, con algún torcido sentimiento de supuesto amor, a propósito haya rozado a la madre cuando estaba embarazada, o que cuando nació haya estado muy cerca de la criatura, o incluso que el malviviente cargara al niño. Hay maleficios que se hacen para que afloren años después; éste pudiera ser uno de ésos. De cualquier manera, la cura indicada es un baño que ahora mismo voy a preparar.

Tobías no esperó el asentimiento de los padres; lo daba por hecho, pues precisamente lo habían buscado para ponerse en sus manos. Colocó un petate en el suelo de su jacal, que era de tierra como todos los del pueblo. Encima extendió un lienzo blanco. Puso al lado un anafre y en su interior prendió unos leños de encino, intercalando para ese efecto entre ellos unas rajas de ocote. Sobre el anafre acomodó una gran olla de barro que llenó con agua traída del pozo en un balde. Agitó el soplador cerca de la lumbre, para avivarla, y le arrojó unas piedras resinosas de copal, que empezó a despedir un perfumado y penetrante humo. Así esperaron una media hora. Entonces pidió a Demetria que desnudara al niño y lo acostara sobre el lienzo y la estera. Nicéforo estaba a disgusto, pero como el cuarto se hallaba tibio y con poca luz, no protestó. El hechicero se dirigió al fuego y al agua:

—Ven acá, tú, el que tienes los cabellos de neblina, y tú, mi madre, la de las enaguas preciosas, mujer blanca, acudan vosotros, dioses del amor.

Y al momento que así conjuraba, con una jícara en la mano izquierda tomó agua de la olla y con la mano derecha, a manera de cuchara, empezó a mojar al niño y a frotarlo, limpiándole los males. A la par continuó sus invocaciones:

—Dioses nombrados, asístanme, y vosotras, enfermedades de amor, adviertan que he venido yo, el sacerdote, el príncipe de encantos, a liberar a este niño; no se levanten ni embistan contra mí, yo en persona soy el que lo manda. Bañemos y purifiquemos aquí a nuestro recomendado, que hemos de echar fuera esta enfermedad de amores, luego al punto.

Con el lienzo, Tobías empezó a secar a Nicéforo y levantó la vista hacia el techo —como si fuera el cielo— y habló a la Vía Láctea, por ese nombre y por el de Camino de Santiago, encomendándole al enfermo bajo su protección y amparo:

—Madre mía, la de la saya estrellada, tú hiciste a este niño, tú le diste vida, ¿cómo ahora tú estás en contra de él?, ¿cómo te le has vuelto así? Cierto es que tú le hiciste la vida, cierto es que en tus manos recibió el ser, cierto es que ahora tú habrás de curarlo.

Procedió en seguida a hacerle viento al niño con su tilma, como sacudiéndole el polvo, dándole buenos y saludables aires para librarlo de los inficionados en que estaba envuelto. Eso era lo que esperaba Tobías, y por supuesto los padres de Nicéforo, pero no sucedió así.

El niño empeoró. Con mayor frecuencia perdía el conocimiento durante algunos minutos, en el día, y durante la noche continuaron sus sobresaltos, terrores y lloros. Jamás reía.

José Macario y Demetria decidieron entonces llevar a su hijo a Ixcateopan, para que Miguel Bernardino lo atendiera. Aunque no frecuentaban a su primo por vivir en diferentes pueblos, sabían que había ganado buena fama como *ticitl* por sus atinadas curaciones. No lo habían consultado antes porque tenían cierto temor de sus procedimientos terapéuticos, ya que trascendía que sus tratamientos eran con frecuencia a base de peligrosas medicinas. Pero eso ya no importaba, se trataba de salvar a Nicéforo a como diera lugar. Le llevaron al niño para que lo limpiara.

Las golpizas que hasta ese momento había sufrido Miguel Bernardino en los sótanos de la Santa Inquisición a manos y pies de sus carceleros no fueron nada junto a las torturas que se le empezaron a infligir, aunque todavía sin utilizar las sofisticadas maquinarias que para ello tenían. Con otros reos, en tales casos primero sólo eran los gruesos muros del edificio de la plaza de Santo Domingo los que impedían que los alaridos llegaran hasta los oídos de los transeúntes; después, la fuerza de los gritos desesperados hacía que los amordazaran sus verdugos. Pero Miguel Bernardino con gran estoicismo aguantó los intensos dolores, aunque traspasado cierto límite de resistencia su naturaleza lo obligó a emitir apagados quejidos. Los inquisidores ya habían abandonado su hipócrita actitud anterior que trataba de parecer protectora hacia el acusado, como si ellos no hubieran tenido nada que ver con los brutales golpes y tormentos que le dieron los custodios de los calabozos durante los días pasados. Ahora ya asumían su más crudo y verdadero papel, sin ningún miramiento ni rodeos. Sangrante de varias partes del cuerpo, sobre todo de un oído, sin poder abrir un ojo por la hinchazón provocada por una patada, con cuatro dedos de la mano derecha fracturados (lentamente, de uno en uno, sin prisas ni violencia), encorvado por los dolores internos, Miguel Bernardino fue obligado a sentarse, rodeado por sus interrogadores, y lo hizo arrostrándolos, apacible, sin retos. No podría ya percibir lo que sucedía a su alrededor y ni en su cuerpo. Estaba ausente, perdido en las profundidades del dolor físico y mental. Habían lastimado su cuerpo y su mente, veía todo de manera borrosa, las siluetas de sus verdugos deformes, como sombras que se alargaban en una pared. Sabían que usaba, desde hacía años, plantas embriagantes para las supuestas curaciones que llevaba a cabo.

—¡Tenemos testigos, no te atrevas a mentir!

Esperaban que lo dijera todo, sin omitir detalles, pues de lo contrario volverían a dejarlo en manos de los carceleros.

—¡Ya sabes que con ellos no se juega! Si quieres, posponemos un día esta sesión de preguntas para que lo compruebes una vez más en carne propia. Más aún, no nos hagas ni preguntarte. Suéltate hablando, afloja la lengua —ordenó irritado un inquisidor.

Miguel Bernardino los sacaba de quicio. ¡Cómo podía mantenerse no sólo en calma, sino hasta digno en medio de ese deterioro de su cuerpo lastimado! ¡Y esa mirada!… Parecía que les escudriñaba el alma, los pensamientos, las entrañas. Eran esos ojos muy profundos pero a la vez dulces lo que más los enojaba. ¡Que llore, que suplique, que maldiga, que odie!, pero que no los vea de esa manera apacible, como si estuviera en un lecho de rosas en lugar de los sótanos de la Inquisición. Sin prisas, como platicando, Miguel Bernardino comenzó a hablar.

(Miguel Bernardino había adquirido gran experiencia en la curación con plantas mágicas. Evitaba trabajar con el toloache o floripondio, pues había tenido, hace mucho, una paciente que enloqueció con esa planta y se aventó a un barranco, perdiendo la vida. Esos riesgos bien se reflejaban en los otros nombres que recibía: *hierba del diablo* o *hierba de los demonios*, aunque también le decían *manzana espinosa*. Era sorprendente que muchas familias tuvieran floripondios en sus patios, inundando el ambiente con su agradable aunque penetrante olor, y cuando algún niño de brazos no paraba de llorar, lo ponían con su cunita bajo las ramas del toloache y muy rápido se tranquilizaba y conciliaba el sueño.

De los hongos *teonanácatl* —"carne o alimento de los dioses"— Miguel Bernardino sólo había oído hablar, pero no los conocía. Un *ticitl* de Ixcateopan —el que más conocimientos le había enseñado, después de su propio padre— había vivido con los mazatecos, en el pueblo oaxaqueño de Huautla, y le decía que sus efectos alucinógenos eran parecidos a los del peyote. Las variedades más usuales de hongos eran los llamados *derrumbes*, *pajaritos* y *de San Juan*. Y también los había en los bosques de las faldas del Popocatépetl, por Tetela del Volcán y Hueyapan, durante la temporada de las lluvias.

Una indígena mazateca llamada María Sábila —le contó el *ticitl* a Miguel Bernardino—, pronunciaba, en su idioma autóctono, estas letanías que inmemorialmente se utilizaban para oficiar la ceremonia de los hongos en esa región de Oaxaca:

Soy una mujer espíritu.
Soy Jesucristo.
Soy San Pedro.
Soy un santo.
Soy una santa.
Soy una mujer de aire.
Soy una mujer de luz.
Soy una mujer pájaro.
Soy la mujer Jesús.
Soy el corazón de Cristo.
Soy el corazón de la Virgen.
Soy el corazón de Nuestro Padre.
Soy la mujer creadora.
Soy la mujer luna.
Soy la mujer estrella.
Soy la mujer cielo.
Soy la mujer que llora.
Soy la mujer que grita.
Soy la mujer que da leche.
Soy la mujer que da vida.
Soy la mujer que flota sobre las aguas.
Soy la mujer que vuela por los aires.

Con su amigo Jesús, Miguel Bernardino había podido conocer las referencias de varios historiadores sobre el tema de los hongos, que tanto le interesaba. Palabras más o menos, se acordaba de ellas, aunque ninguna le estimulaba la intención de conseguirlos y probarlos. El nombre de fray Diego Durán lo recordaba bien, pues tenía muy presente que Jesús había conocido su manuscrito por el párroco Antolín; Durán escribió que "los indios salían todos de juicio y quedaban peor que si hubieran bebido mucho vino; tan embriagados y fuera de sentido, que muchos se mataban con su propia mano y, con la fuerza de aquellos hongos, veían visiones y tenían revelaciones de lo porvenir, hablándoles el demonio en aquella embriaguez". También al "fraile pobre" lo tenía muy presente, pues el sobrenombre de Motolinía era ná-huatl; él decía que los indígenas comían los hongos con miel, por ser muy amargos; que veían visiones, en especial culebras, "y como salían fuera de todo sentido, parecíales que las piernas y el cuerpo tenían llenos de gusanos que los comían vivos, y así, me-dio rabiando, se salían fuera de casa, deseando que alguno los matase; y con esta bestial embriaguez y trabajo que sentían, acon-tecía alguna vez ahorcarse, y también eran contra los otros más crueles". Las noticias de Francisco Hernández las recordaba bien, aunque no el nombre de ese botánico del rey; no eran ellas más alentadoras: los indios que comían hongos "eran acometidos por tanta rabia, que pedían ser degollados por alguno o colgarse ellos mismos de una cuerda o atravesarse con una espada; ardían en sed insaciable y andaban excitados por ferocísima locura". Lo que escribió el padre Sahagún acerca de los hongos le parecía más cercano al peyote: "Emborrachan y hacen ver visiones y aun provocan la lujuria".

En definitiva, lo que Miguel Bernardino prefería para sus cu-raciones —llegado el caso de necesidad— eran el *ololiuqui* o el peyote. Esas semillas de la virgen o el cactus que llegaba de los desiertos del norte le habían proporcionado resultados muy sa-tisfactorios. Casi siempre.

Cuando tocaron a su puerta en Ixcateopan, no estaba en casa. Brígida abrió y se sorprendió al ver a José Macario, Demetria y Nicéforo, pues no conocía a estos familiares, pero habiéndo-se presentado ellos mismos, los hizo pasar. Poco después llegó Miguel Bernardino. Su sorpresa no fue menor, pues tenía mu-chos años de no ver a su primo José Macario, aunque siempre se habían guardado afecto, ya que de niños fueron muy cercanos amigos allá en Mezcala. Después de ofrecerles un café de olla endulzado con piloncillo, que aceptaron con más compromiso que gusto, por la inquietud que los acongojaba, procedieron a explicar el motivo de su visita: el mal que padecía Nicéforo —sus soponcios, sus pánicos, sus desconsuelos y la risa perdida— y los intentos de curación infructuosos que se le habían practicado. Miguel Bernardino ya había notado en ese rato que el niño no estaba bien, y se mostró preocupado, ya que después de los tratamientos que habían intentado Teófila y Tobías era claro que acudían a él para tratar de sanar al niño con métodos más enérgicos. No le gustaba usar *ololiuqui* o peyote más que en los casos en que pareciera estrictamente necesario. Menos aún lo complacía que se tratara de un niño de sólo ocho años de edad. Los riesgos eran mayores y asimismo su responsabilidad. Pero no la eludiría; su padre le había enseñado que un *ticitl* tiene un compromiso con su comunidad y que debe asumirlo cualesquiera que sean las circunstancias.

Aunque Miguel Bernardino siempre tenía *ololiuqui* a la mano, acababa de comprar unos peyotes a un comerciante viajero que los trajo desde zonas desérticas, por San Luis Potosí. Usaría uno de ellos para tratar a su sobrino Nicéforo. Les dijo a sus primos que deberían quedarse con ellos hasta el día siguiente, pues la ceremonia tendría lugar ya bien entrada la noche. Él merendó solamente un pan de maíz, reservándose para el ritual.

Llegado el momento, Miguel Bernardino comenzó los preparativos. Tomó un cactus de peyote, también conocido como "capullo resplandeciente": era una raíz pegada a su "cabeza" —o sea, la pequeña parte de la cactácea que había sobrepasado el nivel del suelo—, y todo no era más grande que su mano. La raíz cónica constituía dos tercios de la planta y la media esfera que la coronaba era el otro tercio. No la lavó, sino que la limpió con cuidado, utilizando un trapo para quitarle al camote la tierra que conservaba adherida. Después, con un pequeño cuchillo muy filoso, peló la raíz, desprendiéndole una delgada película oscura que dejaba al descubierto la pulpa húmeda, de color amarillo cremoso. La cabeza del cactus no tenía espinas, pero sí unos minúsculos mechones de pelusa gris que apartó con la punta del cuchillo, dejando sólo aquella verde y redondeada superficie que de manera natural está dividida en gajos, como rebanadas de un pastelito en forma de triángulos alargados. Procedió entonces a cortar el peyote en pequeños trozos, ya listos para ser comidos.

Como Brígida no era muy creyente de esas antiguas costumbres indígenas y no participaba en ellas, prefirió retirarse a dormir al único otro cuarto de la casa. A Nicéforo lo acostaron en un catre y alrededor colocaron tres sillas, para los padres del enfermo y para el *ticitl*.

Miguel Bernardino cogió con una palita unas brasas encendidas de esa especie de mesa de adobe que constituía la estufa, las colocó en un pequeño recipiente de barro, como pebetero, y echó sobre ellas unas resinas de copal, que casi de inmediato empezaron a despedir un aromático humo, cual incienso o mirra. Apagó las velas que permanecían prendidas, excepto una que alejó a un rincón. El niño lo observaba con sus grandes ojos negros muy abiertos y una seria expresión. Tomaron asiento a su alrededor.

El *ticitl* pidió a José Macario y a Demetria que rezaran plegarias muy bajito y que no pararan de hacerlo. Tomó un primer trozo de peyote y se lo metió a la boca, masticándolo concienzudamente, sin prisas, salivándolo muy bien. Pasaron varios minutos antes de que lo tragara, deshecho por completo. Luego tomó otro y con la misma parsimonia fue mascando con gran lentitud, hasta pasar el bocado. Siguió después con otro, y otro, y otros más. Al cabo de una hora apenas había ingerido la mitad del peyote y empezó a percibir una sensación como si le vibrara suavemente el interior del cuerpo. Comenzó a sentir, más que a pensar, que todo era mucho más sencillo de lo que normalmente parecía, sin tanta complicación como aparentaba. Una especie de lento rayo ondulante color violáceo cruzó verticalmente frente a sus ojos, y luego uno verde que fue tornándose azul… y rojo… y dorado… Aquel rayo bailoteaba frente a sus ojos, tenía vida, entraba y salía de su cuerpo, lo poseía. Miguel Bernardino y aquella luz estaban en comunión. Le susurraba al oído, le ordenaba permanecer inmóvil, aunque sintiera que flotaba en un universo distante. Se sentía cerca aunque se sabía lejos. Se venció

212

ante tal belleza y majestuosidad. Creyó oportuno entonces darle un trocito de peyote a Nicéforo; no lo había hecho antes porque los efectos en un niño llegan más rápidamente que en los adultos. Le dijo que sabía feo, pero que lo masticara bien, sin pensar en ello, hasta que fuera poco a poco pasándolo. Luego le dio otro pedacito y él mismo acabó con los dos o tres que quedaban.

José Macario y Demetria seguían rezando en voz muy baja, casi imperceptible, y su plegaria sonaba como un suave arrullo, relajante e hipnótico. Desde luego, no se entendía lo que decían pues sólo se escuchaban como un murmullo. Quizá no estaban orando con gran devoción —pues no perdían detalle de lo que su primo hacía—, pero sus rezos cumplían en todo caso con una función tranquilizadora y hasta sedante.

Después de un rato se dibujó una amplia sonrisa en la cara de Nicéforo y se quedó contemplando con fijeza las brasas al rojo vivo y el copal humeante. La sonrisa se pronunció. El rostro del niño lucía azorado. Miguel Bernardino entendió que Nicéforo estaba empezando a ver visiones y, temeroso de sus accesos de terror, a las preces susurrantes de sus padres agregó aisladas palabras dulces que le decía al oído. El *ticitl* estaba viendo ahora un redondo arco iris cerrando un círculo completo, que se acercaba y alejaba lento y cadencioso. Pero en realidad eran dos arco iris —reflexionó—, pues en cada ojo veía uno distinto. Le había tomado suavemente una mano a Nicéforo, quien tenía una expresión de feliz arrobamiento y continuaba como enajenado, mirando los carbones encendidos; emitía risitas aisladas, para sí mismo. De pronto se aparecieron ante Miguel Bernardino unas enormes fuentes de chispas que derramaban luces como fuegos artificiales, y pareciera que el niño veía lo mismo, pues sintió el *ticitl* un apacible apretón en su mano. Se volvió a verlo y la cara infantil estaba embelesada, siempre sonriendo. Pasaron así mucho tiempo, quizá dos horas. Luego Nicéforo dijo que estaba cansado y se acurrucó en posición fetal sobre el catre. Miguel Bernardino lo cubrió con un sarape e indicó a los padres, sin palabras, que lo arroparan. Se acercaron a su hijo y así lo hicieron. Demetria lo abrazó con gran delicadeza y le besó una mejilla;

José Macario le acarició el cabello y le besó una mano. El niño volvió a sonreír y se quedó dormido con placidez.)

Los inquisidores estaban anonadados. Su acuciosa preparación y larga experiencia en estas difíciles lides no eran tantas como para impedirles el azoro. No podían creer a pie juntillas el relato, ciertamente deshilvanado, pero, en todo caso, Miguel Bernardino ya se había echado la soga al cuello. Aunque eso era un decir. A los brujos no se les mata en la horca. Tienen reservado algo más idóneo para sus delitos.

No obstante la crueldad a la que habían sometido a Miguel Bernardino hasta este momento, lo peor aún no lo había sufrido. Habría de venir después.

TAXCO, 1617

Para Brígida era muy difícil aceptar que la pasión de Miguel Bernardino por ella se hubiera empezado a apagar precisamente desde que vivían juntos, hacía siete años, sin ninguna otra explicación. Las tres décadas anteriores tuvieron muchos giros en su relación, pero todos para descubrir nuevas facetas del arte amatorio, como si cada vez se les develaran nuevos rincones de sus cuerpos, desconocidos hasta ese momento. Era memorable aquella primera y larga etapa de amoríos silvestres, con la inocencia de los animales que copulan en el campo aunada al ingenio creativo de los jóvenes amantes. No menos presente tenía los tres lustros siguientes, asentado ya su erotismo —que no menguado— sobre la invitante blandura de una cama. ¿Qué había sucedido después? Algo tenía que haber pasado, y ella no se quedaría cruzada de brazos.

Por quinta o sexta vez en estos últimos años, Brígida visitó en Taxco a Roberta, la curandera criolla, hija de gallegos, muy experta en artes ocultas enfocadas al amor y asimismo en otras diversas curaciones. Aunque no se habían obtenido resultados espectaculares con las anteriores intervenciones de la maga, Brígida quería creer que sí había sido de utilidad, si bien no toda la requerida. Para mantener y sobre todo para reavivar el amor de Miguel Bernardino, Roberta le había preparado diversas "ligaduras" a base de polvos de gusanos secos, de yerbas, de cabellos, de saliva y de otras cosas. En alguna ocasión le pidió líquido seminal de Miguel Bernardino para cierta preparación y Brígida se las tuvo que ingeniar para llevarle lo que habían sido unas gotas, ahora ya resecas en una prenda suya de uso íntimo. Una vez la hizo provocarse un vómito para emplearlo en otra receta de ligadura. Todas las variantes de fórmulas incluían, de manera invariable, la utilización de un lazo conjurado que "amarraba" a las dos almas. Brígida escondía esos pequeños envoltorios debajo de la cama matrimonial, para que los efectos tuvieran una reacción inmediata comprobable allí mismo. El lecho que compartían había sido testigo de las más atrevidas pasiones; a esa cama constaba el espaciamiento de las mismas —hasta su casi total desaparición—; sobre ella habrían de volver a arder las llamas apagadas.

Ahora había decidido dar un paso adelante, pues estaba angustiada e insegura. No bastaba meramente retener a su lado a Miguel Bernardino. Estaba celosa, pues creía que la única explicación a su indiferencia o desinterés era la existencia de otra mujer en su vida. En la tienda él trataba a muchas, de todas edades, pero eso no la inquietaba tanto; los cuartillos de frijol o las docenas de clavos no le parecían muy propiciatorios del amor. Sobre todo le preocupaban sus quehaceres de *ticitl*, pues era cuando frecuentaba a otras personas dentro de la intimidad de sus casas, algunas alejadas en el monte. Además, el tipo de enfermedades que curaba lo acercaban a los cuerpos y a las almas de sus pacientes, y ello podía favorecer con cierta facilidad otras relaciones de mayor profundidad. Y tampoco podía descartar a la mustia de Juana, de seguro ocultando tras de su inocente rostro de india, aunque bello, las peores intenciones con respecto a su primo. ¡Y quién sabe si a estas alturas no serían mucho más que meras intenciones! Aunque en ocasiones también pensaba Brígida que esos temores eran infundados, le servían para no aceptar que el paso del tiempo y la cercana convivencia cotidiana eran los verdaderos responsables del enfriamiento de Miguel Bernardino. Y asimismo del de ella, aunque tampoco lo reconociera.

Explicó a Roberta sus inquietudes y le pidió que ahora actuara para provocar la repulsión y el rompimiento de Miguel Bernardino ante cualquier otra mujer con la que tuviera tratos, sobre todo de comunicación sexual. La hechicera no se inmutó; estaba acostumbrada a semejantes solicitudes. Con un singular encargo mandó de regreso a Brígida, quien tres días después volvió de Ixcateopan a Taxco. Entonces Roberta preparó una mezcla de polvos de los más variados orígenes, todo seco y molido: de cresta de guajolote, de corazón de cuervo, de sesos de zopilote, de alas de murciélago, de patas de cucaracha, de pene de toro y unas raspaduras de pezuñas de burro; dispuso una minúscula cinta de tiritas de calzones anudadas con pases mágicos y agregó unos polvos del repulsivo pedido que le había encargado a la despechada mujer: desechos intestinales de la propia Brígida secados al sol. Con tales ingredientes llenó una bolsita que debería ser colocada sobre la puerta de la casa, para que cada vez que saliera Miguel Bernardino recibiera las influencias del hechizo. Además, en otra pequeña bolsa colocó polvos de aquellos detritus y, previo conjuro que les hizo, indicó a Brígida que debía sahumar con ellos, sobre brasas encendidas, la ropa del amante alejado. La repulsión que naturalmente provocan las heces se concentraría de manera simbólica en su indumentaria y la consecuencia sería la que se buscaba: el alejamiento de la otra mujer. ¡Ya vería Juana!

Taxco, 1619

Muchos desvelos le habían causado al padre Jesús el *ololiuqui* y el peyote, mas no porque acostumbrara ingerirlos, sino por la gran preocupación que le suscitaban desde siempre, pero sobre todo ahora que estaba inmerso, muy a su pesar, en la investigación alrededor de Miguel Bernardino. Sentía una gran necesidad de entender los alcances simbólicos de esos vegetales que para unos eran alimentos sagrados y para otros eran drogas malditas. Quería profundizar en sus secretos, pero no probándolos él mismo; más bien los estudiaba y analizaba como espectador. Desde su ya muy alejada infancia en que su padre lo curó del *mal de ojo* con semillas de la Virgen, nunca volvió a comerlas, y el cactus ritual, por otra parte, jamás lo había experimentado.

Un aspecto en particular era el que más le inquietaba, y se relacionaba con esa inclinación inevitable que tenía a confrontar —¿o quizá a conciliar?— su bagaje cultural y religioso indígena con la cultura y la religión españolas adquiridas. Estaba pensando en la Santísima Trinidad y en las equivalencias, que no podía dejar de observar, con esas dos plantas.

El nombre de *cuetzpalli* (lagarto) que también tenía el *ololiuqui* era una especie de designación esotérica vinculada a la fertilidad, pues en algunos antiguos dibujos el *cuetzpalli* representaba genitales masculinos o femeninos. *Cuetzpalli* asimismo es el nombre mítico de Cinteotl Itztlacoliuhqui, el dios del maíz maduro, pues un símbolo inequívoco de la fertilidad es justamente el grano sagrado que alimenta el cuerpo y el espíritu. El lagarto viene a ser como el nagual del maíz, de donde *ololiuqui*, *cuetzpalli* y Cinteotl Itztlacoliuhqui constituyen una forma de deidad trinitaria. Lo confuso de estos conceptos, que le resultaban ininteligibles casi por completo, lejos de alejarle sus osados pensamientos se los hacía más presentes, pues el misterio de la Santísima Trinidad no era menor que éste. Tampoco le era algo comprensible. La unidad y unicidad de Dios Padre, Dios Hijo y del Espíritu Santo se le antojaban muy semejantes a aquella trilogía vernácula.

Por su parte, el peyote no se quedaba atrás. Siempre estaba hermanado con el maíz y el venado: los tres dioses, sustento del alma y del cuerpo de muchos pueblos hacia el norte. En ellos, ubicados principalmente en la provincia de la Nueva Galicia, esos tres elementos constituían un entramado conceptual de presencia cotidiana que regía su vida individual y comunitaria.

Capítulo VII

Curaciones del cuerpo y del alma

Huitzilac, 1597

Matías bajó de Huitzilac a Cuernavaca muy a su pesar, pues su mujer estaba a punto de dar a luz, pero se vio impelido por la necesidad de vender dos costales de maíz a fin de obtener dinero en efectivo que le permitiera afrontar los gastos y cualquier contingencia que se presentara en el parto. Arreó a su burro cargado con los bultos del cereal cuesta abajo, él caminando tras el animal. Harían unas cinco horas hasta Cuernavaca, y eso porque era sólo bajada, y muy pronunciada. Tanto, que el cambio en el clima, en la vegetación y en la fauna era notable. Aunque en Huitzilac señoreaban los pinos, los ocotes y algunas otras especies de coníferas, esos bosques se codeaban con las milpas de maíz separadas unas de otras, a manera de lindero, por largas filas de magueyes pulqueros, esos enormes agaves que parecieran más idóneos en regiones desérticas.

Conforme se iniciaba el vertiginoso descenso hacia el valle, las pináceas iban dejando su lugar a los robles y a los encinos, y éstos, a su vez, después menguarían ante fresnos, madroños, laureles criollos, amates, primaveras y cazahuates. Como Matías era de las tierras altas, de manera especial le llamaban la atención estas tres últimas especies arbóreas: los enormes y frondosos amates naciendo —contra cualquier lógica de la fuerza de gravedad— agarrados lateralmente de los pétreos muros de los acantilados, con sus raíces planas cual mantos envolventes abrazando las rocas y metiéndose entre las grietas, como una gruesa y extendida capa de cera vegetal derretida que forrara literalmente las irregularidades de la piedra; toneladas de madera viva volando sobre el vacío, adheridas cual candelabro de pared al cantil. Los propios amates a veces crecían usando como sostén a otro árbol de diferente especie, rodeándolo con su tronco caprichoso que devenía envoltura al grado de llegar a matar a su anfitrión; por eso en algunos lugares los llamaban *matapalos*. Era un gran espectáculo ver esas gigantescas parejas de árboles —que a lo lejos parecían uno solo—, con su tronco formado en realidad por dos estrechamente entrelazados, con corteza de diferentes colores y texturas, y follaje asimismo contrastante. Cuando al paso del tiempo el árbol muerto se pudría y finalmente se pulverizaba y acababa desapareciendo, el amate subsistía con su tronco abrazando algo imaginario, como un tubo irregular y vacío alrededor del cual se desarrollaba el amate.

Las primaveras también fascinaban a Matías. Estos árboles de mediana altura debían su nombre a que justo a la entrada de esa estación, en marzo, se llenaban de unas delicadas flores de color lila intenso, y eran tantas las que albergaban que casi no podían verse las hojas verdes. La forma y el tono de estas flores recordaban mucho a ciertas bugambilias de atractiva palidez. Pero era un placer efímero, pues la floración de las primaveras apenas si permanecía durante un mes. A los visitantes forasteros les rememoraban a los cerezos de sus países septentrionales, por la desbordante belleza de cortísima duración.

Otros eran los no menos sorprendentes cazahuates, árboles bajos que hacia fin de año perdían todas sus hojas para lucir sin obstáculos sus numerosas flores blancas, pachonas y redondas como un puño de adulto, delicia para los venados que en esa temporada se acercaban a las florescencias más bajas para comerlas con fruición. A no ser por el cálido clima, un cazahuate en esa época podría confundirse a lo lejos con un árbol profusamente nevado.

En el descenso desde Huitzilac iban quedando atrás musgos de toda la gama de verdes, helechos de variados tamaños y el heno que colgaba de los árboles de la tierra fría, como grises barbas de anciano. Todavía en los bosques elevados, pero no en su parte más alta y fría, sino en menores elevaciones que ya empezaban a recibir la tibia humedad del valle, aparecían aromáticas orquídeas prendidas en las ramas de los árboles, de colores desde el amarillo hasta el morado y de diferentes tamaños; también en ese ambiente neblinoso se dejaban ver las bromelias, asimismo en las alturas del follaje, con su alargada flor al centro, de un profundo color rojo. Una enredadera en especial gustaba a Matías, colgada verticalmente como las numerosas lianas que pendían de las ramas, algunas de casi diez metros de largo: las flores de la Pasión, llamadas así porque su intenso carmesí se ostentaba durante la Cuaresma.

Conforme se descendía, bajo las piedras se encontraban nidos de alacranes, y las serpientes que pudieran atravesarse eran más venenosas que las de arriba. Ya no se hallaban salamandras y en cambio empezaban a proliferar las iguanas, tomando el sol sobre las piedras. El teporingo, tan sabroso como sus primos los conejos, se quedaba donde el frío era imperante, y a su región no ascendían los armadillos de la tierra caliente, esos curiosos mamíferos protegidos por un duro caparazón que a su vez enriquecían las humildes mesas de los campesinos que los atrapaban para disfrutar su carne de dos colores, como la del pavo.

De Huitzilac salió Matías cubierto con un grueso gabán de tosca lana; antes de acercarse a Cuernavaca debió quitárselo y al llegar a esta población ya iba sudando por el intenso calor. Mercó su maíz y de inmediato emprendió el regreso. Aunque la cuesta ascendente era pesada, volvió a hacer cinco horas, ya que no iba cargado el burro. Apenas llegó a tiempo para el alumbramiento de su mujer.

Matías llevó a su pequeña hija a casa de su hermana, para encargársela, pues en la suya se esperaba mucha agitación. Estaba por nacer su segundo hijo y no había quien cuidara a la niña; a sus seis años de edad no estaba en posibilidades de ayudar en aquel ajetreo y sería más bien un estorbo para la parturienta y para la comadrona. Y él debía estar presto para auxiliar en todo lo que se ofreciera, amén del ritual del que formaría parte.

Aunque Pascuala, la partera, no había nacido en Huitzilac, de niña había llegado allí con sus padres, extraña migración a esa miserable aldea situada en medio del bosque entre Cuernavaca y la ciudad de México. Venían de muy lejana región, donde habitan los indios chiapas. Seguro que de algo huían, pues otra explicación no podía haber. Sus padres hablaban entre ellos una lengua incomprensible; era tzotzil, decía la niña a los chicos del caserío, y ella la entendía, si bien no la podía hablar o no quería hacerlo para no remarcar la diferencia étnica con sus compañeros. El padre se hizo de una minúscula parcela para implorarle sus frutos, y la madre, que sabía recibir a los niños que nacían, empezó a ganarse la confianza de las lugareñas en esos menesteres. Sus manos fueron lo primero que conocieron muchos niños al llegar a este mundo, y su hija Pascuala, desde muy jovencita, empezó a ayudarla en los alumbramientos. Ya muerta su madre, continuó con ese oficio y heredó su prestigio, bien ganado por ambas, en la comarca de Huitzilac.

Matías le pidió a la partera que atendiera a Juana, su esposa. Para asuntos delicados de salud, que desafortunadamente se habían presentado en más de una ocasión, habían consultado con éxito a Miguel Bernardino, primo de Juana, aunque Ixcateopan estuviera a tres jornadas de distancia; también, a instancias de Juana, lo visitaban ocasionalmente, aunque Brígida, su mujer, no les ponía buena cara… Pero en cuestión de padecimientos de mujeres prefería a Pascuala. Ella había recibido a su hija mayor, seis años atrás, y no había sido para nada un parto fácil por ya no ser la madre una jovencita. No obstante, en aquella primera ocasión todo había salido finalmente muy bien.

La experta mujer llegó a la humilde choza que habitaban, construida con troncos de pino sin labrar, sólo cortados a lo largo por la mitad; el techo, también de madera, estaba cubierto de tejas. Revisó a Juana y confirmó que, en efecto, faltaban pocas horas para el parto. Pidió a Matías que previniera tener a la mano una palangana, trapos limpios, una hermosa mazorca de maíz, grande y sana, agua hervida y fuego prendido. Este último pedido era ocioso, pues en todas las casas solía haber siempre el rescoldo de brasas, listas para ser reavivadas con un poco de leña y un aventador de aire. Se retiró a su cabaña, que estaba en los alrededores. Ya le avisarían cuando se aproximara el momento en que fuera necesaria su presencia. Casi a medianoche fue requerida por un agitado Matías, que llegó corriendo a llamarla.

A Pascuala le constaba que Juana era una mujer estrecha de caderas y, como el primer parto había sido complicado —no sólo por su edad—, en éste mejor debía llevar a cabo algunas previsiones. Por ello traía consigo unos polvos de cola seca de tlacuache, para apresurar los movimientos y la expulsión. En un jarro con agua revolvió aquellos polvos del sagrado animal, y mientras los daba a beber a Juana apelaba a las cualidades terapéuticas del medicamento:

—¡Óyeme! Dígnate venir, sacerdote negro. Dígnate venir a sacar al niñito. Ya padece trabajos y ya está fatigada la criatura de los dioses. ¡Ea!, ya ven acá, negro espiritado.

Aunque Pascuala había oído hablar a los ancianos de Huitzilac de las numerosas virtudes y características de los tlacuaches (su resistencia a los golpes, su capacidad de resucitar, su victorioso enfrentamiento a los jaguares, sus sabios consejos, su condición de ladrones y de lascivos), ella estaba segura de que su indiscutible efectividad en la activación de los partos tenía que ver más bien con otra singularidad: esa bolsita exterior que tenían las hembras en la panza, donde guardaban a sus crías recién nacidas hasta que crecieran un poco más. La veía como un símbolo del hijo bien salido del vientre materno, nuncio y causa para un feliz alumbramiento.

Otra precaución de Pascuala fue recoger un poco de polvo del quicio de la puerta de entrada a la casa, limpiándolo con un pañuelo. Después mojó esa prenda y la exprimió en un jarro. Al beber ese traguito de agua, la paciente recibía la cualidad de la salida, el poder del lugar por donde aparecen las personas.

Aunque era su segundo parto, Juana se quejaba asustada y adolorida. Su recuerdo del primero le suscitaba temores. Ahora, de nueva cuenta estaba recostada boca arriba sobre un catre, con las piernas encogidas, abiertas, y los pies muy cerca del borde del camastro. El agua ya estaba hirviendo y Pascuala limpió con cuidado las tijeras que había llevado consigo. ¡Cuántas veces habían sido usadas por ella en estos quehaceres! Previamente había puesto en un sahumerio copal y hierbas de anís sobre brasas, que ya despedían sus aromas. Colocó varios trapos en el catre, bajo la pelvis de la madre, y comenzó a pasarle suavemente el puño cerrado sobre el vientre; en esa mano estrujaba unas hojas de tabaco ritual. Pascuala hablaba en náhuatl a los dioses, con dulzura para tranquilizar a Juana:

—Acudan aquí los cinco solares, los cinco hados que miran todos hacia una misma parte, y tú, mi madre, una coneja boca arriba, aquí has de dar principio a un verde dolor. Veamos quién es la persona poderosa que ya nos viene. ¡Haz caso!, ven, el nueve veces golpeado, el nueve veces aporreado, echemos ya de aquí al verde dolor —le decía al tabaco de su puño—. Mi padre, las cuatro cañas que echan llamas con cabellos rubios, mujer blanca, amarillo espiritado, vosotras diosas, vengan a facilitar este parto abriendo la fuente, todos ayúdenme.

Matías había asistido a Pascuala en el parto de su hija, pero aun así su expresión era la de quien por primera vez pasa por este trance. El trabajo de parto se aceleró. Las contracciones cada vez más frecuentes y enérgicas y los crecientes gritos de Juana indicaban la inminencia del nacimiento. La cola del tlacuache y los conjuros parecían haber funcionado. Pascuala dejó el costado de la parturienta y se colocó a sus pies, lista para recibir al niño. Pidió a Matías que permaneciera a su lado. De pronto, a la par de gritos más lastimeros de Juana, en la coyuntura de sus piernas abiertas y encogidas se empezó a exponer cada vez más el interior de su intimidad femenina. La apertura

224

era a cada momento mayor, hasta que adentro de esa cavidad se vislumbró el negro cabello de una cabecita. Entre rítmicos estertores, se fue acercando al exterior, hasta llegar a confundirse con el oscuro vello tupido que cubría el pubis de Juana. Salió la cabeza completa y casi de repente fue expulsado el resto del cuerpo, recibiéndolo en sus manos la comadrona. Era un varón, y en la cara del padre se marcó una franca sonrisa. Después de su hija, a la que adoraba, esto era lo que esperaba.

Igual como había sucedido en aquel primer parto de su esposa, Pascuala pidió a Matías realizar un ritual para el cual no necesitó repetirle las instrucciones. Se trataba de una costumbre antigua que no se usaba en estas regiones, sino en las lejanas tierras de donde era oriunda la partera, pero a Matías le complacía su celebración. Tomó con la mano derecha las tijeras que le ofreció Pascuala y con la izquierda cogió la hermosa mazorca de maíz que tenía lista para estos fines. La mujer levantó un poco al recién nacido que mantenía en brazos para que el cordón umbilical se estirara ligeramente, y entonces el padre lo cortó, sosteniendo la mazorca por abajo del lugar donde utilizó las tijeras, para que recibiera la sangre placentaria de la madre y del hijo, flujo esencial que transmitió la vida de una a otro. Pascuala siguió atendiendo a los dos y Matías guardó con reverencia la mazorca empapada de rojo negruzco, envolviéndola en un pañuelo blanco y alzándola a una tabla colgada con reatas del techo, que hacía las veces de repisa. Era importante preservarla con cuidado de roedores e insectos, pues en el próximo periodo de siembra los granos de esa mazorca serían los primeros que recibirían los surcos. Así se hermanaba el ciclo agrícola con el ciclo de vida, el nacimiento con la siembra, la germinación del hombre con la de la planta. En su momento, al inicio de noviembre, se habrían de hermanar asimismo la cosecha y la muerte en las ofrendas a los difuntos, entrelazándose los dos ciclos. Fatalmente, para que el hombre viva, la planta debe morir.

Al momento en que Pascuala iba a empezar a lavar al niño, primero dijo un conjuro al agua y a su recipiente:

—¡Oye!, ven acá, tú, mi preciosa jícara, y también tú, la que tienes por saya piedras preciosas, que ya es llegada la hora cuando aquí has de lavar y limpiar al que tuvo vida por ti y nació en tus manos.

Al día siguiente regresó Pascuala para reconocer el estado de sus pacientes, que era satisfactorio. Como dentro de tres domingos el padre Anacleto vendría al pueblo a decir misa y a celebrar algunos matrimonios y los bautizos que fuesen necesarios, había que aprovechar su visita para que el niño recibiera el agua bendita, pues no era cosa de esperar otro mes, si bien les iba, hasta la siguiente oportunidad. Pascuala concertó entonces con Matías y con Juana regresar el sábado previo para *sacarle el fuego* a Marcos —pues ese nombre se le pondría al niño, como su padre había dispuesto—. La ceremonia indígena debía efectuarse el día anterior al bautismo y, para la misma, habían de tener preparados pulque de maguey nuevo, tamales, una gallina guisada y el sempiterno fuego encendido.

Juana logró sin esfuerzos que su esposo invitara a Miguel Bernardino a la ceremonia; nada sabía aquél del viejo lazo de amistad y más que unía a ambos primos desde su infancia. Incluso, Matías estimaba sinceramente a Miguel Bernardino, y hasta lo admiraba. Un cuñado hizo el viaje a Ixcateopan para convocar al *ticitl*, quien muy complacido acudió, resintiendo el disgusto de Brígida e intentando dejarla tranquila, sin éxito, pues su mujer era de suyo celosa. Y con Juana, más.

Llegado el sábado víspera del bautismo, Pascuala se presentó al hogar de la pareja, que era una sola habitación ante un patio de tierra cercado con palos. Estaban ya la familia y unos pocos invitados; de manera singular, destacaba la presencia de un hombre a quien no conocía, pero a quien de inmediato apreció, sintiendo la intensa influencia de su espíritu en el aire mismo que respiraban. Nadie necesitó decirle que era Miguel Bernardino, el hombre médico.

Pascuala pidió a Matías una jícara con agua y la sacó al patio, posándola en el suelo. Regresó al interior y en una vasija de barro puso unas brasas encendidas y sobre ellas unas rajas de ocote, que prendieron casi de inmediato con una delicada flama azul. Cargó a la criatura y, con la vasija en la otra mano, volvió a salir al patio, donde parados esperaban los demás. En cuclillas, depositó el recipiente con fuego junto a la jícara con agua y, con los dedos, empezó a salpicar el líquido al recién nacido y a las llamas, alternadamente, hasta que apagó la lumbre. Devolvió a Marcos a su madre, tiró al suelo los carbones mojados de la vasija y entró de nuevo a la casa para volver a ponerle brasas prendidas y ocote, y ahora agregó también un poco de copal. Salió así preparada con este fuego nuevo, puso un paño alrededor de la cabeza de la parida, como turbante, y varias veces caminó a su alrededor, sahumándola con aquel incensario improvisado. Luego —de la gran olla de barro que estaba en el patio— derramó unas gotas de pulque al suelo, como ofrenda que devolvía a la tierra lo que de ella provenía.

Cumplido el ritual por Pascuala, Juana, con su hijo en brazos, se acercó a Miguel Bernardino y, sin mediar palabra alguna, los extendió y se lo entregó. El *ticitl* abrazó al recién nacido con cuidado y ternura, y así, de pie, cerró los ojos y concentró toda su energía en el niño. Pasaron muchos segundos, quizá un minuto que al reducido grupo de espectadores le pareció muchísimo más. No obstante que al mediodía en esa boscosa montaña cubierta por un cielo azul transparente ya calaba el sol, todos, incluida Pascuala, sintieron un escalofrío proveniente de una intensa emoción, la exaltación de sentirse ante algo superior, algo que los rebasaba y les producía un nudo en la garganta. Miguel Bernardino abrió los párpados y se quedó mirando al pequeño Marcos, quien con placidez también lo observaba. Ambos se sonrieron. Luego el *ticitl* levantó la vista y la fue pasando, con gran calma, por los ojos de cada uno de los presentes. ¡Cómo podía mirar tan profundo, penetrando a lo más hondo de cada quien, y a la vez transmitir tanta paz y dulzura! Mucho llamó la atención de todos que un par de tejones, sin temor, contemplaban la escena como arrobados a muy pocas varas de la casa, bajo una enorme hoja de helecho en el lindero del bosque. Sólo eso sucedió. Nadie dijo nada.

Juana cargó de nuevo a su hijo. Más de uno secó lágrimas con disimulo.

Los padres de Marcos sirvieron al grupo pulque en tecomates —unos como jarros hechos de calabazas secas—, los tamales y la gallina, modesto festín que a la alegría del espíritu agregó la del cuerpo.

(El pulque era de maguey nuevo, como lo había pedido Pascuala, o sea de un agave que por primera vez diera aguamiel. Para ese efecto, desde el miércoles había ido Matías a su parcela; allí escogió un gran maguey todavía sin floración o quiote —ese largo tronco vertical que les nace por arriba, de varios metros de altura— y le cortó las pencas superiores centrales, dejando un hueco como calva sobre el cogollo o tronco parecido a una gran bola; por ahí, arriba de la enorme planta, socavó la pulpa con un cucharón metálico de bordes afilados, haciendo una especie de olla en su interior; cubrió esa cavidad doblando sobre ella las pencas de alrededor, resultando así una manera de tapadera, para que no le cayera lluvia ni hojas ni insectos ni algún otro animal se bebiera el aguamiel que empezaría a trasminarse a ese recipiente natural. Al día siguiente había ido Matías a recoger varios litros del preciado líquido que ya se había acumulado dentro del corazón hueco del maguey, succionándolo con una larga calabaza como tubo, pues estaba hueca y con un par de perforaciones, una en cada extremo. Tal aguamiel, después de dos días más, estaría espeso y fermentado. Ese sábado ya era el pulque requerido para la ceremonia donde se le sacó el fuego a su hijo.)

Al día siguiente bautizaría el padre Anacleto, con el nombre de Marcos, al hijo de Matías y de Juana.

Taxco, 1618

Roberta, la gallega, estaba muy atareada. Acababa de retirarse Brígida, de regreso a Ixcateopan, y ahora había llegado este joven maltrecho. Después de lavarle la herida del antebrazo con agua hervida y manzanilla, y haberle dado un par de puntadas con tosco hilo, con un emplasto de sábila y aguardiente de caña la oprimía; ya no manaba sangre. De seguro que el hueso había detenido el impulso de la filosa hoja del machete, evitando que la cortada fuera aún más profunda. Roberta repitió una vez más la oración, con ese sonsonete monótono:

Santa Ana parió a la Virgen,
la Virgen parió a Jesucristo,
Santa Isabel a San Juan.
Así como todo esto es verdad,
esta herida sea sana
y salva de todo mal.
En el nombre del buen Jesús.

Dejando el emplasto sobre la herida, Roberta vendó el brazo al peón agredido. Ya se podía retirar este muchacho, que por suerte no había tenido mayores complicaciones. De cualquier manera, para evitar la emisión de pus, sacó de su bolsa de cuero con medicinas un *evangelio* que le cosió con aguja e hilo en el interior de su camisola. Esa pequeña hoja de papel tenía impresa la oración conjurante que en varias ocasiones le rezó durante la curación.

¡Qué diferente había sido el parto que atendió la noche anterior! Por un verdadero milagro se salvaron tanto la madre como el hijo, pero varias veces pensó Roberta que había llegado el fin para ambos, pues se resistían a separarse. Probablemente ayudó al feliz desenlace el agnusdéi que le dio a comer a la parturienta. Siempre llevaba unos consigo, en su morral con remedios. El agnusdéi era una pequeña figurilla de cera blanca en forma de cordero que había sido bendecida por el papa, el día de su elección; con esa garantía se la habían vendido hacía tiempo, asegurándole que tres pedacitos en una copa de agua harían alumbrar sin lesión ni peligro a quien estuviera en riesgo de no poder parir. Desde luego, tuvo que hacer que la mujer dijera con devoción: *"Agnus Dei, miserere mei; que passus est pro nobis, miserere nobis"*.

Agregado al agnusdéi, otro auxilio para el parto y para sus protagonistas fue la astilla ósea de San Ignacio de Loyola que aplicó sobre el vientre de la paciente. Cuando le hizo el preciadísimo regalo el padre Sebastián de Garizurieta (por un servicio que le juró jamás divulgar), le aseguró que además de curar los vómitos del embarazo esa reliquia también era infalible para el buen parir. Así parecía haber sido.

Por otra parte, Roberta no estaba tan segura de cuánto había ayudado a la parturienta la saliva que estuvo untándole con el dedo en la frente, en los párpados y arriba del vello púbico, ni tampoco podía evaluar el beneficio de la chinela que le colocó sobre el ombligo, calzado que transmitía sus virtudes de movimiento al niño que debía empezar a desplazarse afuera del útero materno. Como quiera, ya estaban bien la madre y la criatura.

Cuando atendía a mujeres embarazadas, siempre recordaba el caso de Catalina de la Llosa, mulata a la que nunca pudo curar. Aunque no era lo mismo un parto que una enfermedad sexual, en la mente de Roberta los asuntos genitales se vinculaban unos con otros. Catalina se hallaba muy mala de sus partes e incluso llegó a arrojar por ellas espinillas y gusanos, pero su resistencia a sanar hizo pensar a la gallega que se trataba de un hechizo, pues la enferma había tenido amistad ilícita con un tío suyo, casado. Todo indicó que el maleficio había operado a través de un muñeco de cera con metales en su interior que se halló en su domicilio, pero jamás se pudo comprobar. Y Catalina murió.

El bolsón de piel, casi mochila, que siempre cargaba Roberta, hubiera provocado la sorpresa y hasta la alarma de quien se asomara a él. Contenía una gran variedad de medicamentos y sustancias de origen vegetal, animal y mineral; bálsamos y linimentos, drogas diversas y polvos para preparar pociones curativas, pócimas enloquecedoras y brebajes venenosos, lo mismo para curar que para dañar. Había un dedo humano que, según la curandera, era de ahorcado. Guardaba yerbas, raíces, flores y frutos secos; pedrezuelas de colores y formas insólitas; insectos, garras, cabellos, huesos, fragmentos de cordón umbilical, velas, amuletos, tabaco, copal y muchas cosas más. Allí cargaba un potencial de fuerzas anímicas, de energías sacras y diabólicas que le permitían hacer el bien y, en caso de necesidad, también lo contrario. Ése era su trabajo, y lo llevaba a cabo con una gran convicción profesional.

Sólo recordaba un caso del que se hubiera arrepentido, o más bien asustado, pues costó la vida al hechizado. Roberta nunca pensó que sus poderes llegaran tan lejos, jamás esperó ese desenlace. Se trató de un *zarpazo*, como llamaban a esa clase de maleficio, y la víctima fue un marido que se estaba metiendo con su hijastra, forzándola. La madre de la niña —pues eso era la chica violada repetidamente— pidió auxilio a Roberta. En una olla de barro echó dos sapos vivos: uno de ellos con una espina clavada en cada pata trasera, y entre las piernas le hizo una cortada —donde estaría el miembro, si se tratara de un hombre—; en ella metió unas migajas del pan que había desayunado el padrastro abusivo. Al otro sapo, primero le puso un pedazo del mismo pan en la boca y luego le cosió ésta con hilo y aguja; así lo echó adentro de la olla. Después, la madre y esposa ofendida escondió ese cántaro en su casa. El mal hombre no sobrevivió ni una semana al terrible *zarpazo*.

Aunque Roberta no era afecta a confesarse, sí iba en ocasiones a misa, y el domingo siguiente a la muerte de aquel sujeto sintió la necesidad de hincarse en el confesionario. No dijo al padre Jesús toda la verdad, pero casi lo hizo; alteró el deceso de su víctima diciendo que sólo se había puesto muy enferma. Aunque Jesús no se escandalizaba fácilmente, sí le repugnó la historia del *zarpazo* y conminó a la mujer, a manera de advertencia, con una cita bíblica del Éxodo: "No dejarás con vida a la hechicera". Le impuso unas pesadas penitencias y se dijo a sí mismo que no debía quitarle la vista de encima. Estaría pendiente de ella. No era lo mismo un médico tradicional que una bruja.

El obispo Foncerrada estaba consternado; no sabía qué pensar, ya de vuelta en Cuernavaca, en la soledad de su recámara. Su habitual seguridad en sí mismo y entereza parecían ahora faltarle. En la reciente visita que hizo a su amigo el obispo de Puebla tuvo fuertes impresiones que lo afectaron más de lo que hubiera imaginado. Desde luego que bien sabía cuál había sido la mayor. Se enteró de la muerte de sor Carmen de la Purificación, su Marcelina de hacía más de tres décadas. En esos treinta y cuatro años —superada por su parte la separación gracias a los cruentos rigores de las prácticas conventuales—, nunca había sentido tanto la presencia de aquella atractiva joven como ahora que sabía de su desaparición. Desde luego que había muerto ya vieja, de cincuenta años, pero como él jamás la volvió a ver desde su adolescencia, su recuerdo era el de una hermosa muchacha de dieciséis años, tibia y sensual, anuente...

(Poesía mística como subterfugio erótico. Teresa de Jesús, inquieta y andariega, procesada en la Inquisición por reformista, autora de los versos apasionados que tanto incitaban a aquella pareja de enamorados —y al paso del tiempo convertida en santa y reconocida como doctora de la Iglesia, lo que jamás sabrían los dos jóvenes—. Recuerdo de la emoción por lo prohibido. Enardecimiento de juveniles pasiones rememorado. Tibia piel erizada de excitación. Los sexos intensamente avivados. Blancas rodillas, robustas, apretando los muslos calientes, húmedos en su nacimiento. Tranquilizante y a la vez angustioso desahogo nocturno... y después el cruel castigo, tan placentero como el pecado. Ahora recurrencia, como dulce masoquismo. Los sentidos encendidos, domeñando a la razón. Pecado y azotes. Culpas y disculpas. Amor apenas floreciente sepultado vivo. Los labios entreabiertos y jadeantes de Marcelina... Marcelina...)

El obispo de Puebla no conocía aquella antigua historia de amor y por ello lo había sorprendido el impacto que observó en Foncerrada cuando salió a la conversación la rara noticia del convento del Carmen. Y para mayor consternación del obispo de Cuernavaca, se agregó otro dato cuyo efecto tampoco pudo disimular: la monja había muerto endemoniada —desechada como fue la hipótesis de la locura—. No otra cosa podían ser aquellas bestiales y lujuriosas acometidas sufridas durante tantos años, le había informado el prelado poblano. ¡Hasta hubo que exorcizarla!, exclamó con gesto dramático, aunque para nada exagerado; sólo revelaba sus sinceros sentimientos. Entonces Foncerrada había cambiado bruscamente la plática y después se arrepintió, pues fue muy obvio para su anfitrión el descontrol que había sufrido.

Ahora volvió a vivir aquella extraña sensación, acostado sin poder conciliar el sueño, no obstante la tibia noche de Cuernavaca. Recordaba las palabras de su colega como si las estuviera escuchando de nueva cuenta: "bestiales y lujuriosas acometidas". Resonaban no sólo en su mente, sino en los mismos oídos. Intentó arrojar de su cabeza la idea ridícula de que pudieran ser celos. ¿Celos del demonio?

(Con las mandíbulas fuertemente apretadas y los ojos clavados en las vigas de madera de la techumbre, apenas visibles en la penumbra, Foncerrada veía a Marcelina retorciéndose sobre el suelo de su celda conventual, con las manos en apretado movimiento contra su cuerpo, por abajo del hábito. Ritmo desesperado. El demonio la poseía, cubriéndola con su cuerpo. La escuchaba maldecirlo, suplicar, de pronto acezarle al oído. Empujarlo con ira y abrazarlo con frenesí. Tirada de espalda, clavaba las uñas en la de él, y lo sangraba… ¿De qué color era la sangre demoniaca? Se mordían los labios, la lengua, hasta que ella se quejaba y gritaba, loca de dolor y de placer. Él no cesaba de atacarla, acometiéndola con furioso vigor, y una y otra y otra vez lanzaba sus líquidos dentro y fuera del cuerpo de la adolescente —porque Heberto no veía a la monja de cincuenta años, sino a la Marcelina de antaño—. Empapada de sudor y de semen, con el cabello muy largo entre los senos grandes y blancos donde contrastaban los pezones oscuros, tan erectos que parecían reventar, ahora la joven, recostada, se dejaba montar y seguía furibunda la brutal cadencia que le imponía su poseedor. Heberto no podía distinguir los rasgos faciales diabólicos, pero sí contemplaba con rabia y envidia y excitación ese cuerpo sin ropa que ya estaba galopando salvaje sobre Marcelina. Con el hábito plegado en desorden sobre la cintura y agarrada con fuerza a los muslos de esa encarnación del demonio, ella seguía con sus propios movimientos, de manera acompasada y violenta, la embestida que sufría).

Tembloroso, el obispo Foncerrada sacudió la cabeza y se pasó la mano derecha sobre los ojos, con ese gesto suyo tan característico que de alguna manera delataba sus preocupaciones y, en este caso, una mezcla de mortificación con intensa agitación. Apretó la cara contra la almohada. Mejor pensar en otra cosa, decidió, aunque no lo logró ni en ese momento ni después.

Otra noticia, más intrigante que inquietante, le había dado el obispo de Puebla. Era la petición que acababan de hacer varios respetados médicos de esa ciudad al Santo Tribunal de la Inquisición para que se les permitiera curar la epilepsia usando entre los medicamentos un cráneo de ahorcado. Los inquisidores no accedieron de inmediato, pues antes consultaron su parecer a otro galeno prominente: el doctor Juan José de Brizuela, médico decano en la Nueva España, catedrático de cirugía y anatomía en la Real y Pontificia Universidad, presidente del Real Tribunal del Protomedicato y médico de cámara del excelentísimo señor virrey. Brizuela dio su opinión favorable y aprovechó para dictar una cátedra por escrito de lo que bien podría llamarse organoterapia. El obispo de Puebla había mostrado a Foncerrada una copia manuscrita del documento: primero criticaba los pueriles escrúpulos del vulgo necio que consideraba supersticiosos los medicamentos que se toman del cuerpo humano. Después aseguraba que apenas se hallará órgano en la admirable armonía del cuerpo que no tenga ma-

234

ravillosas virtudes para curar muchas enfermedades. Los pelos del hombre quemados despiertan del paroxismo a la epilepsia y contienen los vapores histéricos del útero. La saliva aprovecha a las picaduras de animales ponzoñosos, la lengua cura las nubes de los ojos y aun las sórdidas úlceras, como lo practicaron muchos santos. La leche materna no sólo la destinó la naturaleza al sustento de los niños, sino que la preparó para la cura de los hécticos, y exteriormente aplicada mitiga dolores y templa inflamaciones. El ombligo de los infantes aprovecha en los cólicos. El sebo de los niños limpia las máculas del rostro y borra la cicatriz de las viruelas. Las piedras de los riñones hechas polvo facilitan la salida de las que de nuevo se engendran. La orina se administra en bismas, con alivio, se bebe en apócemas, con provecho, y se aplica con acierto en filtros.

Pero el escrito del doctor Brizuela iba más lejos: la voz humana, si es blanda, aplaca la ira; la altiva mata; si suena artificiosa y dulce cura la melancolía, como lo hacía la música de David con Saúl, templando la moción que el mal espíritu le hacía en los humores para atormentarlo. El calor natural de todo el cuerpo rejuvenece lo apagado y marchito de los viejos y débiles, como el de la sulamita con Salomón, en quien no faltaban ni las púrpuras preciosas para el abrigo, ni los vinos generosos para alentar el ánimo, ni los bálsamos aromáticos para vivificar su espíritu, y sólo el humano calor de la sulamita refociló el enflaquecido cuerpo de Salomón. Ni más ni menos que la Biblia lo decía.

Semejantes recetas y recomendaciones habían llamado la atención del obispo Foncerrada, pues justamente estaba comenzando una indagación acerca de las supersticiones de los indios que venían arrastrando desde épocas anteriores a la luz del Evangelio traída por los españoles. Claro que aquello era otra cosa; se trataba de médicos eminentes, empezando por el mismo Juan José de Brizuela. No obstante, ahora, de regreso en su diócesis de Cuernavaca, no podía dejar de pensar en ello.

Miguel Bernardino rondaba ya los cuarenta años de edad. A diferencia de lo que sucede con los niños y los adolescentes, él siempre estuvo cierto de lo que haría en la vida. Aunque nunca imaginó que llegaría a ser tan prestigiado *ticitl*, por más que su padre lo hubiera sido y muchos de sus ancestros paternos también (mas no al grado en que él lo había logrado). Realmente, nunca vislumbró el nivel de reconocimiento que obtendría con sus éxitos, aunque aparecieran como indicios del futuro las marcadas inclinaciones naturales y evidentes dotes del niño y después del joven. Aun así, a la postre todo podía haber sido diferente de lo que se suponía que era probable. Pero no fue el caso de Miguel Bernardino: él siguió la tradición de sus mayores. Quizá era un sino ajeno a sí mismo.

Su bautizo cristiano fue más formal que por convicción de sus padres. Ellos mismos, recién consumada la conquista, habían sido llevados por los suyos a la pila bautismal, para no enfrentarse a los españoles. De la mano con los conquistadores militares llegaron los conquistadores espirituales, y a ninguno de los dos convenía oponerse.

(Corteses y Motolinías, Alvarados y Sahagunes, Grijalvas y Las Casas, Montejos y Zumárragas, todos españoles y todos católicos. Armaduras y sotanas, novedosos atavíos que siempre escondían algo desconocido. Nuevos reyes y nuevos dioses llegados por la fuerza con sendos blasones por delante. Conquista y evangelización, banderas de la imposición. Gente de espada y gente de cruz, ambas armas de cuidado. El Imperio de Carlos V y la Iglesia de Jesucristo, avales institucionales del avasallamiento exterior. Potestades forasteras autodesignadas soberanas. Sangre en honor del rey de España y sangre en honor del dios de los españoles. El poder de los más fuertes. Sumisión a las leyes y a los credos ajenos. Pérdida de identidad y adquisición de una nueva. Diluida, extraña, impropia.)

En sus curaciones, Miguel Bernardino seguía los ritos antiguos que había aprendido desde muchacho y perfeccionado en su madurez, siempre bajo la influencia de personas de experiencia: primero su padre, en Mezcala, y después varios ancianos en Teloloapan y en Ixcateopan. De cualquier manera, como casi todos los indígenas, a sus convicciones religiosas primigenias inevitablemente se habían agregado algunos elementos formales traídos por los irruptores. No sentía que ello fuera una traición a su identidad originaria, sino un complemento superficial que no afectaba a la sustancia. Aunque él era sin duda tradicional en sus quehaceres como *ticitl*, a veces aparecía algún vínculo con lo cristiano o con lo español en su forma de tratar a los pacientes, cuando no había otro remedio. Aun así, en los tratamientos terapéuticos de Miguel Bernardino casi nunca había elementos ajenos a la antigua cultura indígena.

Sus curaciones remitían a la época prehispánica. Interminables conversaciones sobre ello había tenido con su amigo Jesús, el sacristán, compartiendo sus orígenes comunes. Años después, en circunstancias muy diferentes, haría un largo recuento para el mismo Jesús, a la sazón ya párroco en el pueblo de Taxco.

Entre tantos y tantos casos que atendió Miguel Bernardino, hubo varios como el de un niño que cayó enfermo, con fuertes dolores de cabeza. Como siempre, el hombre médico primero ocupó unos minutos en concentrarse, sentado junto al lecho del paciente y tomándole la mano, en silencio, con los ojos cerrados, transmitiéndole un placentero sosiego y reconfortándolo con una extraña energía que sentía no sólo el enfermo, sino todos los presentes. Después le observó con cuidado la mano, luego le alzó los cabellos de la mollera como jalándolos hacia el sol —aunque estaban bajo techo— e invocando a ese astro en su idioma nativo, dijo:

—Señor nuestro, yo te ruego y suplico que tengas piedad de este niño y le des y restituyas la salud perdida, pues está en tus manos.

Procedió entonces a pintar una raya imaginaria sobre la cabeza del pequeño con una pizca de tabaco: desde la punta de la nariz hacia arriba, hasta atravesar el cabello y llegar a la nuca. Esta sencilla curación, casi siempre efectiva, era de las más socorridas por él.

Miguel Bernardino practicaba numerosas sanaciones de índole muy diversa, tanto por las causas del mal como por la terapia que aplicaba. También para el dolor de cabeza, apretaba con los dedos las sienes del doliente, manteniéndolos así un largo rato, y le soplaba la cara cuatro veces; luego le untaba tabaco en la frente, le salpicaba agua en los cabellos y lo sahumaba con *yautli* o pericón, conjurándolo así, siempre en la lengua de sus mayores:

—¿Quién es el poderoso y digno de veneración que ya destruye a nuestro vasallo? Hemos de dar con él en la orilla del mar y hemos de arrojarlo a ella.

Para curar los ojos inflamados y rojizos por un derrame sanguíneo, les introducía zumo de corteza de mezquite o una infusión de la hierba llamada *tlachichinoa* o sangre fresca de cañones de plumas de gallina recién arrancadas, sahumando al enfermo con copal, tequesquite y sal. A veces sólo usaba agua fría y pronunciaba esta invocación que aludía al líquido elemento:

—A ustedes, las venas: una culebra, dos culebras, tres, cuatro culebras, ¿por qué maltratan así el espejo encantado de los ojos y su faz? Vayan donde quieran, apártense a donde les parezca, y si no me obedecen llamaré a la de las enaguas y huipil de piedras preciosas, que ella las desparramará por esos desiertos, ella las arrojará.

Para el dolor de oídos usaba unas gotas de *tenixiete* y exhalaba su aliento dentro de la oreja enferma, conminando al mal de esta manera:

—¡Guárdate de no hacer cosa de la que te avergüences, que yo ya soplo aquí en las dos cuevas!

En el caso de dolor de dientes, Miguel Bernardino echaba directamente sobre la muela o pieza afectada una gota de copal ardiendo y sahumaba con más copal y *piciete* al enfermo, profiriendo este conjuro al propio tabaco e incluyendo un alegorismo al paciente:

—Mira, no caigas en afrenta, no hagas cosa que no sea a propósito del bienestar; lo que has de hacer es sacar y quitar el verde dolor que ya quiere destruir a mi encomendado cuatro cañuelas; hiere, saca sangre y prosigue, que hemos de expulsar al dolor, porque echa ya a perder el molino encantado.

Al dolor de quijada lo combatía con tabaco preparado como cataplasma, siempre con algún conjuro simbólico en náhuatl referido a esa planta, el *piciete*:

—Traigo al príncipe espíritu de color oscuro y sus pajes; ya ha venido el que asiste a los ídolos, a quien tienes por señor y digno de ser obedecido, pues tu pardo dolor yo ya he venido a destruirlo y a abrasarlo.

Para aliviar la garganta hinchada, se untaba en la punta de los dedos índice y medio una pasta de axiote, jugo de tomates y tequesquite; los metía por la boca del enfermo hasta adentro y los apretaba contra la parte inflamada. A la vez decía:

—Atiende lo que te mando, quita el dolor, que no hay razón para que quieras matar y destruir mi joya, mi piedra preciosa. ¡Tú!, blanca mujer, haz tu oficio. He de aplacar al pescuezo conjurado y lo he de sanar.

Para el dolor del pecho daba a beber al paciente una especie de atole de maíz con corteza molida de *coanenepilli* y aplicaba también unas ventosas usando estopa de algodón para prender el fuego que provocaría el absorbente vacío; al pecho lo llamaba, en su propio idioma, "arca toral encantada".

Para el dolor de espalda calentaba una piedra y la aplicaba como fomento sobre la parte más dolorida, para después calentarse un pie y apretar con él la espalda y la columna del sujeto, como caminando sobre él; en casos más graves llegaba a hacer punciones con una aguja o con un colmillo de víbora.

Tenía otros remedios para el dolor de vientre, para el salpullido y para los herpes, para las fracturas de huesos, para frenar hemorragias y para provocar sangrías.

Y así, siempre con la expresión en náhuatl de conjuros alegóricos específicos para cada dolencia, Miguel Bernardino atendía muchas otras enfermedades con remedios y rituales tradicionales.

No obstante, en algunos pocos casos ya incorporaba elementos ajenos, algunos apenas perceptibles. Es probable que su relación con Brígida, más allá de las enardecidas intimidades, hubiera significado asimismo una cercanía con el cristianismo, pues aunque ella no era especialmente mística —sino más bien todo lo contrario, notable ejemplar del erotismo y carnalidad más arrebatados—, había sido educada por su madre española dentro de un catolicismo formal, hasta donde las limitadas circunstancias rurales de su vida mexicana se lo habían permitido. El padre de Brígida, indígena distinguido, no había interferido las decisiones de su esposa en ese sentido. Como quiera que fuera, la cercanía de Miguel Bernardino con Brígida llevaba ya veinte años y, más allá de los placeres que compartían, le había servido a él para vivir muy próximo a una cultura que antes le había sido más bien ajena, por más bautizado que estuviera. De cualquier manera, en sus labores de *ticitl* mantenía las tradiciones originales. Sin embargo, a veces los elementos de origen extranjero se presentaban en las causas de la enfermedad. En tales ocasiones se veía inmiscuido, a su pesar, en asuntos claramente de competencia religiosa católica, pero les aplicaba sus propios saberes adaptados a las circunstancias.

Tal fue el caso de un paciente que requirió consulta con cierta urgencia, con una mezcla de males corporales y espirituales; el enfermo consideraba que su padecimiento podía estar ocasionado por su santo patrono, resentido porque lo tenía en completa desatención: en su día festejó el propio onomástico, pero ignoró a su santo; ni velas ni flores le llevó a la iglesia. Para remediarlo, el *ticitl* degolló una gallina colorada delante del fuego en la casa del enfermo, untó la sangre en tres piedras colocadas en el patio formando un triángulo y pidió a la esposa que cocinara el ave y tuviera a la mano tamales elaborados con esa carne, y asimismo pulque. En esa región de la Nueva España la masa de maíz para confeccionar los tamales no era envuelta en hojas de plátano para así cocerlos al vapor —como en las costas y en Oaxaca—, sino en las hojas de la mazorca del propio maíz.

Miguel Bernardino regresó más tarde y dividió los alimentos ya listos y la bebida espirituosa, fresca y apetecible, en dos partes: la primera la ofreció al fuego, en un improvisado altar, ahí mismo en la casa.

(Los médicos indios recomendaban a todos que jamás había de apagarse el fuego en sus hogares, y así sucedía, desde luego dejando sólo unas brasas encendidas entre cada comida y durante la noche. Cuando por excepción llegaba a apagarse, se prendía en cuanto se percataban de ello, pidiendo perdón al propio fuego por el descuido.)

Miguel Bernardino ordenó que la otra parte de la ofrenda la llevaran el enfermo y su mujer al ara de su santo en la parroquia, con un ramo de rosas y unas candelas. Todo lo dejarían allí, para la complacencia del santo agraviado. Cumplida la encomienda, volvieron a su casa, donde los esperaba el *ticitl*, y todos juntos comieron la oblación que primero había honrado al fuego.

Lo único que jamás hacía Miguel Bernardino era negar sus servicios a nadie, aunque fueran asuntos graves o de escasas posibilidades de curación. Así lo había enseñado su padre. Ser *ticitl* era un honor y también una responsabilidad comunitaria.

CUERNAVACA, 1619

Hernando Ruiz de Alarcón era un cura letrado y conservador. Él y sus cuatro hermanos habían estudiado en la Real y Pontificia Universidad de México. Con su famoso hermano Juan, el único de los cinco que no se hizo sacerdote, nunca había tenido una relación muy estrecha, pues las inclinaciones de éste hacia la literatura y el arte, concretadas en el teatro, lo habían llevado por caminos de la vida mucho más libres que los seguidos por Hernando, aunque Juan, en principio, había estudiado para abogado. Había vivido en España los primeros ocho años del siglo y, además, hacía mucho que no se veían, pues residía definitivamente en Madrid desde 1613, donde había obtenido reconocimiento y respeto, a la par —si no es que más— que otros grandes dramaturgos españoles. De hecho, se le consideraba uno de ellos. Lo que sí tenían en común ambos hermanos era su carácter emprendedor, cada uno en lo suyo.

Hernando aplicaba sus empeños, con tesón y con firmeza, a combatir los obstáculos que se enfrentaban a la práctica correcta de la religión católica. Para ello se había constituido en un verdadero investigador que perseguía las idolatrías y otras formas de herejía, sobre todo de los indígenas, aunque no quedaban excluidos de su enconado ímpetu los negros, los miembros de otras castas e incluso los mestizos. Sólo él sabía cuánto influía en su celo y acoso el deseo de borrar de la memoria colectiva el origen judaico de su familia materna. Parecía que actuara bajo el influjo de alguna obsesión, que bien pudiera ser ese afán por desvanecer semejante mancha en su sangre.

Desde hacía varios años había venido anotando con meticulosidad una gran cantidad de rituales y costumbres indígenas prehispánicos que perduraban todavía, en pleno siglo XVII. La evangelización católica de los naturales no había penetrado en su alma todo lo que se esperaba. Como era oriundo de Taxco y durante toda su vida sacerdotal había estado al frente de parroquias de esa misma región, la información que había recopilado sobre las prácticas gentílicas sobrevivientes en los indios —como él las llamaba— ya era digna de consideración. El obispo Foncerrada, titular de la diócesis de Cuernavaca, así lo había apreciado.

Para llevar a cabo sus empeñosos afanes, en Ruiz de Alarcón se sumaban aquel deseo de contrarrestar sus orígenes y un sincero catolicismo, con su falta de aprecio a la cultura de los indígenas, si no es que un franco desprecio y discriminación. No dudaba en llamar a éstos "ganado roñoso".

242

Con semejantes convicciones, no se reservaba sus puntos de vista ante Foncerrada, pues había una identificación evidente entre ellos dos. Ahora le estaba informando acerca de los avances en el encargo recibido:

—Monseñor, los supuestos médicos indios que en su lengua les llaman *ticitl* son en realidad hechiceros. Aquel nombre encierra muchos engaños y con él se rebozan cosas que de ninguna manera son lícitas a los fieles y se deben desterrar con todo cuidado. Considerarlos como médicos es una usurpación.

—Bien dicho, padre Hernando. Los indios los toman como sabios y pitonisos, pero tienen pacto con el demonio.

El cura de Atenango continuó:

—Creen que remedian cualquier necesidad y trabajo por grande que sea, empezando por las dolencias del cuerpo y del alma. Hasta piensan que son capaces de quitar el enojo que pudiera tener con el enfermo Dios Nuestro Señor o la Santísima Virgen o cualquiera de los santos. Y sus dioses silvestres los inventan a partir de cualquier animal o planta, comenzando por esos venenos del peyote, el *ololiuqui* y el toloache. A ellos adoran, y al sol y al fuego y a muchos otros que imaginan. El consejo ordinario que siguen es hacerles sacrificios.

El obispo escuchaba con atención y concordaba con el sacerdote:

—Cierto, padre. Es lástima cómo les creen a esos embusteros, mucho mejor que a los predicadores del Evangelio. Con sus condenadas brujerías y embelesos hacen desatinar al prójimo —y siguió escuchando el informe.

—Sus medicinas y terapias son unas porquerías diabólicas. Si usted me lo permite, Su Ilustrísima, y si me da licencia para ofrecerle, con todo respeto, algún ejemplo de los peores, le diré que cuando hay dificultades para que una parturienta se alivie, le dan un brebaje de cola de tlacuache, si bien le va a la mujer, pues en otras ocasiones el remedio es una lavativa con saliva de la paciente por la parte de la generación, en que se echa bien de ver la poca estima de la honra, la temeridad del juicio y lo disconforme del remedio.

—Claro, padre, como los indios son de todo punto ignorantes de la ciencia de la medicina, toda ella la reducen a superstición y la incluyen en modos idolátricos y herejes, pues no se nos olvide que ya están bautizados: por ello herejes. Brutos y sin comprensión de las misericordias del Señor, atribuyen alguna casual curación a sus falsos encantos. Por eso, padre Hernando, estamos expectantes a la espera de la conclusión de sus investigaciones.

—Pronto será, Su Eminencia, pero no quiero omitir anticiparle que los indios son protervos en negar cualquier delito, y mucho más si huele a cosa de gentilidad. En los numerosos interrogatorios que ya he realizado, mejor opté por excusar el tomarles juramento, porque es gente de tan poca capacidad que les parece que no indica ninguna obligación. Además, están más temerosos y son más tercos en sus negativas de confesión porque les atribuyen divinidad a tales prácticas abominables, y recelan de que se molesten con ellos sus pérfidos dioses y demonios, que son los mismos.

—Pero en todo caso, mucho habrá ya avanzado, padre Hernando. Me urge su informe final, pues le tengo reservada otra encomienda.

Por la mente de Hernando pasó la posibilidad, ya insinuada anteriormente, de ser transferido a la parroquia de Taxco, lo cual significaría una especie de ascenso. No dejó entrever ninguna reacción a lo dicho por el obispo, y le contestó:

—Claro, monseñor. Si le parece, permítame de cualquier modo adelantarle algunos datos, aunque sea de manera somera —sacó entonces el cura de Atenango unos papeles que llevaba doblados en el bolsillo de la sotana y, consultándolos, continuó—: Verá usted. En Tlaltizapán hay un indio de nombre Domingo Hernández, viejo de fama venerable porque es tenido por santo debido a supuestas curaciones que hace y temido por los embustes que cuenta, que no son más que ardides de Satanás. Asegura que se le aparecieron la Virgen María, Nuestra Señora, y la Verónica, y a mí me declaró que las artes que él sabía no las había aprendido de los hombres, sino de gente de la otra vida. Su usual forma de curar era punzar todo el vientre del incauto con una aguja, profiriendo a la vez un conjuro blasfemo que terminaba diciendo: *"In nomine Patris et Filij et Spiritus Sancti"*. ¡Dios nos ayude, señor obispo!

—¡Quién creyera tan extraño resabio, que para más acreditar su engaño se vale de tan altos nombres! —apuntó el prelado—. Ya se ve que acomoda su descomulgado conjuro con el modo de las bendiciones de la Iglesia, para persuadir a la gente ignorante de que todas aquellas palabras le fueron comunicadas por orden soberano y divino.

—Así es, Su Señoría. Y en el mismo pueblo de Tlaltizapán —continuó el padre Hernando— hay otro curandero, éste ciego, que con dos como pelotas de yerbas dice efectuar sus magias. Un monje lo llamó desaprensivamente para consultarle si un tal fray Luis Lorenzo había muerto hechizado, pues fueron raras las circunstancias en que ocurrió su deceso en el convento. ¡Hágame usted el favor! ¡Qué manera de ofender el hábito religioso ateniéndose a tal consultor! También es prestigiado ese mismo impostor carente de vista por curar las almorranas aplicándoles *colopatli*.

El obispo no dijo nada, pero se quedó pensando en una vieja dolencia que aún lo incomodaba; habría hecho cualquier cosa para superarla. Bueno, casi cualquier cosa, pues jamás se pondría en manos de un curandero indio. En un instante recordó con nostalgia aquellos remotos días de clausura, y emitió un breve y casi imperceptible suspiro.

(El novicio y el padre Heberto contemplaban el ocaso desde el fondo de la huerta del convento del Carmen, sentados en la hierba uno junto al otro. No decían palabra alguna, pues no necesitaban hacerlo. La mano del fraile envolvía la del joven —casi niño—, y la suavidad que le transmitían sus movimientos apenas perceptibles era más elocuente que cualquier discurso. En realidad, a lo largo de meses, ya lo habían dicho todo para poder llegar a esa complicidad silenciosa que los unía cada vez más. El novicio llegó al monasterio espantado y con un profundo vacío de amor, del amor que sus padres no le dieron antes de mandarlo a ese encierro. Por su parte, Heberto había sido designado por el prior como maestro y custodio del muchacho. De las enseñanzas religiosas y del fervor a Dios se pasó, sin que ninguno de los dos se lo propusiera, a una relación más personal, al afecto y a la necesidad del otro. Una soleada mañana de agosto salieron a caminar fuera de los linderos del convento, a la búsqueda de hongos comestibles, que en esa época del año abundaban en el bosque. Sin quererlo, cuando menos de manera consciente, descubrieron —porque ambos lo descubrieron juntos— que su amistad había rebasado los límites de la castidad. No se refrenaron; todo lo contrario: dieron rienda suelta a su pasión.)

El padre Hernando aparentó ignorar la breve pausa hecha por el obispo, tosió ligeramente y continuó:

—En Temimilcingo hay una hechicera, de nombre Isabel María. Y está esta vieja tan pagada de la virtud de sus falsos conjuros, que habiéndomelos declarado dijo que con aquello había descargado su conciencia, no ocultando cosa de las que Dios le había comunicado para provecho de los hombres. Con que se ve claramente cuán lejos está de tenerlos por malos, y cuánto más de dejar el uso y ejercicio de ellos. Todo esto prueba lo superficial que tienen la fe estos miserables y lo poco instruidos que están en ella.

Ruiz de Alarcón hizo una pausa cortés, mas como el obispo no agregó ningún apuntamiento, siguió adelante:

—Una tal Petronila del pueblo de Tlayacapan era dizque cirujana, y para las incisiones daba un bebedizo de *coanenepilli* y ruda a los imprudentes que caían en sus manos. Y de Tepecuacuilco es una Magdalena Juana que sanaba el mal de orina con raíz de *tlacopatli* y cola de tlacuache, pues esta última la consideran excelente remedio para impedimentos de cualquier flujo del cuerpo, incluidos los niños en los partos. Otra, Isabel Luisa, de nación mixteca pero avecindada en Cacahuamilpa, curaba con el *ololiuqui*, que estos blasfemos ya empiezan a mentar como "semillas de la Virgen"; es en tanto exceso lo que los bárbaros veneran a esta semilla, que usan como por devoción barrer y regar los lugares donde se hallan las matas que la producen. Les ofrecen incienso y ramilletes de flores como quien estuviera en el *sancta sanctorum*.

—¡Dios me libre! —exclamó el obispo. Y siguió Ruiz de Alarcón, con cierta inseguridad porque pensó que se había excedido en su comentario:

—Un Martín Sebastián, de Chilapa, recetaba para las calenturas una pócima de agua con jugo de la yerba llamada *atlinan*, y para mayor magia le echaba adentro doce granos de maíz. Y en Huitzuco, cerca de Iguala, para los dolores generalizados del cuerpo la curandera Magdalena Petronia, que era ciega, provocaba la evacuación por medio de una lavativa. Allí mismo había otra nombrada Justina que pretendía curar con la yerba *tzopillotl*.

El padre Hernando hizo una pausa, como para tomar bríos, mas el obispo la aprovechó para preguntarle:

—Oiga, padre, ¿y qué ha averiguado de las brujerías que practican los negros que trabajan en las minas?, porque es un asunto que debe aflorar bastante en la región donde usted oficia. Son igual o más supersticiosos que los mismos indios, lo cual no me sorprende, dado su origen más salvaje, que ya es mucho decir. Basta verles el color de la piel. Quizá Dios los hizo así para que observáramos en semejante oscuridad el reflejo de su alma. Alguna explicación debe haber a esa extrema imperfección.

—Así debe ser, Su Señoría. Aunque debo decirle que tanto los indios como los negros que trabajan en las minas tienen como lacra principal la beodez, pues el enemigo infernal que se desvela para nuestro daño los impele a embriagarse a fin de aguantar esos pesados quehaceres subterráneos. Si llevaran a cabo ese rudo trabajo como ofrenda por amor a Dios, les sería de mucho aprovechamiento espiritual, pero en cambio, al deterioro derivado del esfuerzo bajo la tierra se agrega el que originan sus constantes borracheras en alianza con el demonio. Ningún suave remedio sirve para extirpar este vicio diabólico a cuyas manos muere tanta multitud, acabándose y consumiéndose esta miserable generación.

—Cierto es lo que usted señala, padre Hernando, pero volviendo a las supercherías de estos infames negros, ¿qué datos han llegado a su conocimiento?

—El más notable, señor obispo, se refiere a un negro esclavo que se decía curandero, y era tanta la fuerza de su maldad que hasta su propio dueño, un español, creía en sus fingidos poderes. Así fue cuando se sometió el amo al siervo para ser investido de una supuesta protección en contra de la mismísima muerte.

—¡Válgame Dios!

—El negro se sangró a sí mismo y revolvió su propia sangre con ruda, cebolla y ajo, dándole a beber al otro el repugnante brebaje. Luego le marcó la lengua cortándosela con una filosa navaja: de dos tajos superficiales le dejó hecha una cruz. Después le raspó con aspereza diversas partes del cuerpo, usando para ello, de canto, el filo de un cuchillo. Todas estas manipulaciones simbolizaban para esas dos mentes primitivas la aplicación de un escudo que haría invulnerable al amo.

—Y de aquel otro esclavo negro llamado Lucas quién-sabe-qué, preso ya para tranquilidad de todos, ¿qué me dice usted, padre Hernando?

—Bueno, Su Eminencia, aunque yo no estuve cerca de esa causa, pues la siguieron autoridades civiles por la índole de los delitos cometidos, sí estoy al tanto de los sucesos. Lucas Olola, que ése era su apellido, se decía curandero iluminado por Dios. Muchas ocasiones llevó a cabo un sucio engaño: iniciaba un macabro baile en medio de un grupo de seguidores indios y de pronto fingía desvanecerse sin sentido, echando espumarajos por la boca. Después de algunos minutos se levantaba con furia, diciendo que ya había recibido a su espíritu de regreso con indicaciones divinas, y soltaba una larga perorata que asombraba a la palurda concurrencia. Entonces escogía a la india que se le antojaba, aunque fuera esposa o hija de cualquiera de los presentes, y se metía con ella a su casa sin que nadie lo resistiera, impresionados por su parlamento. Esas mujeres, llenas de miedo, se dejaban gozar por él. Hasta que fue denunciado y detenido, ¡gracias a Dios! Pero volviendo a los asuntos que sí me competen debido a su encargo, pronto le daré a usted el informe pormenorizado, señor obispo.

Foncerrada movió la cabeza, como asintiendo al ofrecimiento del padre Ruiz de Alarcón, pero en realidad estaba ensimismado a partir de la última imagen relatada por éste. Más habría de impresionarlo la lectura completa del prolijo escrito que poco tiempo después le entregaría el sacerdote.

(Sería un verdadero tratado de las supersticiones y costumbres gentílicas entre los indios naturales de esta Nueva España. Su contenido alcanzaría una amplia gama de temas preocupantes: idolatrías, adoraciones, agüeros, encantos, conjuros, invocaciones, hechizos, sortilegios, suertes, embustes, adivinaciones y todo tipo de supersticiones que usaban para curar males y enfermedades del cuerpo y del alma, o para propiciar sucesos afortunados en sus quehaceres como campesinos, cazadores, pescadores o leñadores, o para atraer y aficionar personas, o para aplacar enojos y reconciliar. Incluso para provocar el mal en otras gentes.)

Ya para despedirse, como en un acto de íntima confianza, el obispo le dijo:

—Hay un caso muy delicado que deseo que usted revise y me aporte sus luces, con la experiencia y sagacidad que lo caracterizan. He recibido denuncias en contra de un indio brujo de Ixcateopan llamado Miguel Bernardino. Para profundizar en los hechos, comisioné al padre Jesús, párroco de Taxco, que usted bien conoce, a fin de que realice pesquisas con la facilidad que le da ser él mismo un indio. Estoy seguro de que compartimos el recelo de que sea él quien esté investigando, pero ésta es sólo la primera etapa, padre Hernando. Cuando tenga los pelos del asunto en la mano haré de lado a Jesús, y allí es cuando necesitaré el auxilio de usted. Lo tendré al tanto.

Ruiz de Alarcón sintió que cada vez estaba más cerca su mudanza a Taxco. Días después, ya de regreso en Atenango, recordaría a detalle aquella entrevista con el obispo Foncerrada. En esa ocasión, al final, le pidió el prelado que volviera a buscarlo, en Cuernavaca, en cuanto concluyera su informe. Por supuesto que así lo haría, y muy en breve, pues ya casi estaba listo. No sólo por obediencia lo procuraría Ruiz de Alarcón, sino para ver si se concretaban las insinuaciones del superior. No le sentaría mal algún cambio, y menos aún si fuera a una población más importante. En Atenango ya había cumplido. Hasta campana nueva le puso a la parroquia; con orgullo ordenó, a los fundidores que la hicieron, que el cuerpo de la misma incluyera la leyenda: "Hernando Ruiz de Alarcón. 1615".

Capítulo VIII

...Líbranos del mal

Ixcateopan, 1619

No recordaba haberse sentido nunca tan mal. Estaba segura de ello. Una frustración tan intensa como la que resentía devenía angustia y finalmente se convertía hasta en dolor físico. Le comprimía el pecho y parecía que le faltaba la respiración. Antes no pensaba en la muerte, sólo en raras ocasiones, en tanto que ahora se había convertido en un pensamiento más que recurrente. No era que la presintiera, pero no se la podía quitar de la cabeza. Quizá iba a tardar todavía muchos años en llegar, pero la tenía muy presente. Le provocaban escalofríos estas ideas y trataba de huir de ellas, pero de manera pertinaz volvían una y otra vez a su mente. Su edad había avanzado de manera implacable, pero Brígida no sentía por ello mayores transformaciones internas... en cambio, hacia afuera sí las percibía; eran evidentes, obviamente. Siempre se había gustado a sí misma; su cara y su cuerpo. Incluso le complacía contemplarse desnuda ante ese gran espejo que tan caro le había costado en Taxco. Lo hacía con frecuencia. Era un placer solitario que no solía compartir con Miguel Bernardino, aunque a veces sí lo había hecho. Mirarse a detalle, mostrarse su interior, revisar sus intimidades, disfrutarlas con la vista y con el tacto. Seguía acostumbrándolo, pero no podía ocultarse a sí misma el paso de los años. Décadas, en realidad. Aun así, continuaba siendo atractiva, pero eso no la satisfacía. Sus problemas tenían otras im-

251

plicaciones. No era una aislada frustración, sino varios fracasos diferentes, como si se multiplicaran sus mortificaciones. Frustración de amante que ya no atrae igual que antes a su hombre, frustración de madre imposible —amor materno latente hecho nudo en el pecho y en el vientre—, frustración de mujer que ya no le percibía ningún sentido a su vida y que quizá nunca se lo había percibido porque no lo había tenido. Todo esto le dolía con intensidad, la hundía en la depresión y finalmente la enojaba; más aún, la enfurecía. Y como sólo tenía a Miguel Bernardino cerca de ella, contra él arremetía. Cerca es un decir, pues ante su constante mal humor y agresiones, por lo general injustificadas, él se alejaba cada vez más de Brígida. El círculo vicioso crecía y la brecha entre ambos se profundizaba día a día. La intimidad amorosa entre ellos había ido espaciándose los últimos años y ahora había ya desaparecido casi por completo.

Su relación ya diluida o hasta quebrada hizo crisis cuando él empezó a faltar por las noches a su casa. Eran ocasiones extremas en las que Miguel Bernardino no soportaba más, cuando le llegaba a resultar intolerable la convivencia, no sólo fría, sino áspera, punzante. Y cada vez eran más frecuentes esas ausencias. No la estaba engañando con ninguna otra mujer, sólo quería huir de su infierno doméstico. Pero Brígida estaba segura de la existencia de una rival; a veces pensaba en Juana, el viejo amor de la adolescencia; otras, cediendo a su masoquismo, imaginaba una joven atractiva. Ninguna otra explicación de sus alejamientos cabía en aquella mente de rústica inteligencia, abonada amargamente con la frustración que sentía.

¡No toleraba esa burla, ser engañada descaradamente! Le había dado su vida entera. ¡A un indio!, ¡sí!, ¡indio y mantenido!, pues era claro que la situación de ella en lo personal era más desahogada que la de él —lo cual les permitía tener en aquel escondido enclave de la sierra lo que allí podrían considerarse como ciertos lujos—, aunque ciertamente vivían en la casa heredada por Miguel Bernardino. Pero eso no importaba. A las convicciones irracionales no se pueden oponer ni los más objetivos argumentos.

Brígida no era una mujer abnegada que pudiera resistir sin límites el sufrimiento y lo que ella consideraba embustes de Miguel Bernardino, quien ante sus airadas reclamaciones le explicaba, a regañadientes, que no existía nadie más en su vida, que se ausentaba para que su alma pudiera respirar, que cualquier sentimiento de ella sería válido, excepto los celos. Brígida se exasperaba ante semejantes declaraciones, y acumulaba más y más amargura y un profundo rencor. De manera particular la irritaba esa calma desesperante que siempre tenía Miguel Bernardino, como si nada en el mundo fuera importante, como si él estuviera por encima de los sentimientos de los demás, como si no existiera algo capaz de preocuparlo o sacarlo de sus casillas.

¡Ya no sabía qué medidas tomar! Había agotado sus recursos, los que ella misma ideaba en la cama, que no eran pocos ni faltos de imaginación, y los que Roberta, la curandera gallega, le había proporcionado en numerosas ocasiones. Experta en intervenciones en los amores ajenos, esa ensalmadora la había asesorado utilizando los más insólitos procedimientos para recuperar el interés de Miguel Bernardino, pero todos habían sido en vano. Ninguno funcionó. Como el fundamento de esa relación de pareja siempre habían sido los vínculos amatorios, a Brígida no se le ocurría ninguna otra solución que tuviera lugar lejos del aposento conyugal. Posiblemente tenía razón en ceñirse a ese ámbito, fuera del cual nunca se habían desenvuelto juntos, aunque quizá ya no había nada que hacer a estas alturas.

Miguel Bernardino no sólo sentía o presentía: *sabía* que un cambio crucial en su vida estaba próximo a suceder. No era posible pensar que el obispo de Cuernavaca quedara satisfecho con un informe exculpatorio del padre Jesús acerca de sus actividades. Ni tampoco si lo justificaba o sólo ofrecía explicaciones. Foncerrada necesitaba culpables, y él tenía suficientes méritos para serlo. En realidad, sus quehaceres como *ticitl* violaban con claridad las enseñanzas de la Iglesia católica… o las de sus ministros, más bien, pues ¡cuántas páginas de la Biblia le había leído Jesús donde sentía más respaldo que rechazo!, aunque muchas otras sí lo condenaban.

De cualquier manera, Miguel Bernardino estaba convencido de que sus curaciones (sólo en algunas pocas ocasiones intentos frustrados) eran por el bien de los enfermos que acudían a él. Así le constaba desde que era niño, pues también las habilidades de su padre fueron muy socorridas por la gente, y desde hacía muchos años sucedía igual con él mismo. Si lo buscaban era porque generalmente servían sus conocimientos y medicamentos. Las más de las veces los enfermos sanaban, fueran sus padecimientos físicos o espirituales. Algunas ocasiones no mejoraban y sólo en pocas, por fortuna, acaecían empeoramientos. Pero nunca tuvo una mala intención. De hecho, muchas veces fue requerido —cuando todavía no tenía el gran prestigio del que ahora gozaba— para realizar maleficios por encargo, para provocar daño a alguien. Jamás aceptó esas encomiendas. Él no era un brujo, como esas mujeres de sangre española que por dinero hacían lo que fuera. Su padre le había legado no sólo sus dones y conocimientos de *ticitl*, sino asimismo su sentido de responsabilidad ante sus pacientes y de solidaridad con su comunidad. Él quería a su gente, no podía más que desearles el bien a todos. Ciertamente, no tenía enemigos. Nunca los había tenido. No creía que se pudieran considerar como tales a uno que otro *ticitl* envidioso de sus éxitos.

Pero no le preocupaba mayormente. Hasta la misma muerte no era algo que lo angustiara. Todos nacimos para morir, la vida sin muerte no existe. Van de la mano una con otra y eso es lo normal. Hasta los volcanes nacen, viven y mueren. La cosmogonía cíclica del pensamiento prehispánico la tenía inmersa en la médula de los huesos. Que sucediera lo que tuviera que suceder. Mientras tanto, él seguía con su trabajo. No iba a desamparar a todos los que lo buscaban. Les daba remedios y consuelo. Ésa era su propia satisfacción.

Sólo tenía una gran espina que le producía desasosiego. Sentía una frustración en su vida íntima actual, pero no era poca cosa.

El obispo estaba intranquilo. No podía decir que el padre Jesús no hubiera avanzado en sus pesquisas acerca de las actividades de Miguel Bernardino, pero no lo había satisfecho el enfoque de sus informaciones. Y no porque le desagradara el párroco pueblerino —que así era, en efecto—, sino que realmente se sentía defraudado, aunque no pudiera asegurar con exactitud el motivo. No tenía la impresión de que le hubiera estado ocultando algún dato, pero todo lo que había hecho el *ticitl* parecía estar justificado con hechos. ¡Eso era lo que no le gustaba! Desde luego que Jesús bien sabría cómo presentar las averiguaciones para mostrar acontecimientos disculpables, o para atenuar la culpabilidad que implicaban. Lo que más irritaba a Foncerrada era no poder precisar dónde estaba la trampa; todo aparecía tan lógico, tan normal... ¡Pero eso ya se había acabado! Nadie escapa de la ley de Dios. El Señor dispuso —por caminos que sólo Él comprende— hacerle llegar las acusaciones que incriminaban en definitiva a Miguel Bernardino. Nada importaba que la mano que empuñó el lápiz para denunciar al hechicero fuera de identidad desconocida. Dios sabe por qué hace las cosas y cómo las hace. Lo importante es que el idólatra y hereje ya estaba a buen recaudo en el Santo Tribunal de la Inquisición, allá en la ciudad de México.

Al obispo también lo desconcertaba la actitud estoica del indio Miguel Bernardino. Nunca mostró angustia o desesperación por su captura, ni siquiera nervioso se le veía, según había sido puntualmente informado. Jamás desmintió las anónimas acusaciones sobre las actividades que llevaba a cabo ni los hechos que cometía; no obstante, se negó de manera terminante a aceptar que estuviera asistido por el demonio, que tuviera alguna alianza diabólica. ¡Eso era obstinación! Muchos indios no creen en el diablo, ya que apenas si creen en Dios. Incluso gente de razón, blanca y española, a veces duda de la existencia de Satanás; había que reconocerlo. ¡De esa manera están dudando también de la existencia del Señor! Dios permite que el mal viva para imponer el bien. Son indisolubles, se decía el prelado.

Nada importaba la ridícula manera como había sido apresado Miguel Bernardino, pensaba el obispo. ¡Mugrosos huaraches!, eran lo de menos. Si le dedicaba plegarias a sus miserables sandalias dizque para viajar seguro, eso lo tenía sin cuidado. Pero qué bueno que se le pescara *in fraganti*, en medio de sus heréticas oraciones. Aunque de cualquier manera todo lo aceptó. O más bien casi todo. Se le veía imperturbable; más que indiferente, como muy por encima de sus captores... A ver si allá en México, ante los inquisidores del Santo Oficio, seguía manteniéndose en su retadora posición de inocencia. Porque aceptar todo lo que hacía y no querer reconocer que era por influencia demoniaca, eso era una forma absurda de querer aparecer inocente. Ya explicaría de qué artes se valía para intentar provocar la lluvia, llamando a las nubes para derramarse sobre los sembradíos. ¡Eso era violentar las disposiciones de Dios! O ahuyentar el granizo... ¡Quién se creía que era! Y esos enredos del alma con animales... que si naguales o que si tonales. Perros y tigres, águilas y serpientes, ¡maldita idolatría! Bien decía la Biblia en el Éxodo: "El que ofrezca sacrificios a los dioses —fuera del Señor— será exterminado". Así tendría que suceder con este maldito embaucador del demonio.

Su denodado celo para combatir las herejías de los indios ni fue el primero ni sería el último. Pero este Miguel Bernardino era un caso muy particular...

CIUDAD DE MÉXICO, 1620

Miguel Bernardino nunca negó estar bautizado, aunque en realidad no sentía suya la fe cristiana ante la predominancia de sus antiguas creencias indígenas, de raigambre prehispánica. Estaba acusado de brujería, herejía, apostasía, pertinacia y reincidencia. Los miembros del Tribunal de la Santa Inquisición no iban a andar inventando nuevos delitos intermedios para

256

atenuar las culpas de nadie, y menos aún de este indio impenitente, pues bien se sabía que había incurrido reiteradamente en sus gravísimas infracciones. Así lo dejó claro el obispo de Cuernavaca cuando remitió al reo con el Santo Oficio. Y al fiscal de esta cristiana institución no le quedaban dudas, pues la denuncia escrita era aceptada en todos sus términos por el criminal. De algo podrían haber ayudado las brutales golpizas y otros suplicios que se le habían infligido, aunque todavía sin los instrumentos especializados que le tenían reservados. Lo que de terca manera se negaba a reconocer era la evidente asociación con el demonio para llevar a cabo sus mal llamadas curaciones, con frecuencia usando plantas malditas para las adivinaciones y los conjuros, y para sus descaradas intromisiones en los designios divinos, queriendo controlar las fuerzas que Dios otorga a la naturaleza. Tenía que admitir la participación de Satanás en sus réprobas actividades, pues sólo así era posible atacar al mal desde sus raíces y castigar de manera ejemplar semejantes osadías.

El fiscal había conminado a Miguel Bernardino, siguiendo ciertas fórmulas establecidas por la costumbre judicial para tales casos:

—Diga todo lo que haya sucedido en ofensa de Dios Nuestro Señor y su santa fe católica, y de la ley evangélica que tiene, sigue y enseña la Santa Madre Iglesia, lo cual no ha querido hacer y parece que calla y encubre. Se le amonesta de parte de Dios Nuestro Señor y de su gloriosa y bendita Madre, Nuestra Señora la Virgen María, para que diga y confiese enteramente la verdad, sin encubrirla ni levantar falso testimonio, porque con esto descargará su conciencia y hará lo que deben hacer los fieles cristianos.

Pero el acusado no tenía nada que agregar, cuando menos de lo que se esperaba que confesara. Entonces el fiscal decidió que debía procederse de otra manera, al seguir obstinado Miguel Bernardino en no reconocer una colusión diabólica en sus oscuros quehaceres. Por eso el funcionario estaba solicitando al tribunal:

—En caso de que mi acusación no se dé por bien probada, si conviniere, pido sea puesto el reo a cuestión de tormento en que esté y persevere hasta que enteramente confiese la verdad y denuncie a sus cómplices.

El tribunal aprobó, sin mayores trámites ni averiguaciones, la petición del fiscal, y el secretario le comunicó:

—Que se proceda al tormento por tanto tiempo cuanto a nos bien visto fuere, para que en él diga la verdad de lo que está acusado, con protestación que le hacemos de que si en el dicho tormento muriere o fuere lisiado o siguiere efusión de sangre o mutilación de miembro alguno, sea a su cargo y no al nuestro, por no haber querido decir la verdad.

Miguel Bernardino fue sometido al tormento del potro, especie de cama de tablas de madera con cuatro torniquetes para estirar las extremidades hasta descoyuntarlas o incluso arrancarlas del tronco, según fuera la resistencia o la terquedad del acusado. Ante el azoro e irritación de los inquisidores, aguantó al máximo posible, mucho más de lo que nadie de ellos había presenciado hasta entonces; quedó lisiado y malherido, pero jamás perdió una especie de superioridad y dignidad, que era lo que más molestaba a los dominicos. El dolor era tan intenso y sus fuerzas estaban tan menguadas que, por un segundo, sintió que se encontraba en el pueblo donde había pasado la mayor parte de su vida. Veía la tierra, el polvo, olía el campo y se encontraba de frente al sol. Sintió la tranquilidad que otorga el hogar, la tierra a la que se pertenece. Supo entonces que era momento de entregarse a su destino. Podría haber resistido más, pero no le encontró sentido; entonces decidió confesar, contra la verdad, la injerencia diabólica en sus quehaceres como *ticitl*. Así los inquisidores quedaron satisfechos. Pronto emitirían la sentencia.

El padre Jesús no había podido evitar, por más que quiso, acudir a la ciudad de México requerido por el tribunal de la Santa Inquisición. Debía testificar en la causa contra Miguel Bernardino. Bastaba que lo solicitase el Santo Oficio, pero además se lo había ordenado expresamente el obispo de Cuernavaca. Ya llevaba varios días de declaraciones, durante los cuales había palpado con claridad la animadversión de los fiscales en su contra; a veces le parecía que él mismo era el acusado, y no sólo un testigo. En descargo de su conciencia, Jesús no había hundido a Miguel Bernardino, sino que él mismo se había encargado de ello. Nada había negado, todos los cargos había aceptado, incluida la intervención de Satanás en sus prácticas de *ticitl*, acusación en la que estaban empeñados los inquisidores. También a Jesús lo habían presionado para que asegurara semejante participación diabólica en el quehacer de su amigo, pero él insistió una y otra vez que le constaban casi todos los hechos que había investigado, pero que nunca tuvo pruebas de presencias malignas en las curaciones realizadas por el acusado. Forzaron a Jesús a hablar de su propia niñez y de las curaciones realizadas por su padre, quien también había sido *ticitl*. Lo agobiaba pensar en los tormentos que con toda seguridad le habían infligido al reo, pues sólo a través de la tortura podían haberlo obligado a confesar lo que era falso. Y era un hecho que había confesado lo que ellos querían escuchar, pues había sido declarado culpable de brujería practicada en complicidad con el demonio. Eso ya era público, aunque la sentencia estaba por dictarse. La brujería era lo más importante, pues los cargos de herejía y apostasía eran meras consecuencias formales del hecho de estar bautizado Miguel Bernardino.

Jesús no quiso abandonar la capital hasta conocer el desenlace final, pues siempre estuvo esperanzado en la misericordia de Dios con un hombre que no hizo mal a nadie. Todo lo contrario: quiso el bien para los demás y casi siempre lo logró. Pero no parecía haber piedad, cuando menos por parte de los hombres de Dios.

Jesús se encerró en el cuarto de la miserable posada donde estaba albergado, con su ahijado y su perro. Quiso rezar, pero no pudo. Estaba dolorido en el alma, estaba decepcionado de la Iglesia a la que había dedicado su vida, pero sobre todo estaba desconcertado ante un indescriptible sentimiento que jamás había padecido: tenía miedo, sin poder precisar exactamente por qué... o sin querer hacerlo. Desde luego que la probable muerte de Miguel Bernardino lo acongojaba, pero su miedo era por otro motivo, sin podérselo explicar a sí mismo con claridad. Evitaba enfrentarse (ni siquiera su subconsciente se había atrevido a hacerlo) a una especie de resabio de coraje, de despecho o resentimiento en contra de Dios.

Retrasada inexplicablemente la emisión de la sentencia durante varias semanas, y no pudiendo ya pagar sus alimentos y estancia en la ciudad de México —por más precarios que fueran—, decidió regresar a Taxco. Quizá había sido un error llevar a la capital a Churumuco y a Molcajete, pues sin ellos le habría sido menos difícil mantenerse en la ciudad para esperar el final del proceso inquisitorial. Cuatro días tardaron en regresar a Taxco. No imaginaba Jesús que allí tendría el más grave enfrentamiento de toda su vida, y que sería con el obispo Foncerrada de Cuernavaca.

Cuernavaca, 1620

Lo que había sucedido con Jesús no tenía nombre, pensó. Fue mucho más que una riña, además ¡un obispo no tiene riñas con nadie!, sería rebajarse. Y menos con una persona de tan ínfima categoría. Mas lo cierto es que casi llegó a ser un pleito. Los dos se salieron de sus casillas... ¡Insolente!, ¡cómo se atrevió a faltarle así al respeto! De palabra y casi de obra... Tenía que poner en orden sus ideas y, sí, también sus sentimientos, pues no cabía duda de que estaba confuso. Tenía que reconocerlo, por muy obispo que fuera.

Ante sí mismo no podía engañarse. Después de varios días de haber sucedido la inconcebible escena en la parroquia de Taxco, en cierta manera el agua había recobrado su nivel. No obstante, le seguían pareciendo intolerables a todo punto las amenazas veladas que en apariencia Jesús le había lanzado. Ya tenía muy claro que los lazos que unían al párroco y al ahora reo Miguel Bernardino eran mayores que los meramente raciales; sin duda habría entre ellos cierta amistad. Ello lo explicaría todo. ¿Salvar a ese indio de la hoguera? (pues tenía la certeza de que tal sería la condena de la Santa Inquisición, una vez que ya había sido encontrado culpable de brujería, amén de agravantes). ¿Por qué habría de hacerlo? ¿Molestar a su primo y amigo cercano, el presidente del Santo Oficio, para interceder por Miguel Bernardino? Nunca lo habría considerado… hasta ahora.

En todo caso, a Jesús le daría su merecido destinándolo al más insignificante rincón de su diócesis, de donde su oscuro pellejo no volviera a salir. ¡Buen castigo sería! Pero si además ayudaba a evitar la muerte de su compañero, le quedarían agradecidos ambos, o cuando menos comprometidos con él, pues el agradecimiento es un sentimiento noble que no suele darse entre esa gentuza. Al fin y al cabo, en lo personal, la ejecución de Miguel Bernardino le era casi indiferente, siempre y cuando quedara preso, lo cual desde luego sucedería en caso de conmutársele la pena de muerte. Recluido de por vida jamás volvería a su casa en Ixcateopan y Brígida, su mujer, quedaría para fines prácticos como viuda… En cambio, su salvación sí podría redituarle. Le devolvería una tranquilidad que se había tambaleado desde que ocurrió el enfrentamiento con Jesús. El pasado volvería a ocupar su justo lugar, suscitando remembranzas dulces y apasionadas, pero sin agitar el presente. Olvidando tragedias que, por lo demás, fueron inevitables. Además, ¡qué sabía Jesús del amor! Su vida estéril nunca había estremecido ningún corazón. De seguro, ni el suyo había vibrado jamás por nadie. En cambio, él, ¡vaya si lo había conocido!…

Con la mirada fija en una pequeña lagartija de color café muy claro, casi transparente, que se había detenido en la encalada pared de su oficina, su mente empezó a divagar.

(Sin palabras, como fugaces imágenes sucesivas, vio la faz sensual de una Marcelina adolescente, y cuando iniciaba el esbozo de una sonrisa pícara, de inmediato se borró; luego el cadáver de una vieja amortajada con hábito de carmelita, que en un instante desapareció dejando ver a una figura demoniaca desnuda que se carcajeaba. Heberto de Foncerrada bajó la cabeza y ahuyentó la visión, cerrando los ojos y tapándoselos fuertemente con la mano abierta, pero sólo alcanzó a cambiarla por otra imagen, ahora masculina, bella y jadeante, que lo miraba fijamente con los labios entreabiertos… Cuando él mismo, a su vez, empezaba a relajar la boca, respirando por ella, aquel rostro atractivo explotó como burbuja que al romperse salpicara su contenido escarlata.)

El obispo se sobresaltó, como si hubiera despertado de una pesadilla, descubriéndose la cara y con los ojos desmesuradamente abiertos.

El padre Jesús estaba consternado y muy tenso, mientras ascendía al recinto que ocupaba la sede de la diócesis de Cuernavaca. Jamás imaginó que su anterior intento de apelación ante el obispo, para interceder por Miguel Bernardino, acabaría de la manera como sucedió. Él siempre había sido disciplinado, mas no tanto por una convicción o como propósito expreso que se hubiera impuesto a sí mismo, sino como una simple consecuencia natural de un espíritu humilde. Y practicaba cabalmente la humildad, no como una cualidad cristiana o por ser imperativa de la orden religiosa a la que pertenecía, sino por su idiosincrasia indígena, porque así había sido criado, porque así habían sido su padre y sus ancestros. Por ello estaba sorprendido y hasta asustado del extremo al que había llegado con Foncerrada, aunque, desde luego, el propio obispo fue quien propició el violento enfrentamiento, o así lo veía Jesús. Primero con sus palabras, después con lo que pareció un intento de agresión física. Pero lo verdaderamente importante era el fondo del asunto: Jesús sospechaba que pretendía quitar de en medio a Miguel Bernardino como obstáculo principal para acercarse a su mujer; o al menos para intentarlo. En todo caso, no podía conformarse con los brazos cruzados, sin procurar nada más para salvar a su amigo. Debía hacer otro intento con el obispo, después del fallido en Taxco, que de seguro había resultado contraproducente. Más aún, ¿siquiera aceptaría recibirlo? Con una actitud por completo diferente por parte suya, lo averiguaría cuanto antes. No podía perder más días, quizá los últimos de la vida de Miguel Bernardino. Para eso estaba aquí.

Subió Jesús a las oficinas del obispo, en el otrora convento franciscano adyacente a la catedral cuernavaquense. Tuvo la prudencia de insistir a Churumuco que lo esperara en el atrio, que no lo siguiera, y que por ningún motivo permitiera que Molcajete se le despegara. Bien sabía que no eran del agrado del obispo ni el niño ni menos el perro. Como Foncerrada no se encontraba en ese momento y volvería en un par de horas —según le informó el encorvado fraile que hacía de conserje—, aprovechó el párroco de Taxco para ir a visitar una vez más la catedral, que tanto le gustaba. Lo que le atraía de ese santo lugar era la contemplación de muchos elementos que lo hacían reflexionar, y ello desde la primera ocasión, hacía muchos años ya, en que visitó el magno templo.

En primer lugar, lo intrigaba por qué la entrada principal a la catedral era completamente austera, sin el menor motivo decorativo, en contraste con la entrada lateral, la cual ostentaba ornamentos que le despertaban inquietantes reflexiones. Sobre la puerta lucía un emblema con la doble eme de María Madre rematado con una corona, lo cual parecía muy pertinente ya que la patrona titular de la catedral es la Asunción de María. Pero sobre la representación mariana señorea una calavera reposada en dos huesos humanos, y sobre ese tétrico conjunto remata una cruz con cuatro altorrelieves de llagas sangrantes: en los extremos horizontales las que representan los clavos de las manos, en el extremo inferior la correspondiente a los pies y en el vértice de los dos maderos —aquí esculpidos en piedra— la que simboliza la estocada en el pecho… Jesús y San Francisco de Asís, el Hijo de Dios y su santo émulo que recibió los estigmas de Cristo como regalo del cielo en atención a sus ruegos; uno de ellos o ambos, pero la sangre siempre presente como esencia inductora de la religiosidad del pueblo, lo cruento para significar los valores más importantes a reverenciar. Estas expresiones plásticas le resultaban cuando menos equivalentes, si no es que de plano iguales en su contenido, a algunas de las costumbres prehispánicas de sus ancestros. ¿Por qué San Francisco habría de querer derramar su sangre igual que Jesucristo? ¿Para honrar a Dios? ¿El derramamiento de sangre honra a Dios? Lo mismo pensaban sus mayores aztecas.

Se alejó de la entrada lateral, sin introducirse al templo, y rodeando sus muros llegó ante la entrada principal, que le parecía deslucida; dejándola de lado, ingresó a la capilla abierta. Con sus dos secciones de tres arcos cada una, no dejaba de impactar a Jesús, pues allí habían recibido sus primeras luces cristianas muchos miles de indígenas, quienes en aquellos no muy remotos tiempos del siglo XVI preferían escuchar la misa y los sermones al aire libre, en lugar de hacerlo encerrados dentro de las cuatro paredes de los templos. Sabios habían sido los frailes que recurrieron a ese inteligente invento arquitectónico, pues así se habían acercado a los indígenas, acostumbrados como estaban a celebrar sus ritos prehispánicos sin un techo que los oprimiera. Clave en la evangelización habían sido esas capillas abiertas, por lo general adosadas al cuerpo de los conventos.

Jesús se detuvo ante la puerta de entrada a la portería, cuyo dintel sostiene un muro adornado con una pintura en blanco y negro que representa al papa Inocencio III, célebre porque cuatro siglos antes había iniciado la Cuarta Cruzada contra los infieles que ocupaban los santos lugares. ¿Estaría aquí representado para coadyuvar en la lucha contra los infieles de México, sus abuelos? ¿Por ello el cuerpo principal de la catedral estaría rematado por almenas —elemento arquitectónico de clara raigambre militar—, para defenderse de los ataques de los infieles?

Después pasó Jesús —matando el tiempo, para dar lugar a que regresara el obispo— al claustro bajo del convento, donde sobresalían, como adornos repetitivos en las dos cenefas pintadas al fresco en blanco y negro a lo largo de los cuatro corredores arcados, unos extraños medallones ovales que le parecían de aire indígena, ajenos a lo cristiano. Salió del claustro por el pasillo hacia la sacristía y, sin entrar a ésta, se dispuso a pasar a la nave del templo. Antes de cruzar esa puerta levantó la vista para observar una vez más, sobre ella, el mural con el Cristo en la cruz, posada entre cuatro calaveras. Sangre, muerte, dolor, devoción, religión.

El interior de los muros de la catedral también estaba cubierto de pinturas murales, éstas policromas, al temple. Aunque el modesto párroco no era un conocedor de las artes plásticas, ni mucho menos, sí estaba enterado —por motivos meramente circunstanciales— de que dicha técnica usaba como fijador de los colores una especie de batido de huevo, y a veces miel de abeja, y en otras cola de pellejos. No parecían procedimientos muy diferentes del uso de baba del cactáceo nopal que los pueblos indígenas acostumbraban desde hacía siglos. Las pinturas representan el martirio del franciscano Felipe de Jesús, crucificado apenas un par de décadas atrás en el Japón. Guerreros con lanzas y curvas espadas, barcas navegando entre monstruosos peces, frailes con aureola amarrados de las manos, algunos crucificados sin cabeza y otros horrores ilustraban el sacrificio de Felipe. ¿Qué insinuaría el mural? ¿Qué semejantes peligros corrían o habían corrido los evangelizadores de los indígenas de México? En todo caso, la parte que más le intrigaba a Jesús era el papel mismo del mártir, de Felipe y de los muchos más que habían ofrendado su vida al Señor. Si el mártir moría sin proponérselo, sin buscar la muerte, sino meramente por circunstancias ajenas a él, entonces ¿cuál era el mérito suyo? Pero en cambio, si el mártir moría buscando expresamente la muerte, arrostrándola, ello era una especie de suicidio. Y ¿no era un grave pecado quitarse la vida? ¿No era prácticamente lo mismo quitársela con la propia mano que provocar a otros para que lo hicieran?

Jesús levantó la vista hasta la parte más alta de los muros de la nave y allí observó los enormes frisos que rematan sus costados a todo lo largo, desde arriba del coro hasta el ábside.

265

En ellos destacan, uno tras otro, los grandes racimos de uvas colgantes pintados como ornato preponderante. Aunque la interpretación de ese simbolismo era muy suya, y desde luego no calificada, no le cabía duda: las uvas implicaban al vino y éste a la sangre de Cristo. Los fieles habrían de recibir al cuerpo de Jesucristo en la hostia elaborada con harina de trigo y el sacerdote ingeriría simbólicamente su sangre en el vino de uva depositado en el cáliz litúrgico. Otras prácticas rituales presenciadas muchas veces durante su infancia y adolescencia pasaron por su mente…

De pronto se le ocurrió a Jesús que quizá el obispo ya estaría de vuelta en su despacho. Se dirigió a él. Urgía apelar de nueva cuenta al superior para que aceptara interceder a favor de Miguel Bernardino. Se sorprendió ante el conserje —y no lo pudo ocultar—, pues fue introducido de inmediato.

El obispo Foncerrada hizo acopio de humildad para recibir a Jesús. O quizá más que humildad era una mustia frialdad. Había decidido obrar de acuerdo con su conveniencia, más que siguiendo sus impulsos, pues, de hacerlo, el rompimiento entre ellos pudiera agravarse hasta límites insospechados. Entre controlado y realmente apaciguado, le había ordenado a su asistente:

—En cuanto regrese el padre Jesús, hágalo pasar.

Unos cuantos minutos después estaba en su presencia. Se acercó al obispo y le besó el anillo pastoral, haciendo una genuflexión. Tomó el asiento que le ofreció con una señal de la mano.

—Su Ilustrísima, vengo contrito a suplicar su benevolencia. Su perdón y su benevolencia, señor obispo. Apelo al sacerdote para que disculpe mis pecados, acudo al hombre para que olvide mis ofensas y ruego al siervo de Dios para que salve una vida, que así salvará también un alma.

Jesús estaba realmente convencido de que si Miguel Bernardino lograba salir con vida del proceso criminal en su contra, esa especie de milagro sería una muestra indiscutible de la grandeza de Dios, y sin duda dejaría marcado no sólo a su amigo sino a él mismo, con las consecuencias espirituales que ello implicaría para ambos.

—Esté seguro, Su Señoría —continuó Jesús—, de que a mi condición de subordinado religioso suyo se agregará la de permanente deudo de su favor y gracia. Sabré honrar mi compromiso con usted. Le suplico su ayuda, señor obispo.

Foncerrada permaneció en silencio. No es posible asegurar si estaba impresionado o calculando sus palabras. Lo cierto es que, cuando por fin habló, se mostró conciliador:

—Padre Jesús, todos somos humanos, todos erramos, y Dios espera con amor el arrepentimiento de nuestros pecados. Yo sólo soy un instrumento suyo, pero la magnanimidad de Él es incomparable. Yo no puedo menos que ser el ejecutor de su voluntad. Mañana mismo debo estar en la ciudad de México y espero que mis gestiones sean fructíferas. Vete con esa esperanza. ¡Que el Señor nos asista!

A pesar de las correctas maneras con que se había desarrollado el breve diálogo, ninguno de los dos interlocutores deseaba prolongarlo más allá de lo estrictamente necesario, así que ambos se pusieron de pie, prácticamente al mismo tiempo. Jesús tomó la mano que le ofreció el prelado y de nueva cuenta le besó el anillo, despidiéndose:

—¡Que Dios se lo pague, señor obispo! —le dijo con sinceridad.

Taxco, 1620

El padre Jesús no podía posponer un asunto pendiente. Aunque estaba al tanto del enfriamiento de las relaciones de Miguel Bernardino con su mujer, esto ya era otra cosa; estaba obligado a enterarla de la resolución de culpabilidad en contra de su marido, que por lo demás se daba como un hecho desde que lo habían apresado y llevado a las cárceles de la Santa Inquisición. Su amigo *ticitl* se ausentaba a veces de su casa, para disgusto de Brígida, y Jesús intuía que en muchas ocasiones ello sucedía porque Miguel Bernardino ya no sentía deseos de regresar. Ahora era diferente. Quizá ya jamás regresaría, aunque el párroco estaba muy esperanzado por su entrevista con el obispo.

Viajó entonces a caballo desde Taxco a Ixcateopan, llevando en ancas a Churumuco, quien se agarraba como podía, no sin dificultad, pero feliz de que su padrino lo llevara con él a todas partes. Los seguía, no menos contento, el inseparable Molcajete, quien corría adelante y atrás de la cabalgadura, al parecer sin cansarse y ladrando de gusto. La sinuosa serranía tenía su encanto, con ese tono dorado del rocoso suelo reseco y la vegetación del mismo color, a la espera de las inminentes lluvias que le volverían a dar, como cada año, variados matices de verde. Sólo en algunas barrancas se mantenía la humedad, y con ella el verdor, por la presencia de exiguos ojos de agua. Los aislados árboles de las montañas y la abundante maleza de arbustos parecían desfallecidos, ya sin vida, pero sí que la tenían, latente.

Encontraron a Brígida en la tienda. Seguía siendo hermosa, exuberantes los pechos, anchas las caderas, y esas facciones al mismo tiempo delicadas y atractivas. Sí se le veían los años, pero ciertamente no todos los que tenía.

El tendejón lucía rebosante: arriba de su cabeza colgaban algunos manojos de velas color de miel, pues estaban hechas de cera de abeja, y otros más de diferentes colores muy llamativos. También pendían de ganchos fijados a las vigas de madera que sostenían el techo varios rollos de reatas de ixtle de diferentes grosores. Unos costales con granos —maíz, frijol, arroz—, ya abiertos, estaban en el suelo recargados contra la pared, para despachar al menudeo. Sobre el mostrador había un montón de piloncillos traídos de los trapiches del valle de Cuautla y en un rincón se descubría un barril con melaza del mismo origen. En la banqueta, junto a la puerta, estaban cinco anafres de lámina acomodados uno sobre otro, unos comales de barro y un atado de escobas de mijo. En la estantería y las cajoneras de varios muebles se guardaban víveres, especias, utensilios y mercaderías diversas para las necesidades domésticas.

Brígida acabó de atender a una viejecita muy pequeña, como encogida, que se llevó una bolsa con carbón de encino, el más rendidor por la dureza de su madera; llamaba la atención el intenso rojo de los listones entrelazados con sus largas trenzas, más propios —hubiera pensado cualquiera— para una muchacha que para esa anciana quizá octogenaria.

A Jesús lo apenó tenerle que dar a Brígida tan malas noticias, pero lo hizo. En pocas palabras, aunque sin dejar lugar a dudas. Ya había sido declarado culpable de brujería, herejía y apostasía (término que Brígida no entendió, pero no requirió hacer ninguna pregunta), además de otros cargos. Sólo faltaba la sentencia, aunque la de esperarse en estos casos siempre era la hoguera; sí, quemado vivo. Había la posibilidad de que el obispo de Cuernavaca intercediera a su favor para suavizar la condena, pero ya habían pasado muchos días desde que lo ofreció el prelado y nada había sucedido, ninguna noticia se tenía al respecto. En realidad, no era recomendable tener esperanzas: podían ser infundadas. Mejor era esperar lo peor. Eso le sugirió Jesús a Brígida, pero él mismo sí estaba alentado con la idea de que fuera hacedera la salvación.

Aunque la mujer estuvo enterada de la aprehensión de su marido —hacía ya más de tres meses—, acaecida en su parcela aledaña a Ixcateopan, cuando se disponía a viajar a Mezcala (sólo había pasado a cortar unos elotes para el camino), ahora que se enteraba de la resolución en contra de Miguel Bernardino recibió un gran impacto y quedó como pasmada, anonadada. En su interior se libraba una lucha de emociones que se reflejaba en su rostro, descompuesto desde que el padre Jesús acabó de hablar. Éste pensó que soltaría el llanto, pues se veía su cara compungida, pero sólo alcanzó a ver que torcía el gesto en una mueca como de dolor, pero en realidad imposible de traducir. Le llamó la atención que sobre todo parecía estar muy asustada. La dejó, sin recibir respuesta a su discreta despedida, y volvieron sobre sus pasos a Taxco.

El siguiente en asustarse fue Jesús. Ya había recibido las instrucciones escritas del obispo para entregar la parroquia taxqueña al padre Ruiz de Alarcón, sin que la carta mencionara ni en lo más mínimo el asunto de Miguel Bernardino ni las gestiones que él había ofrecido realizar para tratar de salvarle la vida. Jesús se preparaba para la entrega cuando llegó desde Ixcateopan, a matacaballo, un conocido suyo —amigo de Miguel Bernardino— para darle malas noticias. Un suceso inesperado había consternado a la población. Bien a bien, nadie lo comprendía. Corrían de boca en boca las más contradictorias versiones. Algunas hablaban de presencias diabólicas y otras de castigos divinos. Otras más de embrujamientos. No faltaba quien asegurara haber tenido un presagio del aterrador acontecimiento. Las mujeres se persignaban, los hombres cuchicheaban y los niños agregaban nuevas fantasías a las que escuchaban de los mayores. Que los perros no paraban de aullar, que los zopilotes volaban al acecho en círculos muy bajos, que los árboles del alrededor se llenaron de murciélagos la noche de la tragedia, que los niños de brazos no pararon de llorar. No fue fantasía que de repente cayó un aguacero con truenos y rayos, cuando ya no había nada qué hacer.

Brígida había muerto dentro de su casa, en medio de un incendio arrasador. Sorprendió a los vecinos que el fuego se desarrollara simultáneamente en dos lados opuestos de la vivienda, y que no se apreciara desde fuera ningún intento de la mujer por huir de las llamas. Estaba la casa atrancada por dentro, y así no lograron entrar a ayudar. Sólo quedaron cenizas, como las de los ajusticiados en la plaza de San Hipólito, una de las varias que se utilizaban en la ciudad de México para llevar a cabo los autos de fe.

El párroco de Taxco sintió que se helaba por dentro, y le dio un escalofrío.

Jesús estaba recogiendo sus escasas pertenencias en la iglesia para que el nuevo cura, Hernando Ruiz de Alarcón, pudiera acomodarse a su gusto. Esa semana dejaría para siempre el templo y llegaría el hasta entonces párroco de Atenango para tomar posesión del curato. Aunque Jesús nunca había cultivado el apego a los bienes materiales, dejar su parroquia era mucho más que algo meramente tangible. Desde hacía varios años ya formaba parte de sí mismo. Por otro lado, ese momento de anticipada nostalgia —el *dolor por el regreso*, que nunca realizaría— lo llevaba más lejos aún: a una verdadera mortificación que trataba de superar sin éxito. No era sólo la pérdida de su iglesia. Era además, antes y mucho más que eso, la probable y quizá inminente pérdida de su amigo. Ya habían pasado muchos días desde la entrevista celebrada con el obispo en Cuernavaca, que aunque había sido muy breve, asimismo fue alentadora. Foncerrada aseguró intervenir a favor del reo. Pero ninguna novedad se tenía sobre ello. ¿Se habría arrepentido de su ofrecimiento? ¿Habría cumplido su palabra? ¿Habría sido aquello sólo una farsa? ¿Estarían por llegar buenas nuevas? No podía saberlo.

CHONTACOATLÁN, 1620

El padre Jesús sentía mucho frío. Aunque estaba en la llamada Tierra Caliente, a esas horas de la madrugada el sereno sí calaba. Además, tantas horas de ayuno y caminata lo hacían mayormente sensible a la baja temperatura de esa noche. Tierra caliente de día, eso ni hablar, pero ahora sólo era un decir. Había salido de Taxco hacía casi catorce horas, al mediodía de la víspera, y no había parado de andar. Él, en su mente, no sentía hambre ni cansancio, pero su cuerpo sí los resentía. De eso se trataba, de hacer penitencia, aunque no sabía bien a bien por qué. Y estar ya frente a la boca de las cavernas de Chontacoatlán le producía algo que podría llamarse satisfacción. Satisfacción sombría, una especie de placer masoquista, un deseo de sufrir sin remedio.

Sin embargo, algo lo mortificaba como un punzón en el alma, e iba más allá de sus cuitas religiosas y del propio destino de Miguel Bernardino. Haber dejado a su ahijado (por supuesto, con todo y perro) encargados con su pariente. Sólo Dios sabía por cuánto tiempo, aunque él ya lo sospechaba. Churumuco protestó y le insistió —en ese idioma muy suyo que Jesús entendía perfectamente bien— para que no lo dejara; Molcajete apoyó con repetidos ladridos las protestas del niño, pero ambos se quedaron en Taxco. A Jesús no le sorprendió sentir unas lágrimas rodando sobre sus mejillas.

Solamente llevaba consigo la sotana que vestía y la antorcha que iluminaba su camino. Desde luego, también un sencillo crucifijo de madera colgado al cuello, pendiente de un cordel rústico. El fuego centelleante crecía y disminuía, alternadamente y al compás de una tenue brisa, y de pronto parecía que iría a apagarse. Apenas permitía vislumbrar los árboles que rodeaban la entrada de la gruta, con sus crecidas raíces aéreas como lianas formando una especie de enrejado vegetal torcido y fantasmagórico. Esta ventana al mundo del subsuelo —pétreo y acuático— era un gran agujero en una ladera inclinada y alguna vez había penetrado en él, cuando jovencito, aunque en circunstancias por completo diferentes, acompañado de amigos y con un espíritu festivo y de excursión. Ahora iba solo y su ánimo era muy otro.

El descenso subterráneo hacia el río que transitaba dentro de las profundidades de la tierra empezaba en un túnel de marcado declive, como tobogán, aunque algunas piedras permitían controlar la velocidad, usando los pies y una mano, pues en la otra llevaba la tea prendida. La última parte era una especie de escalera natural, abrupta e irregular, muy estrecha, que bajaba de manera casi vertical, con remedo de escalones que más servían para tropezarse que para apoyar un paso.

Cada vez más, crecía el rumor del agua fluvial y se iba transformando en un sordo rugido cuyo eco aumentaba al retumbar dentro de aquellos profundos sótanos. En un pronunciado recodo de la escalera, si así se le pudiera llamar a semejante formación, tomó asiento en una roca saliente, como balcón hacia el invisible precipicio interior, más para reflexionar que para descansar. La llama de su luminaria —ante ese altar de las simas— chispeaba por la corriente de aire que subía desde el río.

Jesús había escuchado, muchos años atrás, que este gran curso de agua nacía en las faldas del volcán Xinantécatl o Nevado de Toluca, por los deshielos, y que se hundía poco más adelante. En realidad, eran dos los ríos subterráneos, al parecer ambos con ese mismo origen: el San Jerónimo y el Chontacoatlán. Los dos ríos, cada uno por su lado, se sumergían en sendas bocas, más o menos cercanas, que los introducían en las cavidades bajo tierra por donde corrían caudalosos en sus propios y respectivos cauces. Pero el designio de la naturaleza era que ambos ríos juntaran luego sus caminos en uno solo, cientos de metros por debajo del nivel exterior del suelo, uniendo sus aguas que fueran una sola nieve allá en las cumbres del coloso. Y así sucedía, en efecto: formaban una sola corriente, la que, después de un largo recorrido oculto dentro de las entrañas de la sierra, afloraba muy cerca de las cuevas de Cacahuamilpa, dando lugar al Río del Amacuzac. Hasta esa salida, llamada Dos Bocas, había llegado Jesús en aquella remota ocasión, cuando en sus mocedades se arriesgó con sus compañeros de aventuras a semejante exploración de muchas horas bajo la faz de la Tierra. Pero ella había sido en plena época de secas, no en franca temporada de lluvias, como ahora.

¿Qué hacía Jesús allí sentado, escuchando los rugidos de las aguas dentro de una cueva? Ni él mismo lo sabía, o no estaba seguro de ello. Había obedecido a un impulso interior, pero no podía identificar a ciencia cierta de qué se trataba. Aunque sí era consciente del simbolismo que implican estos lugares eternamente oscuros. La penitencia llevó a San Pablo a las cavernas, pues bien decía: "No hago lo que quiero, sino lo que aborrezco". Y no pareciera ser casualidad que las cavernas sean lugares preferidos por el señor de las tinieblas, el señor de la oscuridad. La penumbra gusta al diablo y a muchos de sus seguidores. Pero nada sucede sin que Dios lo permita. Jesús quería arrostrar a los portadores del mal. Encararlos y quién sabe si pedirles cuentas. Sintió un escalofrío y el cuerpo le tembló unos segundos. Estaba llegando demasiado lejos en sus pensamientos. Así lo quería Dios.

Jesús no tenía prisa. Siguieron volando sus ideas allí sentado en la penumbra. Empezó a repasar la vertiente que le era propia. Las cavernas asimismo tenían gran significación en el mundo indígena, desde antiguos tiempos prehispánicos. O qué, ¿no habían partido de Chicomoztoc (el lugar de las siete cuevas) los primeros pobladores de las diversas provincias de México? Jesús tenía muy presente que esa etimología —*óstootl*— en su lengua materna quería decir cueva y que aparecía en muchos momentos y lugares. Él conocía Oztoman, cerca de Teloloapan, cuyas fortalezas precolombinas permitían la defensa del sitio, protegido como si fuese un subterráneo. Y el *ostoche* (conejo de la cueva), que en realidad era una bebida embriagante de maíz tostado que aludía a tiempos pretéritos, cuando la gente vivía en cavernas.

Otras cuevas de grandes implicaciones simbólicas, relativamente cercanas, eran las de Juxtlahuaca, por el pueblo de Colotlipa; ostentaban muy adentro, casi a media legua de difícil camino por los intestinos terrestres, ciertos murales de variados colores: una serpiente emplumada, un guerrero y un jaguar, amén de varios esqueletos humanos cuya antigüedad se apreciaba por estar ya petrificados, integrados a la roca viva del suelo cavernoso. En fin, las cuevas son caminos directos al Mictlán, el mundo inferior en la cosmogonía de sus mayores. Por eso, en el valle de México, en tiempos pretéritos se habían implorado las lluvias a Tláloc ofrendándole vidas infantiles en cavernas; una pareja de niños pequeños eran encerrados vivos en cuevas de las faldas del Popocatépetl, tapiando la entrada con piedras y estuco. Su llanto desconsolado, pluvia del alma, atraería con la ayuda del dios del agua las lluvias del cielo. Al año siguiente remplazarían los cadáveres de la cueva con otros dos niños pletóricos de vida.

¿Y qué otra cosa era, si no una caverna vital, el claustro materno? Los órganos femeninos de la generación se comunicaban estrechamente con esa cavidad uterina y, así como las cuevas eran un atajo al inframundo, así de esa cálida gruta partían los nuevos seres para arribar al mundo exterior.

Jesús cobró fuerzas y se puso de pie. Continuó el pronunciado descenso por un sendero a veces angosto y que en otras se desvanecía en grandes laderas inclinadas de piedra lisa y resbalosa dentro de enormes salas interiores que aumentaban la resonancia del caudal. Conforme bajaba, el rugido de las aguas del río subterráneo se hacía más intenso. Le dio otro escalofrío.

Casi una hora más le tomó llegar al fondo de un último túnel, para acceder a la ribera del curso acuático. La antorcha le permitía ver, entre oscilaciones de luz y de sombra, el ancho canal natural por el que circulaba el caudaloso río, con olas de altas crestas y formando remolinos al chocar con alguna roca situada como islote a medio cauce. Aguas arriba se vislumbraba o más bien se adivinaba una cascada, responsable de los lúgubres ronquidos. El olor de los detritus de murciélago era muy penetrante y le picaba la nariz. Miró hacia el techo buscándolos, pero ni siquiera se alcanzaba a ver con esa precaria iluminación. No obstante, se intuía su multitud, pues se escuchaba una sinfonía generalizada de leves chillidos apenas perceptibles con el ruido del agua, provenientes de esos animales prendidos con sus patas de la pétrea techumbre, entre las estalactitas. Jesús empezó a caminar junto al río rebosante, siguiendo su descenso por el estrecho corredor que apenas si dejaban libre las aguas, pues casi tocaban las paredes rocosas. A cada movimiento debía librar las piedras que obstaculizaban ese pasadizo, a veces mojándose los viejos zapatos. Así continuó descendiendo junto a la corriente, otro par de horas quizás.

Observó que la llama de su hachón ya no era tan grande. Se estaba consumiendo la materia combustible. Pero siguió adelante. Ahora el cuerpo le temblaba, aunque aquí no hacía el frío del exterior. Allá quizá ya hubiera amanecido, pero en donde se hallaba, la noche nunca empezaba ni terminaba; permanecía siempre. Jesús no sabía qué estaba haciendo, ni tampoco le importaba. Seguía avanzando, como enajenado.

No supo cuánto tiempo caminó, pero pudo repasar muchos recuerdos y cavilar sin orden ni concierto en medio de un creciente agotamiento. En el marco de su eterno dilema entre lo cristiano y lo llamado pagano, entre lo español y lo indígena, entre lo bueno y lo malo, entre las enseñanzas que recibió de su padre y las que le inculcaron en el seminario, entre la cultura que heredó y la que aprendió, seguían oscilando sus pensamientos. Lejos de haber resuelto las contradicciones que se confrontaban dentro de sí mismo, se habían exacerbado. El sacrificio de Miguel Bernardino —porque ahora ya no tenía duda de que eso sería— le dolía profundamente, pero más aún lo desconcertaba.

Que Dios nos creara libres y que algunos, en ejercicio de su libertad, se perdieran en el pecado, no podía entenderlo, pues chocaba en su mente un Dios todopoderoso que era capaz de permitir la perdición de sus criaturas, aunque fuera en uso de la propia libertad de cada quien. ¿Para qué crearnos libres si Él ya sabía que muchos se condenarían? ¿Por qué no crearnos buenos a todos, *per se*, sin jugar a la libertad? (porque haber dado la libertad a los hombres pareciera un mero entretenimiento divino). Sus lecturas de San Agustín no le habían apaciguado esas inquietudes. Sin embargo, las preguntas planteadas por él le parecían muy pertinentes; las recordaba en medio de un mareo que ya le estaba punzando las sienes: ¿es Dios el autor del mal?, pues Él creó todo y a todos. ¿Cómo compaginar la libertad del hombre con el conocimiento que Dios tiene del futuro? ¿Por qué nos dio Dios la libertad de pecar? ¿Por qué tan pocos consiguen ser felices? ¿Qué es preferible: no existir o ser desgraciado? ¿Qué es el dolor? Las respuestas que daba el propio Padre de la Iglesia tenían el enorme peso de su autoridad moral, pero no todas convencían en el fondo a Jesús. Y menos con este inaguantable dolor de cabeza. Que todo bien y que toda perfección proceden de Dios tenía sentido, pero ya no lo persuadía tanto el que la libre voluntad es un bien, aunque pueda usarse para el mal. No se trata de pretender hacer a Dios cómplice de nuestros pecados. No, por supuesto que no. ¿Pero qué sentido tiene la libertad que nos otorga?

Mas la inminente muerte de Miguel Bernardino sería por completo otra cosa. Sería injusta, cruelmente injusta. Aunque a los ojos de la Iglesia fuera un pecador, a los ojos del padre Jesús no lo había sido.

La llama de la antorcha, cada vez más débil, comenzó a parpadear, como despidiéndose. Ya era difícil observar las piedras que estorbaban el angosto sendero junto al cauce colmado del río subterráneo; empero continuó Jesús, extenuado, su camino sin destino. Ahora el agua rugía con más fuerza, pues llegada la enorme corriente a una pronunciada bajada, descendía aún más veloz entre rocas de todos tamaños, formando torbellinos. Se dijo algo a sí mismo en voz alta, pero no se pudo escuchar. El agua turbulenta primero lo salpicaba, pero luego se convirtió en rápidos que lanzaban olas y chorros intermitentes fuera del lecho acuático.

No supo cómo resbaló hasta muchos metros más abajo, pero de repente se encontró tirado, con más de medio cuerpo dentro del agua, perdida y apagada la tea y con insoportables dolores, sobre todo el de la pierna derecha, que punzaba como si hubiera sido apuñalada. Chilló de dolor, sintiendo desvanecerse. El agua violenta que lo reclamaba en medio de la absoluta oscuridad de la caverna no le produjo tanto pavor como el que sintió cuando se trató de tocar la rodilla, que era donde más le dolía: no la encontró, pero en cambio, en ese lugar, con la mano tocó la cabeza inferior de su fémur, pegajosa, fuera de la carne. Retiró la mano aterrorizado. Quiso gritar y no pudo emitir ningún sonido. Tembloroso y sollozante, balbuceó una oración, asiéndose lo más que pudo de una saliente rocosa, en lucha contra el agua que lo jalaba. Al tiempo que la corriente por fin lo empezó a arrastrar para tragárselo, alcanzó a oír en su mente —que no en su boca— "...líbranos del mal". En un segundo llegaron a su mente las imágenes de su vida, amontonándose, como si pelearan por ser todas las que quisieran quedar en primer plano. Los olores y los colores que habían quedado en su mente plasmados como recuerdos de su niñez también caían sobre él demandando su atención. Regresaba a casa o, al menos, eso era lo que sentía y lo que quería. No obstante, ya sumergido y presa del agua vertiginosa que lo iba azotando brutalmente contra las rocas, su último pensamiento más o menos coherente, antes de la desesperación del ahogamiento, no fue ése. Todavía contempló arrobado, en un chispazo de amor nostálgico, la imagen de un niño contrahecho. Por allí correteaba un perro.

Ciudad de México, 1620

Miguel Bernardino, aunque estaba sentado por la imposibilidad física de mantenerse de pie, aparecía erguido y con una plácida expresión en el rostro. Al secretario del Tribunal del Santo Oficio de la Inquisición le costaba trabajo iniciar la lectura de la sentencia bajo esa mirada desconcertante del reo, penetrante hasta la médula y dulce como de niño. Nunca le había pasado semejante bochorno, ¡y menos por un indio!, pero así era... Sus ojos de luz intensa que parecía hender filosa hasta los íntimos pensamientos y a la par con un brillo de mansedumbre, estaban a la expectativa de lo que se iba a leer. No obstante su actitud apacible, Miguel Bernardino se encontraba sumamente maltrecho por las severas luxaciones provocadas desde hacía varias semanas en las terribles sesiones de tormento: no había tenido ninguna atención médica, y el hueso del hombro fuera de su lugar estaba ahora rodeado de una enorme hinchazón. Un rústico carcelero, quizá compasivo, a fuerza de empujones le había regresado a su sitio el codo y la rodilla descoyuntados, provocándole un dolor tan grande como el sufrido durante la tortura, pero al hombro no logró reacomodarlo por más empellones que le dio; el pie y el tobillo ladeados ya ni intentó enderezarlos. Una vez más, los inquisidores se sintieron agredidos por esa actitud sosegada del reo, por esa calma que no podían considerar sincera, sino hipócrita, por esa mirada intensa que les calaba muy profundo y que, empero, aparecía amable y tranquila, como si fuera de alguien superior. ¡Ya vería a dónde iba a dar con esa disimulada pose altanera y esos aires que se daba!

El secretario del tribunal, evidentemente nervioso, ya retrasaba con sus titubeos el inicio del acto y fue reconvenido con un duro vistazo por el presidente. Tosió varias veces, como justificándose, y así dio comienzo a la lectura:

—Visto por nos, los inquisidores contra la herética y apostasía, en la ciudad y arzobispado de México, estados y provincias de la Nueva España y su distrito, por autoridad apostólica y ordinaria, un proceso de pleito y causa criminal que ante nos ha pendido y pende entre el fiscal de este Santo Oficio, actor acusante, y el reo acusado Miguel Bernardino, que presente está, en razón del delito y crimen de la brujería, herejía, apostasía, pertinacia y reincidencia, de que por parte del dicho promotor fiscal fue denunciado y acusado criminalmente ante nos...

Aunque Miguel Bernardino empezó a oír esta lectura con atención, al cabo de medio minuto ya no estaba escuchando. Su mente lo ubicaba de pronto ante un paciente, transmitiéndole con las manos en las sienes la salud y la tranquilidad buscadas; al momento se hallaba en Mezcala, de la mano de su madre, mirando el río turbulento; un instante después aparecía su prima Juana, viéndolo a los ojos con amor y admiración; de repente estaba acostado con Brígida, en Ixcateopan, extasiado en su contemplación y disfrutándola con desafuero; luego se hallaba en un cerro con sus preceptores indígenas, continuando el aprendizaje iniciado con su padre para curar cuerpos y mentes con dolencias; en seguida volvía la imagen de Brígida, ahora amándose de pie, semivestidos, entre unos árboles de los alrededores de Teloloapan; veía, como si fuera ayer, al joven sacristán Jesús explicándole los secretos del enterramiento del rey Cuauhtémoc, y ante sus ojos pasaban décadas de amistad, culminadas de trágica manera con sus investigaciones (que mucho más lo ayudaron que lo inculparon); y con terquedad regresaba Brígida a su mente: Miguel Bernardino se debatía entre los recuerdos, no tan lejanos, de ese cuerpo voluptuoso que lo encendía, y la realidad presente de una belleza opacada por un carácter agriado, presente que sin embargo sentía también muy remoto. Y así desfilaban ante su mirada abstraída niños con *espanto*, tardes de pesca con su padre, interminables pláticas con Jesús, sesiones de *ololiuqui* con felices resultados, los abundantes y acogedores muslos de Brígida, los conjuros con tabaco, las heridas propiciatorias en la lengua y otras partes...

—...según que esto y otras cosas, blasfemias y diabólicos atrevimientos, en ofensa de nuestra inmaculada y sagrada religión y ley evangélica, más largamente consta y parece por el proceso de la causa, con lo cual la hubimos por conclusa y acabada definitivamente; y estando para poderse ver y determinar, habido sobre todo ello nuestro acuerdo y deliberación con personas graves, de letras y rectitud de conciencia; fallamos: atentos los autos y méritos del proceso, el fiscal haber probado bien y cumplidamente su acusación según y como probar le convino, damos y pronunciamos su intención por bien probada, en consecuencia de lo cual debemos declarar y declaramos el dicho Miguel Bernardino haber caído e incurrido en sentencia de excomunión mayor...

Cuando escuchó su nombre, Miguel Bernardino trató de concentrarse de nueva cuenta, pero no le interesaba seguir el significado de esa jerigonza jurídica, más bien enredada. Hasta que empezó a oír la otra sentencia, la del corregidor, que por formalismos legaloides se daba por separado:

—Atento a la culpa que resulta contra el dicho Miguel Bernardino, lo debo condenar y condeno a que sea llevado por las calles de esta ciudad en una bestia de albarda, y con voz de heraldo que publique su delito sea llevado al lugar que para esto está señalado, sea quemado vivo y en vivas llamas de fuego, hasta que se convierta en ceniza y de él no haya ni quede memoria; y por esta mi sentencia definitiva, juzgando así lo pronuncio y mando.

Ahora sí le quedó muy claro a Miguel Bernardino cuál era el castigo que se le imponía. No se sorprendió ni se espantó.

En realidad, lo esperaba. Vio todo y lo escuchó como si él fuera un espectador, alguien ajeno que contemplaba desde fuera los sucesos que no le incumbían directamente. Esa misma sensación se mantuvo en su ánimo en todos los acontecimientos que siguieron, ya no muchos, por cierto.

En cierta manera sintió alivio, pues ya habían terminado los interrogatorios que lo ofendían más por la intromisión que sus actuales sufrimientos físicos, secuela de las torturas. Lo que más le dolía era el brazo desarticulado del hombro, imposibilitado de volver a su lugar. Le colgaba de un manojo de músculos y tendones envueltos en pellejos, y lo mantenía pegado al tórax con un cabestrillo. Además, apenas si podía caminar con una muleta y a grandes cojeos, con un tobillo y el pie completamente ladeados y las punzadas en las ingles que ya nunca desaparecieron, aunque parecía que los fémures seguían ajustados al ilíaco. Al concluir la lectura judicial, vio una luz al final de su camino.

En el acta correspondiente quedó plasmada la descripción del cumplimiento de la sentencia:

"Estando encima de un caballo de enjalma, el reo Miguel Bernardino fue llevado por las calles acostumbradas con pregonero que manifestaba sus faltas, pecados y delitos; por lo cual, habiendo llegado al brasero que está en el tianguis de San Hipólito, le fue puesto fuego hasta que su cuerpo quedó ardiendo en vivas llamas para que fuese hecho ceniza."

Al día siguiente, un comisionado del Santo Oficio fue a recoger en un pequeño costal las cenizas de Miguel Bernardino, de seguro revueltas con las de leña, y trotó en un mulo hasta las riberas del lago para soltarlas al viento y así no quedara ni el recuerdo del penitenciado.

Epílogo

Valgan estas últimas páginas para destacar algunas noticias, inconexas entre sí, pero relacionadas no con la trama, sino con los temas generales de esta obra.

★ ★ ★

En pleno siglo XXI, no pocos de los sesenta y dos grupos indígenas perfectamente diferenciados que existen en México prosiguen ritos de vetusto origen prehispánico, algunos con algún sincretismo cristiano, otros sin ninguna interferencia cultural. Tales son los casos de los mixes de Oaxaca, que siguen realizando degüellos rituales de pavos y de gallos en la cumbre del cerro Cempoaltépetl, o de la trilogía de maíz, venado y peyote (el cactus alucinógeno) que veneran los huicholes, o la danza acrobática de los indios voladores totonacos que simbolizan los alimentos que nos regala el cielo, o la bebida de maíz fermentado que acostumbran ofrendar los tarahumaras a los cuatro puntos cardinales, o la sangre placentaria que derraman algunos tzotziles directamente del cordón umbilical del recién nacido sobre una mazorca de maíz, o la ceremonia de los hongos sagrados de los mazatecos, por sólo mencionar unos cuantos ejemplos de una enumeración que podría extenderse mucho más.

★ ★ ★

En 1966, el obispo Sergio Méndez Arceo, de Cuernavaca, declaraba que "en México discriminamos a los marginados, cultural, económica o socialmente, en su gran mayoría indígenas". Y cuatro décadas después, en 2007, el papa Benedicto XVI autorizaba las conclusiones de la V Conferencia del Episcopado Latinoamericano, que en parte dicen: "Los indígenas son, sobre todo, 'otros' diferentes, que exigen respeto y reconocimiento. La sociedad tiende a menospreciarlos, desconociendo su diferencia. Hoy, los pueblos indígenas están amenazados en su existencia física, cultural y espiritual; en sus modos de vida, en sus identidades, en su diversidad".

★ ★ ★

En 1972, el papa Paulo VI aseveraba que "el mal que existe en el mundo es el resultado de la intervención en nosotros y en nuestra sociedad de un agente oscuro y enemigo, el demonio. El mal no es ya sólo una deficiencia, sino un ser vivo, espiritual, pervertido y pervertidor".

En 1975, el cardenal Joseph Ratzinger (hoy papa Benedicto XVI) aseguraba: "El diablo es una presencia misteriosa, pero real, no meramente simbólica, sino personal [...]. Nadie puede legítimamente pronunciar los exorcismos sobre los endemoniados si no ha obtenido licencia del obispo. La función propia de los sacramentos es también la lucha espiritual contra los espíritus malignos".

Doce años después era el papa Juan Pablo II quien añadía: "Esta lucha contra el demonio es actual todavía hoy, porque sigue vivo y activo en el mundo. El mal que hay en éste es efecto de la acción devastadora y oscura de Satanás".

En 2004, el padre Gabriele Amorth, exorcista oficial de la diócesis de Roma (la diócesis del papa), afirmaba: "Satanás está siempre activo. Los casos de verdadera posesión diabólica que yo atiendo son numerosos. Sé como mínimo de dos exorcismos realizados por el papa Juan Pablo II; la tercera persona no se curó. La vengo tratando y es un caso verdaderamente doloroso".

★ ★ ★

"En la Basílica de Guadalupe mexicana, durante la ceremonia de beatificación de los mártires oaxaqueños Jacinto de los Ángeles y Juan Bautista, cuatro mujeres indígenas zapotecas se acercaron al papa Juan Pablo II. Solemnes, lo impregnaron de humo de copal y le pasaron yerbas por su encorvado cuerpo para hacerle una limpia." Así lo reportó el periódico *Reforma* de la ciudad de México el 2 de agosto de 2002.

★ ★ ★

En 2010, en el libro *Por qué él es un santo*, escrito por monseñor Slawomir Oder, el principal prelado polaco que impulsa la canonización de Juan Pablo II, el autor afirma que ese papa "en el armario, en medio de todas las vestiduras y colgado, tenía un cinturón que utilizaba para flagelarse".

Linaje de brujos, de José N. Iturriaga
se terminó de imprimir en septiembre de 2012
en Quad/Graphics Querétaro, S. A. de C. V.,
Fracc. Agro Industrial La Cruz El Marqués
Querétaro, México.